Little Women
小婦人

Louisa May Alcott
露易莎・梅・奧爾科特 著
謝靜雯 譯

目錄 contents

1 扮演朝聖者

「聖誕節沒禮物，算什麼聖誕節嘛。」喬躺在地毯上嘀咕。

「沒錢好可怕！」梅格嘆氣，低頭瞅著自己的舊洋裝。

「有些女生有一堆漂亮的禮物，有些女生什麼都沒有，真不公平。」小艾美委屈不滿地又說一句。

「不過我們有爸爸媽媽，以及彼此啊。」在角落的貝絲滿足地說。

火光籠罩下的四張年輕臉龐，隨著這番樂觀的話而明亮起來，但轉眼便黯淡下來，因為喬感傷地說：「爸爸不在我們身邊[1]，而且有好長一段時間都不會在。」她沒說出口的是「也許永遠都不會」，但每個人在心裡都默默自動補上這句話，遙想遠赴戰場的父親。

一時沒人開口，接著梅格換了個語調——「妳們都知道，媽媽提議今年聖誕節不要準備禮物，就是因為今年冬天對大家來說都很難熬，各家的男丁在戰場上吃這麼多苦頭的時候，她覺得我們不應該把錢花在享受上。我們能做到的並不多，但至少可以稍微犧牲一下，而且應該做得心甘情願。不過，我自己恐怕就辦不到。」梅格搖搖頭，遺憾地想起她渴望的所有漂亮東西。

「可是我想，省下那一點錢也沒什麼用。我們每個人手頭有一塊錢，捐出那少少的錢，也幫不了軍隊太多忙。妳們和媽媽不給我禮物沒關係，可是我真的很想買《水精靈和辛川》[2]給自己，我想要這本書想好久了。」愛看書的喬說。

「我本來要買新樂譜的。」貝絲說，輕聲嘆口氣，只有壁爐刷和茶壺隔熱墊聽到這聲嘆息。

「我要買一盒輝柏牌彩色鉛筆，我真的需要。」艾美篤定地說。

「媽媽又沒說我們的錢該怎麼用，她總不希望我們什麼都放棄吧。我們就分頭去買想要的東西，讓自己開心一下。我們這麼努力工作，很值得這樣的獎勵。」喬嚷嚷，以男士的姿態察看自己的靴跟。

「我知道我值得——我多想待在家裡好好享受，可是卻得出門去教那些可怕的孩子，將近一整天的時間。」梅格開口，恢復了抱怨的語氣。

「妳沒有我一半辛苦，」喬說，「妳要不要連續幾個小時和一個緊張兮兮、愛挑剔的老太太關在一起，她讓妳忙進忙出，還永遠不滿足，讓妳煩到最後想跳窗，或是賞她耳光？」

「抱怨雖然不好，但我真的覺得洗盤子、整理東西是世界上最糟糕的工作，弄得我好煩躁，而且手變得好僵硬，根本沒辦法好好練琴。」貝絲看著自己粗糙的雙手，嘆口氣，這次大家都聽到了。

「我不相信妳們有我那麼辛苦，」艾美嚷嚷，「因為妳們不用和沒禮貌的女生一起上學。要是上課答不出來，她們就不放過妳，還會嘲笑妳的洋裝。如果妳爸爸不夠有錢，還會將他設標籤，而且侮辱妳鼻子不好看。」

---

1 故事背景設定在美國南北戰爭（1861-1865）期間。

2 德國小說家 Friedrich de la Motte Fouqué（1777-1843）所寫的小說，由兩段獨立故事所組成。

「妳想說的應該是中傷吧，說什麼『標籤』，好像老爸是一瓶醃瓜罐頭似的。」喬笑著勸告。

「我知道自己的意思，妳不用風刺我。本來就應該用好字、改進自己的志彙。」艾美高傲地回嘴。

「小鬼們，別鬥嘴了。喬，妳會不會很希望我們家還像小時候那麼有錢？哎呀，如果沒有煩惱，我們該有多開心、多幸福啊。」梅格說，她還記得往日的美好時光。

「妳之前還說，妳覺得我們比金家的孩子幸福多了，因為他們雖然有錢，可是老是吵架鬥氣。」

「貝絲，我是這麼說過沒錯。好吧，我想我們是滿幸福的，我們雖然必須工作，卻懂得苦中作樂，而且套一句喬會用的說法——我們是一幫愛搞笑的傢伙。」

「喬講話就是這麼隨便。」艾美說，用責備的神情望著在地毯上攤平的修長身形。喬隨即坐起身，雙手插進圍裙口袋，吹起口哨。

「別這樣，喬，這樣很像男生。」

「所以我才這麼做啊。」

「我最討厭粗魯、沒淑女樣的女生了。」

「我才討厭裝模作樣、扭扭捏捏的傻妞呢。」

「小小鳥巢裡的鳥兒應該和平共處。」和事佬貝絲說，臉上的表情很滑稽，使得爭執雙方的尖銳嗓音軟化成笑聲，鬥嘴暫且告一段落。

「說真的，妳們兩個都有錯，」梅格說，端出她身為大姐的姿態開始訓話。「喬瑟芬，妳年紀也大到該戒掉男孩子氣的把戲，表現得端莊一點了。小時候還無所謂，但現在都長這麼高、頭髮也挽起來了，該記得自己就快是一位淑女了。」

「我才不是！要是挽起頭髮就是淑女，那我要一直紮兩條辮子到二十歲。」喬嚷嚷，扯下髮網，搖散一頭栗色長髮。「想到必須長大當馬區家大小姐，穿長裙，和瓷娃娃一樣拘謹，就覺得討厭。我喜歡男生的遊戲、工作和儀態。當女生就夠糟糕的了，不能當男生我更失望透頂，現在狀況更慘，因為我好想和爸爸一起上前線，卻只能待在家裡像個遲鈍的老太太一樣織毛線。」喬猛搖手上在織的藍色軍襪，直到織針像響板一樣撞出聲音，毛線球彈著滾過房間。

「可憐的喬，太遺憾了！但這也是沒辦法的事，妳把名字改得像男生，裝成我們這幾個女生的兄弟，應該要覺得滿足了。」貝絲說，手搓著她膝邊喬那頭粗髮，她的手即使再怎麼洗碗和打掃都不會改變動作裡的溫柔。

「艾美，至於妳呢，」梅格繼續說，「妳太挑剔、太古板了。妳現在的氣質很有趣，可是如果不當心，會長成做作的傻丫頭。妳不刻意裝優雅的時候，我還滿喜歡妳的儀態和文雅的說話方式，但妳誇張的用字就和喬說話時一樣糟。」

「如果喬是一個男人婆，艾美是一個小傻瓜，那請問我是什麼呢？」貝絲提問，等著聽訓。

「妳啊，就是個小甜心。」梅格溫和地說，而且沒人反駁，因為他們口中的「鼠仔」是全家的寵兒。

年輕讀者都喜歡知道「別人長什麼模樣」，我們就花點時間稍微描述一下這四個姐妹，此時在暮色中，她們正端坐著編織，屋外十二月的雪靜靜飄落著，屋內爐火劈啪燒得正旺。這是個舒適的老房間，雖說地毯褪色、家具非常簡樸，但牆上掛了一兩幅好畫，壁凹內擺滿書籍，菊花和聖誕玫瑰在窗前盛放，洋溢著平和宜人的居家氣氛。

四姐妹當中的老大瑪格莉特十六歲，長相姣好，身材圓潤、皮膚白皙，有一雙大眼，柔軟豐厚的棕髮、甜美的嘴型，及一雙她頗為自豪的白皙玉手。

十五歲的喬非常高䠷，身材纖瘦、膚色泛棕，讓人聯想到小馬，她覺得自己的長手長腳很礙事，似乎永遠不知道該拿四肢如何是好。她嘴型線條分明，鼻子長得有點俏皮、一雙灰眼極為銳利，彷彿能看透一切，眼神時而熱烈、時而滑稽，時而若有所思。一頭濃密長髮是她外表的亮點之一，但通常被她紮入髮網中，免得礙事。喬的肩膀圓潤，大手大腳，衣服寬鬆飄逸，有著女孩迅速長成女人卻抗拒的彆扭模樣。

伊莉莎白，大家都暱稱她為貝絲，是面色紅潤、髮絲光滑，雙眸晶亮的十三歲女孩，儀態害臊、聲音膽怯，平和的表情鮮少波動。父親稱她為「小寧靜」，這個綽號再貼切也不過，因為她似乎活在自己的快樂世界裡，唯有為了信任且深愛的人才會踏出那個世界。

艾美雖然年紀最小卻最重要，至少她自己是這麼認為。她是典型的雪姑娘，有一雙藍眸、在肩頭鬈起的金髮，膚色白淨、身材纖細，隨時留意自己的儀態，總表現得像小淑女。至於四位姐妹的個性各自如何，往下展讀便會揭曉。

時鐘敲響了六點。貝絲清完爐灰之後，放了雙拖鞋去烘暖。不知怎地，四姐妹看到那雙舊拖鞋便心情好轉，因為母親就快回家了。為了迎接她回家，每個人都打起了精神。梅格不再訓話，隨手點亮檯燈；艾美不用人開口就自動讓出扶手椅；喬打直身子拿起拖鞋湊近火堆烘暖。

「這雙拖鞋好舊了，媽媽非換一雙新的不可。」

「我想我可以用自己的一塊錢幫她買。」貝絲說。

「不行，我來買！」艾美嚷嚷。

「我是大姐——」梅格才剛開口，喬卻堅定地打了岔。

「老爸不在家，我就是當家的男人，由我來提供拖鞋才對。因為老爸出門以前，交代我要特別照顧媽媽。」

「這樣好了，」貝絲說，「我們每個人都替她買樣東西，什麼都別買給自己。」

「這種妙點子只有妳想得出來，親愛的！我們要買什麼才好？」喬驚呼。

每個人都認真思考片刻，接著梅格宣布，彷彿這個點子是看到自己那雙玉手才想到的。「我要送她一雙好手套。」

「軍用鞋子，最棒的禮物。」喬嚷嚷。

「幾條手帕，都車了邊的。」貝絲說。

「我要買一小瓶香水，她喜歡香水，不會太貴，這樣還會剩一點錢，我可以買東西給自己。」艾美補充。

「我們要怎麼把禮物送給她？」梅格說。

「放在桌子上，帶她進房間，看著她拆禮物。妳們難道不記得我們以前怎麼慶祝生日？」喬回答。

「以前輪到我戴著壽星皇冠坐上大椅子，看到妳們都走過來，給我禮物、送上一吻的時候，我都好害怕。我喜歡禮物和親吻，可是妳們坐著看我拆禮物的時候好可怕。」貝絲說，她一面烘熱配茶用的麵包，一面烘暖自己的臉。

「讓媽媽以為我們要買東西送自己，然後給她一個驚喜。梅格，我們明天下午一定就要去買，聖誕夜的那齣戲還有好多東西要準備。」喬說，雙手背在身後來回踱步，下巴抬得老高。

「這次演完以後，我就不想再演了，我年紀大到不適合做這種事。」梅格雖然這麼說，玩起扮裝遊戲明明就還像個孩子般興奮。

「只要可以披著長髮，戴著金色色紙做成的首飾，拖著白色長裙走來走去，妳就不會放棄演戲，我很清楚。妳是我們當中最棒的演員，要是妳退出，我們就沒戲唱了，」喬說，「我們今天晚上應該排練一下。過來，艾美，再練一下暈倒那一幕，妳身體太僵硬了。」

「沒辦法，我又沒看過別人暈倒的樣子，而且我不想像妳那樣直接倒在地上，撞得身上青一塊紫一塊。如果我能輕鬆倒下，我就倒下；如果沒辦法，我就會優雅地倒進椅子裡。我才不在乎雨果是否拿槍對準我。」艾美回嘴，她沒什麼演戲天分，之所以被選中，是因為她個頭小，能夠一邊尖叫一邊讓男主角扛她出去。

「妳應該這樣演。雙手緊扣，蹣跚越過房間，一面瘋狂大喊：『羅德里戈！救救我！救救我啊！』」喬一邊發出誇張的尖叫聲，一邊走遠，叫聲的確很嚇人。

艾美如法炮製，可是雙手直挺挺往前伸，扯著自己往前走，彷彿由機械操縱似的，她的「噢！」像是被針扎到，而非出於恐懼和苦惱。

喬發出絕望的呻吟，梅格直接笑出來，貝絲興味盎然看著眼前的趣事，任由麵包燒焦。

「沒救了！等時候到了，盡力就是了，如果觀眾喝倒彩，可別怪我。來吧，梅格。」

接著一切順利，因為唐佩德羅以長達兩頁的演說，毫不中斷地向世界發出挑戰；巫婆赫佳對著一鍋燉煮中的蟾蜍誦唸可怕的咒語，製造出詭異的效果；羅德里戈英勇地扯斷鐵鍊；雨果哈哈狂笑，在懊悔和砒霜中毒的極度痛苦中死去。

「這是我們到目前為止演得最棒的一次。」梅格說，死去的反派坐了起來，揉揉她的手肘。

「喬，妳怎麼寫得出、演得了這麼精采的東西啊，妳簡直就是莎士比亞再世！」貝絲驚嘆，她堅信姐姐們對任何事都是天賦異稟。

「還好啦。」喬謙虛地說，「《巫婆的詛咒——齣歌劇式悲劇》確實還不錯，不過我想試試《馬克白》，如果我們有暗門可以給班柯用就好了，我一直想演殺人那一段。『我眼前是把匕首嗎？』」喬喃喃，一面翻白眼、一面扒抓空氣，就像她曾經看過悲劇名演員演的那樣。

「不，是把烤叉，上頭插的是媽媽的鞋而不是麵包，原來貝絲也想軋一腳啊！」梅格嚷嚷，排練在大家哄堂大笑之中結束。

「女兒們，看到妳們這麼開心，我也很高興。」門口傳來爽朗的聲音，演員和觀眾轉身迎接那位身材結實的慈愛女士，她那種「要我幫忙嗎」的神態令人看了很舒心。她長得不算特別好看，可是以孩子的眼光看來，母親總是美麗的，而這幾個女孩覺得那件灰斗篷和過時的無邊圓帽下，是一位全世界最美好的婦人。

「嗯，親愛的，妳們今天過得如何？有好多事情要忙，得準備明天要送出去的箱子，所以我沒空回家吃正餐。貝絲，有沒有人上門來？梅格，感冒怎樣了？喬，妳看起來累壞了。過來親親我，寶貝。」

馬區太太一面關懷女兒，一面褪去身上濕掉的衣物，套上烘熱的拖鞋，在扶手椅上坐下，把艾美拉進懷裡，準備享受忙碌的一天中最快樂的時刻。

女孩們忙來忙去，努力以自己的方式讓母親覺得更舒適。梅格布置餐桌，喬搬來薪柴、擺好椅子，一會兒弄掉東西、一會兒翻倒東西，要不就是碰得東西鏗鏘響。貝絲在客廳和廚房之間來回奔走，安靜地忙碌，艾美則雙手交握坐著，對每個人發號施令。

大家圍聚在餐桌邊時，馬區太太神情特別愉快地說：「飯後我有個好東西要給妳們。」

燦爛的笑容就像一道陽光，在人人的臉上迅速亮起。貝絲雙手一拍，不顧自己手中的熱餅乾，喬則將餐巾往上一拋嚷嚷：「是信！是信！替爸爸歡呼三聲！」

「沒錯，是一封美好的長信。他一切安好，覺得自己應該熬得過冬季，狀況沒有我們原本擔心的那麼糟。他送上各種愛的聖誕祝福，還有特別的訊息要給妳們這幾個丫頭。」馬區太太說，輕拍口袋，彷彿裡面裝了件寶物。

「快快吃完飯，別停下來翹小指頭，也不要對著盤子整理儀容，艾美。」喬嚷嚷，一心急著看信，不只喝茶嗆到，還失手讓麵包掉在地毯上，抹了奶油那面朝下落地。

貝絲索性不吃了，而是悄悄走開，坐在自己的陰暗角落，默想著即將來臨的喜悅，也等待其他人準備好。

「爸爸年紀超過徵兵年齡，身體也不夠健壯，沒辦法當兵，但還是以隨營牧師的身分上前線去，我覺得很了不起。」梅格熱情地說。

「我真希望自己可以當個四處兜售的小販，就是vivan——怎麼叫才對[3]？——或是護士，這樣我就可以待在他身邊幫忙。」喬高聲哀嘆。

「睡在帳篷裡，吃各種難吃的東西，用錫杯喝東西，這樣一定很不舒服。」艾美嘆氣。

「媽媽，他什麼時候回來？」貝絲問，聲音有些顫抖。

「親愛的，還要好幾個月呢，除非他病了。只要可以，他都會留在前線善盡自己的職責。在他走得開以前，我們一分鐘都不會要他提早回來。現在過來聽我唸這封信吧。」

她們全都往爐火靠近，母親坐在大椅子裡，貝絲依偎在她腳邊，而梅格和艾美各靠一邊扶手，喬則倚在椅背上，要是這封信太感人，就不會有人看到她情緒起了波動。

在那樣艱困的年代，很少有信不感人，尤其是來自父親的家書。這封信對於自己承受的艱辛、面臨的險境，或是強行壓抑的思鄉之情，幾乎隻字未提；這是一封充滿希望又愉快的信，生動描繪了軍營生活、行軍和軍事消息。只有到了信尾，筆者才透露出心中對家中女兒的父愛和思念。

「向她們送上我深深的愛和吻。告訴她們，我天天想著她們，夜夜都為她們祈禱，時時從她們的深情當中得到莫大的安慰。還要等一年才能見到她們，時間似乎很漫長。但提醒她們，在等候的時候，我們要努力投入工作，這些辛苦的日子才不會白費。我知道她們都會記得我對她們說過的話，她們會好好孝敬妳，盡忠職守，勇敢地對抗內心的敵人，完美地戰勝自己。等我回來時，我的小婦人們會讓我更喜愛、更驕傲。」

聽到這裡，大家都吸起鼻子，斗大的淚珠從鼻尖落下，喬也不覺得丟臉。艾美不在乎弄亂自己的鬈髮，把臉埋進母親的肩膀，嗚咽著說：「我真是自私鬼！

3 喬說不出來的是法文字 vivandière，意指「隨軍販賣雜貨的女販」。

但我真的會努力變好，這樣他才不會對我失望。」

「我們都會變得更好！」梅格嚷嚷，「我太在乎自己的外表，又討厭工作，可是我會盡量別這樣。」

「他喜歡叫我『小婦人』，我會盡量做到，別再那麼放肆粗野、守好自己的本分，不要一直巴望自己身在他方。」喬說，心想在家要控制脾氣，比起面對一兩個南方叛軍困難多了。

貝絲一語不發，用手中的藍色軍襪抹去淚水，開始全心編織，一分鐘也不浪費地投入手邊的任務，沉靜的小小靈魂下定決心，一年後當父親返家的歡樂時刻到來，自己要成為父親期待的模樣。

喬一講完，大家默不作聲，馬區太太用爽朗的聲音打破沉默，「妳們小時候會玩《天路歷程》[4]的扮演遊戲，還記得嗎？妳們要我把碎布袋綁在妳們的背上當成重擔，另外還要給妳們帽子、木杖以及紙捲，從地窖這個『毀滅之城』出發，穿過房子，一路往上走到屋頂，那裡有一堆漂亮東西，可以讓妳們用來打造天城。」

「好玩極了，尤其要溜過獅子身邊、打敗惡魔亞坡倫，穿過惡鬼所在的死亡蔭谷。」喬說。

「我喜歡重擔落下、滾下階梯的那段。」梅格說。

「我最喜歡的部分是我們踏上屋頂平台，站在陽光底下開心唱歌，那裡有花有樹，還有漂亮的東西。」貝絲含笑說，彷彿那個開心的時刻又回來了。

「我不大記得了，只記得自己很怕地窖和暗暗的入口，我一直很喜歡我們到屋頂上吃蛋糕配牛奶。要不是因為現在年紀大到不適合了，要不然還真想再演一次。」艾美說，十二歲就自以為到了成熟的年紀，開始提起要摒棄的幼稚東西。

「我們永遠不會老到不適合的，親愛的。因為我們永遠都在演這一齣戲，只是以不同方式扮演而已。我們的重擔就在此，道路就在眼前，對美善和幸福的渴望就是指引，帶領我們穿過眾多難題和錯誤，抵達平安這個真正的天城。好了，我的小朝聖者們，妳們再次啟程吧，這次不是角色扮演，而是認真實踐，看看妳們在爸

4 《天路歷程》（*The Pilgrim's Progress*），是十七世紀英國作家約翰．班揚所著的小說。主角「基督徒」扛著罪惡的重擔，前往天城旅途上險阻重重，本小說有幾個章名呼應《天路歷程》的事件，如美麗宮、亞坡倫、浮華市，及屈辱谷。

爸回來之前能走多遠。」

「真的嗎？媽媽，我們的重擔在哪裡呢？」艾美問，她現在是個只懂表面意思的姑娘。

「妳們每個人剛剛才說過自己的重擔啊，只有貝絲沒說，我想她大概沒有重擔吧。」母親說。

「有的，我有。我的重擔就是碗盤和除塵撢子、羨慕家裡有好鋼琴的女孩，還有怕生。」

貝絲的重擔實在滑稽，逗得大家直想笑，但沒人笑出聲來，怕會傷到她的心。

「我們就這麼辦吧，」梅格若有所思地說，「這是讓自己變好的另一種說法，而且有這個故事幫忙督促我們，因為雖然我們想變好，可是做起來並不容易。我們不只會忘記，而且往往不會盡全力。」

「我們今天晚上本來陷在『絕望泥沼』裡，媽媽就像那本書裡的『恩助』，拉了我們一把。像故事裡的基督徒。但我們也應該要有指引方向的書卷，這點該怎麼辦呢？」喬開心地問，盡本分原本是件無趣的事，現在透過想像卻增添一絲浪漫。

「聖誕節早上去看看枕頭底下，妳們就會找到屬於自己的指南了。」馬區太太回答。

老漢娜清理餐桌時，她們聊著新計畫，然後拿出四個小工作籃，拾起針線為馬區姑姑縫製床單。針線活相當乏味，但今晚沒有人抱怨。她們採用喬的計畫，將長長的縫邊分成四區，分別命名為歐洲、亞洲、非洲及美洲，這麼一來就進行得很順利，尤其在縫邊上往前推進時，還一面聊起了各個國家。

到了九點，她們停止工作，按照往例在就寢前歌唱。除了貝絲之外，沒人能用那架老鋼琴彈出動聽的音樂，她就是有辦法輕柔地碰觸泛黃琴鍵，為她們演唱的簡單歌曲提供美妙的伴奏。梅格的歌聲清亮如笛，她和母親負責帶領這個小小合唱團。艾美的歌聲嘹亮如蟋蟀，喬則憑自己的意思隨性唱和，老在不對的地方冒出轉音或顫音，破壞憂愁的曲調。母親天生有副好歌喉，所以自她們兒時口齒不清地唱著「一散一散亮晶晶」開始，睡前合唱就成了家中傳統。早晨的第一個聲音就是她的歌聲，她在屋裡穿梭時總以雲雀般的甜美歌聲歌唱，而夜裡最後一個聲音也是相同輕快的歌聲，不管女兒們年紀多大，都聽不膩這首熟悉的催眠曲。

2 聖誕快樂

灰濛濛的聖誕節黎明，喬第一個醒來。壁爐裡沒掛聖誕襪，她一時覺得好失望，就和多年前那次一樣，當時她的小襪子塞滿禮物，重得掉在地上，讓她誤以為沒禮物。接著她想起母親的承諾，把手滑進枕頭底下，拉出一本深紅色書封的小書。她對這本書的內容瞭若指掌，因為裡面那則美麗的老故事講的是最美好的人生。喬認為，對於要踏上漫長旅程的朝聖者來說，將這本書當成指南最合適了。她用一聲聖誕快樂喚醒梅格，要她看看枕頭底下有什麼。梅格抽出一本綠色書封的書，裡面有同樣的圖案，還有母親題的一些文字，這些話讓她們覺得這份禮物十分珍貴。此刻，貝絲和艾美也醒來了，正在摸找，分別找到了紫灰色和藍色的小書。大家坐著看這些書並討論一番，東方天際隨著新的一天到來而泛紅。

儘管有些虛榮，梅格本性甜美善良，無形當中影響了妹妹們，尤其是喬。喬對她一片柔情，因為她總是柔和勸誡，所以喬都會遵從。

「姐妹們，」梅格嚴肅地說，從身邊那頭亂髮，望向另一個房間那兩顆戴睡帽的腦袋，「媽媽希望我們閱讀這些書、珍惜這些書，並且謹記在心，我們一定要馬上開始。我們以前都能確實做到，可是爸爸離家加上目前的戰事，讓我們的心起伏不定，忽略了很多事情。妳們想怎麼樣都可以，但我打算把我這本放在這張桌子上，每天早上醒來就讀一點，我知道對我會有好處，可以幫我度過這一天。」

接著她翻開新書，開始閱讀。喬用胳膊攬住她，臉頰貼臉頰，一起閱讀。喬那張躁動的臉龐浮現少有的平靜表情。

「梅格真棒！來吧，艾美，我們也學她們那樣。太難的字我幫妳，我們不懂的地方，她們也會解釋。」貝絲低語，這些漂亮書本和姐姐的模範打動了她。

「我很高興我這本是藍的。」艾美說。兩個房間都靜悄悄的，只剩書頁輕輕翻動的聲響，冬日陽光挾帶聖誕祝福悄悄溜進來，灑在這幾顆聰慧的腦袋和正經的臉龐上。

「媽媽呢？」梅格問。她和喬在半小時之後跑下樓，要謝謝母親致贈的禮物。

「天曉得，剛剛有個窮人家上門乞討，妳們媽媽就直接去看他們家需要什麼。從來沒有像她這麼大方的女人，老是送人吃的喝的、衣服及柴火。」漢娜回答，打從梅格出生後，她就和這家人一起生活，一家人把她當成朋友而非傭人。

「我想她很快就會回來。妳先做糕點，把東西先準備好吧。」梅格說，望向收在籃子裡並藏在沙發下的禮物，準備在恰當的時機拿出來。「咦，艾美的那瓶香水呢？」她補了一句，因為放眼不見那只小扁瓶。

「她剛才才拿出來，說要綁條緞帶什麼的。」喬回答，在房間裡跳來跳去，想把全新的軍用拖鞋撐軟一點。

「我買的手帕很不錯吧？漢娜幫忙洗過熨平以後，我在上面刺了繡。」貝絲說，得意地望著那些不大平整的繡字，她可是費了不少功夫。

「哎呀，她竟然在手帕上繡『媽媽』而不是『馬區太太』，好好笑。」喬拿起一條手帕嚷嚷。

「這樣不對嗎？我還以為這樣比較好，因為梅格的字首縮寫就是『M．M．』，我不希望媽媽以外的人用這些手帕。」貝絲說，一臉困擾。

「沒關係，親愛的，這個想法很不錯，也滿有道理的，這樣就不會有人弄錯。媽媽會很開心的，我知道。」梅格說，對喬蹙蹙眉頭，然後給貝絲一抹笑容。

「媽媽來了，把籃子藏起來，快點！」喬喊道。門砰地關上，玄關傳來一陣腳步聲。

艾美匆匆走進來，看到姐姐們都在等她，表情有點尷尬。

「妳上哪去了？背後藏了什麼？」梅格問，看到懶惰蟲艾美竟然戴兜帽披斗篷一早就出門，覺得很意外。

「別笑我，喬，我本來不想提前讓大家知道的。我只是想把小瓶換成大瓶，我全部的錢都花在上面了，我真的很努力別太自私了。」

艾美一邊說，一邊亮出以那瓶便宜的拿去更換的美麗新瓶，在她這番嘗試忘記自我的小小努力中，看起來如此誠摯謙卑，梅格當場擁她入懷，而喬讚許她是「好傢伙」。貝絲跑到窗邊，摘了最美的玫瑰來妝點這只高貴的瓶身。

「是這樣的，今天早上讀了那本書，討論要怎麼做人以後，我對自己的禮物覺得很難為情，所以一起床就跑到街角的商店去換。我非常高興，因為現在我的禮物最好看。」

臨街的大門又傳來砰的一聲，她們趕緊將籃子藏進沙發底下，走到餐桌邊急著想吃早餐。

「聖誕快樂，媽媽！祝妳非常快樂！謝謝妳送我們書，我們今天讀了一點，打算以後每天都唸。」她們同聲嚷嚷。

「女兒們，聖誕快樂！很高興妳們立刻就開始讀了，希望妳們能持之以恆。但是在我們坐下以前，我有話要說。離我們家不遠的地方有個窮苦的婦人，身邊有個小嬰兒，還有六個孩子擠在一張床上互相取暖，因為他們家沒柴火。那裡沒東西吃，最大的兒子跑來告訴我他們又冷又餓。女兒們，妳們願不願意把自己的早餐送給他們當聖誕禮物？」

她們等了將近一個鐘頭，早已餓腸轆轆，一時之間沒人開口，不過就只有停頓那麼一下，因為喬隨即劈頭就說——

「我很高興妳在我們開動前回家！」

「我可以幫忙拿東西去給那些可憐的小孩嗎？」貝絲熱切地說。

「我來負責拿鮮奶油及瑪芬。」艾美接著說，英勇放棄最愛的食物。

梅格已經忙著蓋住蕎麥餅，將麵包堆在一只大盤子上。

「我就知道妳們會願意。」馬區太太說，很滿足似地露出笑容。「妳們都和我一起去，幫我的忙，等我們回來，就吃麵包配牛奶作為早餐，晚餐的時候，我再補償妳們。」

她們轉眼就準備好，列隊出發。幸好時間還早，而且她們走後面的小路，沒什麼人會撞見她們，更不會有人取笑這個模樣滑稽的行列。

那個房間家徒四壁、破爛悲慘，窗戶洞開、沒點爐火，被單破破爛爛，母親病倒、嬰兒哭嚎，一群蒼白挨餓的孩子窩在一張舊棉被下，努力要取暖。四姐妹走進去的時候，那些孩子瞪大眼睛，凍得發青的嘴唇漾起笑容！

「啊，我的天！是天使來到我們身邊了！」那一個可憐的女人嚷嚷著，接著喜極而泣。

「是戴著兜帽和連指手套的搞笑天使啦。」喬說，逗得大家都笑了。

幾分鐘之內，彷彿有善良的精靈在那裡做工。漢娜負責搬運薪柴，點燃了火，用舊帽子和自己的披肩塞住了窗玻璃的破口。馬區太太端了茶水和燕麥粥給那位母親，承諾會持續幫忙，好讓她安心，同時視如己出地替嬰兒溫柔著裝。於此同時，女孩們負責鋪設餐點，讓孩子們圍著爐火而坐，把他們當成嗷嗷待哺的小鳥一樣餵食。大家有說有笑，努力想聽懂那家人滑稽破碎的英文。

「好好吃！」「天使孩子！」那些可憐的孩子們邊吃邊嚷，將凍到發紫的雙手湊到暖火前烘。四姐妹未曾被人叫「天使孩子」，覺得聽起來很順耳，尤其是喬，打從她出生以來，大家都叫她「桑丘」[5]。這頓早餐非常愉快，雖然她們一口也沒吃到；她們為這家人帶來舒適後便離開。在聖誕節早上，這幾個忍著飢餓的女孩將早餐送人，自己只有麵包和牛奶可吃，但我想這座城裡沒人比她們更快樂了。

「那就是愛鄰人勝過自己，我喜歡。」梅格說，她們端出自己的禮物，母親正在樓上蒐集衣服要送給貧苦的漢姆一家。

雖然禮物擺出來並不很華麗，不過，那幾個小包裹裡滿滿都是愛。桌子中央的長花瓶裡插著紅玫瑰、白菊花和披垂的爬藤，讓餐桌更添優雅。

「她來了！貝絲，開始吧，艾美，把門打開。給老媽三聲歡呼！」喬嚷嚷，跳來蹦去，梅格則領著母親坐到主位上。

貝絲彈著最歡樂的進行曲，艾美將門使勁打開，梅格莊嚴地護送母親進來。馬區太太又意外又感動，面帶笑容，淚水盈眶地細看禮物，閱讀附在裡面的短箋。拖鞋立刻穿上，一條新手帕噴了艾美的香水再放進口袋，玫瑰別在胸前，還宣布那雙手套「鬆緊合度」。

經過好一陣子的笑聲、親吻和解釋，這些單純而且充滿愛的互動方式，讓家庭節日在當下非常愉快，事後留下久久難忘的甜美回憶。接著，大家又埋首工作。

早上的慈善活動和儀式占用了這麼多時間，那天其餘的時間就全用來籌備晚間的慶祝活動。她們年紀還小，無法經常上劇院，經濟也不夠寬裕，負擔不起觀賞私人演出的高昂費用。女孩們索性發揮巧思，而「需要是發明之母」，需要什麼就自己動手。

5 西班牙作家塞萬提斯的小說《唐吉軻德》中，桑丘為鄉村貴族唐吉軻德的僕從。

她們所製作的一些物件非常巧妙：以厚紙板做的吉他、用老式船型奶油皿糊上銀紙製成的古董檯燈、用舊棉布做成美麗的長袍，然後拿罐頭工廠的錫片妝點得閃閃發亮；罐頭工廠切完罐蓋後留下的菱形碎塊也很實用，她們拿來做成盔甲。家具常常被翻得亂七八糟，大客廳是她們許多天真歡鬧的活動場景。

既然沒有男士可以入場，喬得以盡興扮演男性的角色，從朋友致贈的一雙皮靴裡得到無比的滿足，那位朋友認識的一位女士，有朋友在當演員。這雙靴子、一把老鈍劍、藝術家曾經入畫的一件開衩緊身上衣，這些都是喬珍愛的寶物，每回演出必定派上用場。

因為劇團規模很小，兩位主要演員必須分別身兼多個角色；她們不只要背三至四個角色的台詞、迅速換穿戲服，同時還得管理舞台，值得給她們一些讚賞。這對她們來說是訓練記憶力的完美辦法，一個無傷大雅的娛樂，而許許多多的時間原本可能花在閒晃、寂寞或較無益的社交活動上。

聖誕夜裡，十二個女生坐在充當劇院環狀座位的床上，眼前是黃藍雙色的印花棉簾，滿懷期待的態度令劇團受寵若驚。布簾後面傳來騷動和低語，竄出一絲油燈的煙霧，偶爾響起艾美的輕笑——她一亢奮就很容易歇斯底里。此時鈴聲響起，布簾忽地拉開，這齣歌劇式悲劇就此開場。

根據節目單上所寫，場景設在「幽暗的樹林」，以幾只灌木盆栽、地板上的綠色粗呢布和遠處的山洞來呈現。這個山洞用晾衣架當頂，以五斗櫃作壁，裡面有個小火爐燒得很旺，上頭放了個黑鍋，有個老巫婆彎身伏在上方。舞台一片陰暗，火爐的光芒營造出不錯的效果，尤其是巫婆掀起蓋子時，壺裡升起真正的熱氣。演員們讓觀眾最初的亢奮先平息下來，接著壞蛋雨果身側背著鏗鏘作響的長劍，昂首闊步走了進來，頭戴軟帽、蓄黑鬍、披著神祕的斗篷，腳踩靴子。

他激動地來回踱步一陣子後，猛拍自己額頭，狂亂地開口唱起對羅德里哥的恨和對薩拉的愛，表達他殺掉前者、贏得後者的決心。雨果的粗嗓門令人印象深刻，情緒只要過於激動就會扯嗓大吼。他停頓換氣時，觀眾報以熱烈掌聲。他以習於接受眾人讚許的姿態一鞠躬，然後悄悄走到山洞前，以「喂！奴才！給我過來！」的指令，命令巫婆赫佳上前。

梅格走出來，臉上披掛著灰色的馬鬃，身穿紅黑兩色的袍子，手持一把長杖、斗篷上有神祕符號。雨果向巫婆索討兩種藥水，矢志讓薩拉愛上他，並置羅德里哥於死地。赫佳以戲劇化的細膩旋律，承諾給他兩種藥水，然後召喚精靈帶來愛情的靈藥——

來啊，來吧，飄渺的精靈，
我召喚你從居所前來！
生於玫瑰、以露珠為食，
你能否調製魔咒與迷湯？
以精靈的神速，
帶來我需要的芳香迷藥，
嚐來甜美，藥效快又強；
精靈，立刻回應我的歌唱！

一段輕柔樂音傳來，接著洞穴後側出現一身雲白的小身影，背上長了一對閃閃發亮的翅膀，滿頭金髮，頭戴玫瑰花環。它揮著魔杖吟唱：

我來了，
來自我飄渺的家，
在遙遠的銀色月亮上；
將魔咒拿去，
噢，請善用它！
要不然法力轉瞬消失無蹤！

一只鍍金的小瓶子丟在巫婆腳邊之後，精靈消失蹤影。赫佳再次吟誦，召來另一個模樣並不甜美的精靈——隨著砰的一聲，一個醜陋烏黑的妖精現身，以粗嘎的聲音回話，在雨果腳邊拋下一只暗色瓶子，發出嘲諷笑聲後隱去蹤影。雨果唱歌致謝，將藥水藏進靴子後便大步離開。赫佳告訴觀眾，雨果過去曾經殺害她幾個朋友，她對雨果下了咒，打算阻撓他的計畫，好好復仇。

接著，布幕落下，觀眾休息吃糖果，一面討論這齣戲的精采之處。一陣敲敲打打後，布幕再次升起，舞台上架設的木工傑作立刻映入眼簾，觀眾對時間的耽擱不再發出怨言。真是精采極了！一座高塔直上天花板，中段有扇窗，裡頭點亮了一盞燈，白色簾幕後的薩拉出現，身穿好看的藍銀洋裝，癡等著羅德里哥。他身穿華服走了進來，頭戴羽飾帽子，肩披紅斗篷，一頭栗色過肩長髮，隨身揹著吉他，當然還穿著那雙靴子。

他跪在塔樓下方，以動人的嗓音高唱情歌。薩拉回應，在一陣對唱之後，同意與他遠走高飛。接著是這齣戲的重要特效，羅德里哥巧妙地變出五階繩梯，將一端往上拋，邀請薩拉爬梯下來。她膽怯地從窗戶悄悄爬下，將手搭在羅德里哥的肩膀上，在「哎呀，哎呀！為了薩拉！」的呼聲下，正要優雅地往下一躍，卻一時忘記自己的裙襬，一把卡在窗戶上。塔樓搖搖晃晃，先是往前傾斜，繼而砰轟倒下，將不幸的戀人埋在廢墟裡！

在一陣尖叫聲中，赤褐色靴子在斷垣殘壁中狂踢亂蹬，一顆金色腦袋冒出來驚呼：「早就跟妳說了！就跟妳說了！」那個殘酷的國王唐佩德羅鎮定自若，衝了進來，將女兒拖出來，匆匆耳語：「別笑，裝成沒事一樣！」然後命令羅德里哥起身，憤怒不屑地將他從王國驅逐出去。

雖然塔樓倒塌一時撼動了羅德里哥，但他依然堅持對抗那位老國王，拒絕離開。這樣無畏的示範激勵了薩拉，她也挺身違抗父親，於是唐佩德羅下令將兩人關入城堡裡最深的地牢。一個矮壯的侍從一臉驚恐地拿著鐵鍊走進來，將他們帶開，顯然完全忘了自己的台詞。

第三幕的場景是城堡大廳。赫佳現身，前來釋放這對戀人自由並了結雨果的性命。她聽到雨果走近時便躲藏起來，眼見雨果將藥水倒進兩杯酒裡，命令怯懦的小僕人：「拿到牢裡給囚犯，告訴他們我馬上過來。」

小僕人將雨果請到一旁說了點話，赫佳趁機將那兩杯動了手腳的酒換成無害的飲料。「奴才」斐迪南將酒端走，赫佳將原本要給羅德里哥喝的那杯毒酒放回原位。雨果高唱許久之後覺得口乾，便將那杯酒一飲而盡，神智逐漸模糊起來，一陣捶胸頓足之後，砰一聲倒在地上死去。在這過程中，赫佳以激昂優美的歌曲向他坦承自己的行徑。

這一幕著實震撼人心，雖然有些人可能會覺得大量的長髮突然滾落，多少減損了壞人死去的效果。觀眾喚他到幕前答禮，他極為得體地領著赫佳現身，大家公認後者的歌聲比起其他表演的總和來得精采。

第四幕一開場，羅德里哥一聽說薩拉棄他而去，正準備以刀自我了斷。就在他拿匕首對準心臟的當下，窗下傳來一首動人歌曲，訴說薩拉對他的一片真心，而她卻身陷險境，他若願意就能拯救她。一把能打開門鎖的鑰匙丟了進來，在一陣狂喜中，他扯斷自己的鎖鍊，趕忙去尋覓並拯救他的愛人。

第五幕一開場，薩拉和唐佩德羅陷入激烈爭吵。他希望女兒隱居修道院，但她說什麼都不肯。在一陣感人肺腑的懇求之後，薩拉正要不支暈厥，這時羅德里哥衝進來，要求與她結為連理。唐佩德羅斷然回絕，因為羅德里哥不夠富有。

兩人厲聲嘶吼、比手畫腳，仍舊無法達成協議。羅德里哥正要扛著筋疲力盡的薩拉離開時，那個膽怯的僕人帶著赫佳託付的一封信和袋子走了進來。赫佳早已神祕地失去蹤影。信裡告訴這些人，她要餽贈數不盡的財富給這對年輕戀人，如果唐佩德羅不成全他們，就等著遭逢厄運。袋子一打開，錫片錢幣紛紛灑落在舞台上，直到整個舞台閃閃發光。那位「嚴厲的國王」態度軟化並表示同意，一句怨言也無。眾人齊聲歡唱。這對戀人以浪漫雅致的姿態，跪地接受唐佩德羅的祝福，布幕就此落下。

掌聲熱烈地響起，卻因為一場意外而中斷。那一張充當「環狀座位」的折疊床突然合起來，把所有熱情的觀眾都吞了進去。羅德里哥和唐佩德羅趕忙上前搭救，所幸觀眾獲救時皆毫髮無傷。不過，有不少人都笑得無法言語。

當漢娜現身宣布「馬區太太向大家問候，請各位小淑女下樓享用晚餐」時，眾人的興奮程度幾乎絲毫未減。

這真是個驚喜，即使對這些演員來說也是。當她們看到餐桌時，又喜又驚地面面相覷。偶爾給她們一點小驚喜是「老媽」的作風沒錯，可是打從家道中落以來，她們就沒見過這樣的盛宴。桌上有冰淇淋，而且有兩盤呢——粉紅色和白色，還有蛋糕、水果和誘人的法國糖果，桌子中央則是溫室花朵紮成的四大把花束！

這番景象讓她們屏息。她們先是盯著桌子，再看看母親，母親的表情彷彿非常樂在其中。

「難道是仙子？」艾美問。

「是聖誕老公公。」貝絲說。

「是媽媽準備的吧。」梅格露出甜美極了的笑容，儘管臉上還貼著灰鬍子和白眉毛。

「肯定是馬區姑婆一時興起，派人送了晚餐來。」喬靈機一動嚷嚷。

「都猜錯嘍，是老羅倫斯先生送來的。」馬區太太回答。

「那一個羅倫斯家男孩的爺爺！他怎麼會想到這麼做？我們又不認識他。」梅格驚呼。

「漢娜向他們家一位僕人提起妳們的早餐會，他是一位古怪的老紳士，但這件事讓他很高興。他認識我父親，是很多年前的事了，今天下午他捎來一封客氣的短信，說希望我能讓他送點小東西作為聖誕賀禮，對我的孩子們表達一點善意。我無法拒絕，所以妳們晚上就有個小盛宴能彌補只有牛奶、麵包的早餐。」

「一定是那小子和他說這個想法，我知道一定是！他是個好傢伙，真希望可以和他認識一下。他看起來很想認識大家，但他很害羞，加上梅格又很拘謹，路過的時候都不讓我和他講話。」喬說。大家傳遞著餐盤，冰淇淋逐漸消融不見，噢！啊！滿足的驚嘆聲此起彼落。

其中的一個女孩說：「妳指的是住隔壁大宅的人吧？我媽媽認識老羅倫斯先生，但說他很高傲，不喜歡和鄰居打交道。他孫子不是騎馬、和家教散步，就是被關在家裡，被逼著拚命唸書。我們邀他來家裡參加派對，他都沒來。媽媽說他人很好，只是他沒和女孩們說過話。」

「我們家的貓有一次溜出去，他把牠抱回來，我們隔著籬笆聊天，相處得很愉快，一路在聊板球等等的事情，他看到梅格走過來，就離開了。哪天我想和他好好認識，他看起來很需要玩樂，我很確定。」喬語氣堅定地說。

「我很欣賞他的儀態，看起來就是一位小紳士，所以如果時機適當，我不反對妳們和他認識一下。花是他親自捧來的，那時候我還不確定樓上的狀況，不然我就會邀他進來。他聽到樓上的笑鬧聲，離開的時候一臉惆悵，顯然自己沒什麼笑鬧的機會。」

「還好妳沒邀他進來，媽媽。」喬笑道，看著自己的靴子。「但我們改天會再演一齣戲，是他可以看的戲碼，搞不好他還可以幫忙演出呢，這樣不是很棒嗎？」

「我以前沒收過花束呢，真漂亮。」梅格興致勃勃地細看她的花。

「是很漂亮沒錯，但貝絲的玫瑰對我來說更美。」馬區太太說，嗅了嗅繫在腰間的半枯小花束。

貝絲依偎過來，柔聲耳語說：「我真希望能將小花束送給爸爸。他的聖誕節過得恐怕沒有我們愉快。」

3 羅倫斯家的男孩

「喬！喬！妳在哪裡？」梅格在閣樓樓梯底部嚷嚷。

「在這邊。」上方傳來沙啞的回應。梅格拔腿跑上樓，發現妹妹裹著棉被坐在三腳舊沙發上，在陽光普照的窗邊啃著蘋果，邊讀《瑞德克里夫的繼承人》（*Heir of Redcliffe*）邊哭。這裡是喬最愛的藏身處，她喜歡帶著六顆小蘋果和一本好書躲在此，附近有一隻寵物鼠扒扒的陪伴下，享受那片寧靜，那隻老鼠一點都不介意她在場。梅格一現身，扒扒就趕忙躲回牠的洞裡。喬甩開臉頰上的淚水，等著聽聽有什麼消息。

「好玩的來了！妳瞧瞧！是葛迪納太太的邀請函，明天晚上有活動！」梅格嚷嚷，揮著那張寶貴的紙，然後開心得像小女孩似地開始讀。

「『葛迪納太太敬邀馬區小姐和喬瑟芬小姐前來參與新年除夕小舞會。』媽媽答應讓我們去，好了，我們該怎麼打扮？」

「問這個有什麼用，妳明明知道我們只有府綢洋裝可以穿，因為也沒別的衣服了啊。」喬滿嘴蘋果地回答。

「要是我有絲綢禮服就好了！」梅格嘆氣。「媽媽說，等我十八歲也許就能給我，可是還要等兩年實在太久。」

「我確定我們的府綢看起來就像絲，對我們來說也夠好了。妳那件和新的沒兩樣，不過，我都忘了我那件有一處燒到、又扯破了。我該怎麼辦？燒焦的地方好明顯，根本去不掉。」

「妳一定要盡量坐著別動，免得讓人家看到妳背後，正面就還好。我要用新緞帶紮頭髮，媽媽會借我珍珠小胸針，我的新便鞋很好看，手套也過得去，雖然沒有我想要的那麼好。」

「我的手套被檸檬汁毀了，我也沒辦法買新的，所以我打算光著手去。」喬說，她從來不為裝扮費神。

「妳非戴手套不可，要不然我不去。」梅格堅定地嚷嚷著。「手套比什麼都重要，沒手套就不能跳舞。要是妳沒戴手套，我可要尷尬死了。」

「那我就乖乖坐著不動，反正我又不喜歡跳正式的社交舞，一堆人轉來轉去又不好玩。我喜歡滿場亂飛、蹦蹦跳跳的。」

「妳不能和媽媽討新手套，手套好貴，而且妳老是粗心大意。她說過，要是妳再弄壞手套，今年冬天就不會再買新的給妳。妳難道不能想辦法弄好嗎？」梅格焦慮地問。

「我可以握著手套，這樣就不會有人知道染了色，我頂多只能這樣。對了！我告訴妳可以怎麼辦——我們每人各戴一隻手套，而另一手握著染色的一隻，這樣妳懂嗎？」

「妳的手比我大，到時會把我的手套撐鬆。」梅格說，她特別在意手套。

「那我就光著手去，我才不管別人說什麼。」喬嚷嚷，一手拿起書本。

「好啦好啦，借妳！只是別弄髒喔，要好好守規矩。別把手收在背後，也不要盯著人看，更不要說『我的媽啊』，可以嗎？」

「別擔心我，我會很正經的，盡量不惹麻煩。好了，去回覆邀請函吧，讓我讀完這個精采的故事。」

於是，梅格離開去寫「心懷感激接受邀約」的回函，檢查洋裝，快活地唱著歌，一面縫上手工蕾絲褶邊。喬則將故事讀畢、啃完四顆蘋果，和扒扒玩鬧一下。

除夕夜裡客廳一片冷清，因為兩個妹妹正扮演梳妝女僕的角色，而兩個姐姐一心專注在「準備參加派對」的重要事務上。即使梳妝很簡單，但大夥兒還是跑上跑下、邊笑邊聊，屋裡一度瀰漫著頭髮燒焦的強烈氣味。梅格希望有幾綹鬈髮垂在臉旁，喬便負責用一雙燒熱的鉗子夾燙梅格裹了紙張的髮綹。

「這樣冒煙正常嗎？」貝絲坐在床上問。

「是濕氣蒸發的關係。」喬回答。

「味道好怪！像是羽毛燒焦了。」艾美說，以優越的態度撫平自己那一頭美麗的鬈髮。

「好了，等我把紙拆掉，妳就會看到一蓬小小的鬈髮。」

喬摘掉紙張時，現身的不是一蓬小鬈髮，因為髮絲跟著紙張落下，這位驚恐的美髮師將那些燒焦的髮束排在受害者眼前的五斗櫃上。

「噢、噢、噢！妳做了什麼好事！我完了！我沒辦法去了！我的頭髮，噢，我的頭髮！」梅格哀嚎，絕望地看著額上的頭髮參差不齊地縮起來。

「我真倒楣！妳當初就不該找我幫忙，我老是毀掉東西。真是對不起，火鉗太熱，所以我才會弄得一團糟。」可憐的喬呻吟，望著那些煎餅似的焦黑髮塊，流下悔恨的淚水。

「沒毀掉啦，只是縮起來。妳綁緞帶的時候，讓尾端稍微垂在額頭上，看起來就像最新的流行，我看很多女生都這樣。」艾美用安慰的語氣說。

「誰叫我那麼講究，是我活該。真希望我當初不要動頭髮的腦筋。」梅格任性地嚷嚷。

「我也這麼希望，本來那麼滑順漂亮的。不過，很快就會再長出來的。」貝絲說，走過來親吻並安慰這頭被剃了毛的羊。

經過各種微小的意外之後，梅格終於梳妝完成，全家齊心協力，也終於打理好喬的頭髮。兩人的衣裝雖然簡單，但模樣相當姣好，梅格穿著銀色禮服，繫著藍色絲絨髮網、蕾絲褶邊加上珍珠胸針。喬則是一身褐紫紅，搭配男士般的漿挺麻料衣領，唯一的飾物是一兩朵白菊。兩人各自套上一隻完好的淺色手套，另一隻染色的則握在手裡，大家都說效果「自在美好」。梅格的高跟便鞋非常緊，弄痛了腳，不過她不肯承認。喬的十九根髮夾感覺好像直接扎進腦袋，不大舒服，可是，天啊，不優雅毋寧死。

「祝妳們玩得愉快，親愛的。」馬區太太說，兩位姐妹輕巧地沿著步道走遠。「晚茶別吃太多，十一點離開，到時我請漢娜去接妳們回來。」大門在背後鏗鐺關上時，窗邊傳來喊聲：「女兒、女兒！乾淨的手絹是否都帶了呢？」

「有、有，百分之百乾淨，梅格的手絹還噴了香水呢。」喬嚷嚷，笑著補了一句，兩人繼續往前走。「發生地震要逃難時，老媽肯定也會問我們帶了手絹沒。」

「那是她的高貴品味，而且也很合宜，因為真正淑女的靴子、手套和手帕一定都要整潔無比。」梅格回答，她也有不少屬於她個人的「高貴品味」。

「好了，別忘記，洋裝弄壞的那部分別給人看見，喬。我的腰帶還好嗎？頭髮看起來會不會很糟糕？」梅格問，面對著葛迪納太太梳妝室的鏡子，打理半天之後才轉過身來。

「我知道我一定會忘記，如果妳看到我做錯了什麼，就眨眼提醒我，可以嗎？」喬回話，扭扭衣領，速速梳了一下頭髮。

「不行，眨眼太不淑女。若出了錯我就挑起眉毛，妳做對時，我就點點頭。現在挺直肩膀，小步走路，有人介紹認識時，不要和別人握手，那樣不合禮俗。」

「這些規矩妳都怎麼學來的啊？我怎麼也學不會。那個音樂很歡樂吧？」

兩人一起下樓去，有點膽怯，因為她們很少參加舞會，雖然這個小聚會並不正式，對她們來說已是重大活動。葛迪納太太是一位很有威嚴的老夫人，對她們親切地打招呼之後，就將她們交給六個女兒裡最大的那個。

梅格認識莎麗，很快就自在起來。可是喬對女生或女生的八卦不太有興趣，於是小心靠著牆壁站著，覺得自己像是誤闖花園的小馬那般格格不入。房間的另一邊，現在有五六個快活的少年正在暢談溜冰，她好想加入他們的行列，因為溜冰也是她生活的樂事之一。

她將自己的心意隔空傳達給梅格，但那雙眉毛嚇人地一挑，讓她不敢輕舉妄動。沒人來找她講話，她身邊那一群人一個接著一個離開，最後只剩她獨自一人。她不能四處遊走找樂子，因為燒焦處會暴露出來，於是她絕望地盯著大家直到舞會開場。

立刻有人邀梅格共舞，那雙過緊的便鞋如此輕盈地跳躍，沒人猜得到那一雙鞋的主人笑容底下吃了多少苦頭。喬看到一位高壯的紅髮青年正走近屬於她的角落，擔心他有意邀她共舞，於是悄悄溜進有簾幕的壁凹，打算從那裡往外窺看，獨享那片安寧。遺憾的是，早有個怕羞的人選了同一處避難。結果，簾幕在背後合起時，她就和那個「羅倫斯家男孩」正好大眼瞪小眼。

「天啊，我不知道這裡有人！」喬支支吾吾說，準備以當初跳進來的速度一樣，快快退出。

男孩笑了，雖然神情有點驚嚇，卻友好地說：「別在意，如果妳想要待著就留下吧。」

「不會打攪到你嗎？」

「一點都不會，我之所以躲進來，就是因為認識的人不多，一開始都很尷尬，妳知道的。」

「我也是。拜託別走，除非你想離開。」

男孩再次坐下，望著自己的靴子。喬試著表現客氣又好相處，於是說：「我想我以前就有幸見過你，你住我們家附近，是吧？」

「就在隔壁。」他抬起頭直接笑出聲，因為喬拘謹的儀態很滑稽，他記得自己把貓帶去還她們的時候，以及和她聊板球的事。

這笑容讓喬放鬆下來，她也跟著笑了，真誠地說：「你們送來的聖誕禮物讓我們開心得不得了。」

「是爺爺送的。」

「但點子是你提議的吧？」

「馬區小姐，妳們家的貓還好嗎？」男孩問，試著裝出正經的模樣，但黑眸閃著樂趣的光芒。

「很不錯，謝謝你，羅倫斯先生，但我不是馬區小姐，叫我喬就好。」年輕淑女回話。

「我也不是羅倫斯先生，叫我羅利就好。」
「羅利・羅倫斯，這名字真怪。」
「我的本名是希奧多，可是我不喜歡，因為同學都叫我朵拉，所以我要他們改叫我羅利。」
「我也討厭我的名字，太感性了！我希望每個人都叫我喬，不要叫我喬瑟芬。你當初怎麼阻止朋友叫你朵拉的？」
「就痛扁他們啊。」
「可惜我沒辦法痛扁馬區姑婆，所以我想我只能咬牙忍受了。」喬認輸地嘆了一口氣。
「喬小姐，妳不喜歡跳舞嗎？」羅利問，一臉覺得這名字很適合她的表情。
「喜歡啊，如果空間足夠，而且大家都很活潑的話。在這樣的地方，我肯定會撞倒東西、踩到大家的腳趾，或者做出什麼可怕的事，所以我要乖乖的、別闖禍，讓梅格好好表現。你不跳舞嗎？」
「有時候會跳。是這樣的，我有好多年都在國外，回國時間還不夠長，不知道這裡的習慣。」

「出國！」喬嚷嚷。「噢，快和我說！我好喜歡聽別人說他們的旅遊經歷。」

羅利似乎不知從何開始，但喬連珠砲似的發問很快就讓他進入狀況。他告訴她，過去在瑞士沃維鎮求學，那裡的男生從不戴帽子，湖上有很多船隻，假日的娛樂就是跟著老師在瑞士四處健行。

「真希望我也能去那裡！」喬嚷嚷，「你去過巴黎嗎？」

「我們去年到那裡過冬。」

「你會講法文嗎？」

「在沃維鎮就只能講法文。」

「說點來聽聽，我會讀但不會發音。」

「Quel nom a cette jeune demoiselle en les pantoufles jolis?」羅利和藹地說。

「你說得真好！讓我想想，你剛剛說的，是『那個穿著漂亮便鞋的年輕淑女是誰』，對不對？」

「Oui, madmoiselles.」（是的，小姐。）

「那是我姐姐瑪格麗特，你明明知道！你覺得她漂亮嗎？」

「漂亮啊。她讓我聯想到德國女生，看起來清新恬靜，跳起舞很淑女。」

聽到他這樣稚氣地稱讚自己的姐姐，喬滿心歡喜，記下這一番話準備之後轉述給梅格聽。兩人都往外窺看著，品頭論足，一面閒聊，最後覺得彷彿認識對方很久了。

羅利很快就不再害羞，因為喬如男士般的舉止讓他覺得有趣，也讓他自在。喬又恢復平日的歡樂模樣，早把洋裝的問題拋到腦後，而且沒人挑眉指正她。她比以往都喜歡這個「羅倫斯家男孩」，好好打量他幾回，這樣事後就能向姐妹描述他的模樣，因為她們沒兄弟，堂表兄弟也很少。對她們來說，男生簡直是一種陌生的生物。

黑色鬈髮、棕色皮膚、黑色大眼、長鼻子、牙齒整齊、手腳不大不小，和我一樣高；以男孩來說彬彬有禮，整體來說很開朗。真好奇他幾歲？

喬差點就要開口詢問，但她及時制止自己，然後以難得的機伶，拐了一個彎來打探。

「我想你再不久就要上大學了吧？看你啃書啃個不停，不是，我是說用功讀書。」喬脫口就用「啃」這個糟糕的字，臉不禁一紅。

羅利綻放笑容，可是似乎不覺得錯愕，聳聳肩回答：「還要兩三年吧，反正不到十七歲，我是不會上大學的。」

「這樣算來，你才十五歲？」喬問，望著這個高挑的男生，她還以為對方已經十七了。

「下個月就十六歲了。」

「我多想去上大學啊，你看來好像不喜歡。」

「討厭死了！大學生要不是苦讀，不然就在胡鬧。我不喜歡這個國家男生苦讀及胡鬧的方式。」

「那你喜歡什麼？」

「到義大利住，用自己的方式享受生活。」

喬很想問他的生活方式是什麼，但當他蹙起眉頭，那雙黑眉看起來很嚇人，於是她腳打拍子，換了個話題。「這首波卡舞曲很棒，你為什麼不去跳跳看？」

「如果妳也一起，我就跳。」他回答，配上有點古怪的法式行禮。

「我沒辦法，我和梅格說我不打算跳，因為——」喬打住，一臉不知該明說或是自嘲。

「因為什麼？」羅利好奇地問。

「你不會說出去吧？」

「絕對不會！」

「欸，我有個壞習慣就是愛站在爐火前面，結果老是燒到衣服。我把這件洋裝烤焦了，雖然補得很好，但還是遮不掉焦痕。梅格要我乖乖別動，免得被人看到。你別客氣，儘管笑吧，還滿可笑的，我知道。」

然而，羅利沒笑，只是垂下視線一會兒，喬看不透他臉上的表情。他以溫柔的語氣說：「不用在意這件事，我告訴妳我們可以怎麼辦。外頭有條長廊，我們可以在那裡盡情跳舞，不會有人看到，請跟我來。」

喬向他道謝，高興地跟上去，看到舞伴套上一雙珍珠色澤的高級手套時，巴不得自己也有副整潔的手套。長廊放眼無人，兩人盡情地跳了波卡舞。

羅利舞技頗佳，教喬充滿搖擺和彈跳動作的德國舞步，逗得她開懷不已。音樂停歇時，兩人就坐在樓梯上喘著氣。羅利正說起海德堡的一場學生慶典時，梅格過來找妹妹。

她揮手召喚，喬猶豫不決地跟著走進側邊房間，發現姐姐坐在沙發上握著腳，臉色蒼白。

「我扭到腳踝了，那雙蠢高跟鞋歪掉，害我跟著猛扭一下。我痛到差點站不住，真不知道該怎麼回家。」她說，痛得前後搖擺身子。

「我就知道穿那種蠢東西，妳一定會傷到腳。真遺憾，可是除了雇一輛馬車來，我不知道還能怎麼辦，要不然就是在此過夜。」喬回答，一邊說，一邊輕柔地揉搓梅格可憐的腳踝。

「雇馬車很花錢，我根本付不起，大部分的人都是搭自家馬車來的。而且要到馬廄的路程滿遠的，沒有人手可以派去叫車過來。」

「我去就好了啊。」

「不行，都超過十點了，外頭黑得跟什麼似的。我也不能在此過夜，因為整棟房子都住滿了，莎麗有幾個女生朋友會在這裡過夜。漢娜來之前，我就先休息，然後盡量走走看。」

「我請羅利幫忙叫車好了，他會去的。」喬說，想到這個點子時，一臉如釋重負的樣子。

「拜託不要！別找人幫忙，也不要和別人說。把我的雨鞋拿來，然後將這雙便鞋和我們的東西收在一起，我不能再跳舞了。晚茶結束，妳就注意看漢娜來了沒有，她一來就告訴我。」

「現在大家都要去吃茶點了，我就待在妳身邊吧，我想要陪妳。」

「不，親愛的，去吧，端杯咖啡給我。我好累，動也動不了。」

於是，梅格斜躺下來，把雨鞋藏得好好的。喬在前往飯廳的路上埋頭亂竄，一會兒誤闖瓷器櫃，一會兒又開錯門，正好撞見老葛迪納先生正在享用他的個人茶點。她撲向餐桌，拿到咖啡馬上就潑灑出來，把洋裝的前側弄得和背後一樣糟。

「噢，天啊！我真是個麻煩鬼！」喬驚呼，一急忙就拿梅格的手套去擦洋裝，一併毀了手套。

「要我幫忙嗎？」一個友善的聲音說，原來是羅利，他一手拿一杯盛好未動的咖啡，另一手端著一盤冰淇淋。

「我正想端東西給梅格，她累壞了，結果有人撞到我，我就變成這樣了。」喬哭喪著臉回答，來回看著髒污的裙子和沾有咖啡漬的手套。

「好慘！我正想端東西給誰呢，要不要我拿去給妳姐姐？」

「噢，謝謝你，我帶你去她那邊，我不敢自己端了。要是讓我端，我肯定會再闖禍。」

喬負責帶路，彷彿很習慣服侍女士似的，羅利拉來了一張小茶几，另外再帶一份咖啡和冰淇淋來給喬，熱心助人到連挑剔的梅格都說他是個「好男孩」。他們愉快地吃糖，讀包裝紙上印的格言，和另外兩三位無意間走進來的年輕人靜靜玩著「數七」的遊戲時，漢娜走了進來。梅格忘了自己的腳受傷，猛然起身，痛得發出叫喊聲，不得不抓住喬。

「噓！什麼也別說。」她低語，接著高聲說，「沒事，只是腳稍微歪了一下。」然後跛著腳上樓去穿外套。

漢娜責罵著、梅格痛哭，喬則不知所措，最後決定自己出面解決。她悄悄溜出房間跑下樓，找到侍者，問他能不能幫忙跑腿去叫一輛馬車來。

結果，這一位侍者也是臨時受雇的，對附近的環境一無所知。喬東張西望想求助，羅利正好聽到她說的話，於是走過來，提議她們一起搭他爺爺派來接他的馬車。

「現在還這麼早，你該不會要離開了吧。」喬說，看來鬆了口氣但猶豫著是否該接受提議。

「我總會提早離開，真的，請讓我送妳們回家。完全順路，妳也知道，而且聽說下雨了。」

事情就這樣敲定了。喬和他說了梅格的意外，然後感激地接受提議，衝到樓上帶著其他人下來。漢娜和貓咪一樣討厭下雨，所以沒有異議。

一行人就搭著封閉式的豪華馬車上路，覺得很有節慶氣氛，也覺得自己很優雅。羅利去坐駕駛座，好讓梅格把腳抬高，於是女生們就暢快地談論這場派對。

「我玩得很愉快，妳呢？」喬問，將頭髮整個撥亂，好讓自己自在一點。

「很愉快啊，直到我弄傷自己之前。莎麗的朋友安妮・莫法特很喜歡我，邀我和莎麗一起去她家住一個星期。她要在春天歌劇季開始時過去，如果媽媽肯讓我去，那就太棒了。」梅格回答，想到這件事就開心。

「我從一個紅髮男人身邊逃開，我看到妳和他跳了舞，他人好嗎？」

「噢，很好啊！他的頭髮不是紅色，是紅棕色。人很客氣，我和他跳了一場很不錯的雷多瓦。」

「跳新舞步的時候，他看起來好像氣呼呼的蚱蜢。我和羅利都忍不住哈哈大笑，妳有聽到我們的笑聲嗎？」

「沒有，但這樣很沒禮貌，你們躲在那裡做什麼？」

喬將自己的歷險故事告訴梅格，等她說完也到家門口了。她們連聲致謝，道了「晚安」後便悄悄進家門，希望別吵醒任何人。但家門一開，兩個戴睡帽的小腦袋就探出來，睡意濃濃但以熱切聲音喊道：「告訴我們派對的情形！快說！」

喬做了梅格認為「徹底失禮」的事，那就是偷拿了糖果回家給妹妹。聽完那天晚上最精采的片段後，妹妹們很快就平靜下來。

「搭馬車從派對回家，穿著睡袍，有女僕服侍，感覺真的就像上流社會的淑女。」梅格說，喬先用山金車藥草替她包紮腳，再幫她梳頭髮。

「儘管我們頭髮燒焦，只有舊禮服可穿，一人各分一隻手套，也傻到穿太緊的便鞋而最後扭傷腳踝，但我相信我們玩得比那些上流社會的淑女更開心。」我覺得喬說得一點也沒錯。

4 重擔

「哎呀，要再揹起重擔繼續往前走，感覺好難。」舞會隔天，梅格嘆氣，現在假期已經結束，經過一整個星期的歡樂，讓她難以再投入不曾有過好感的工作。

「真希望每天都是聖誕節或新年，這樣該有多好玩。」喬回答，沮喪地打了一個呵欠。

「雖然在這種非常時期，我們不該像現在玩得這麼開心。但是，若能夠享受小茶會和花束、參加舞會、搭馬車回家、閱讀和休息，不用拚命工作，就像其他人那樣，感覺真的很好。我一直很羨慕能做這些事的女孩，我好嚮往奢華生活啊。」梅格說，努力想分辨兩件舊洋裝哪件比較新。

「欸，既然得不到，就別發牢騷了。好好扛起重擔，學老媽那樣快活地走下去。我確定，對我來說，馬區姑姑就像辛巴達肩上的老人[6]那樣糾纏著我，可是，我想等我學會心甘情願地背她時，她就會滾下來，或者變得輕盈到讓我沒感覺。」

這個念頭觸發喬的想像，讓她為之精神一振。然而，梅格的心情並未好轉，因為她背負的是四個嬌縱孩子組成的重擔，這感覺比以往都更加沉重。她根本沒心情像平日那樣打扮自己，比方說在脖子繫上藍色絲帶，或是梳一個漂亮的髮型。

「打扮得好看有什麼用，反正也只有那幾個壞脾氣的小鬼看得到，根本沒人在乎我漂不漂亮。」她嘀咕，猛地關上抽屜。「我一輩子都會過得辛苦，只能偶爾有些小小樂趣，然後慢慢變老、變醜、變刻薄，就因為我很窮，沒辦法像其他女生那樣享受生活。好可悲！」

梅格一臉委屈下樓去，早餐時間渾身是刺。大家的情緒似乎都很低落，動不動就怨聲連連。貝絲頭痛，躺在沙發上試著用大貓和三隻小貓來安慰自己。艾美鬧著脾氣，因為她不會寫功課，又遍尋不著雨靴。喬故意吹口哨，弄出一堆聲響準備出門。馬區太太忙著寫封趕著要發出的信。漢娜暴躁不已，因為昨夜太晚上床就寢。

「從來沒見過脾氣這麼火爆的一家人！」喬嚷嚷，打翻墨水瓶、扯斷兩條靴子鞋帶，又不慎坐扁自己帽子，而大發脾氣。

「妳才是脾氣最大的一個！」艾美回嘴，淚水落在寫字板上，全都算錯的數學題目模糊不清。

「貝絲，如果妳不把那些臭貓關進地下室，我就淹死牠們。」梅格氣呼呼喊道，試著擺脫攀在她背上不離開的小貓，小貓如同刺果般，黏在她搆不著的地方。

喬大笑，梅格痛罵，貝絲哀求，而艾美哭嚎，因為她不記得九乘十二是多少。

「女兒們！女兒們！拜託安靜一下，我一定要趕在晨間收信時段以前寫完這封信，妳們一直抱怨，讓我沒辦法專心。」馬區太太嚷嚷，劃掉信裡第三個寫錯的句子。

6 典故來自《一千零一夜》，辛巴達在第五趟航程遇到可怕的海老人。老人常請人背他過河，然後牢牢纏在對方身上，直到旅人累到斃命為止。辛巴達被纏上後急中生智，以酒灌醉老人，終於擺脫他。

大夥兒安靜了片刻，但漢娜打破了這番寧靜，她衝了進來，在桌上放下兩份熱騰騰的酥皮餡餅後又衝出去。酥皮餡餅是必備的餐點，姐妹們都稱為「暖手筒」，因為她們沒有真正的暖手筒可用，她們發現在寒冷的早晨，溫熱的餡餅能用來烘暖雙手。不管漢娜多忙、心情多差，她從來不會忘記要做餡餅，因為上班的路程又遠又冷，這兩個可憐蟲沒午餐可吃，又很少能在三點以前回到家。

「小貝絲，抱抱妳的貓，讓頭痛趕快好。再見，老媽。今天早上我們真是一群壞胚子，但我們回家後，就會變回天使的模樣。走吧，梅格。」喬腳步沉重地走出家門，感覺她們這群朝聖者今天的啟程方式很不對勁。

她們繞過街角前總會回頭看看，因為母親會在窗前對她們點頭微笑、揮揮手；要是缺了這個儀式，她們似乎就無法撐過這一天，因為不管心情如何，離家前再瞥一眼那張慈愛的臉，就會讓她們感覺如同沐浴在陽光下。

「要是老媽對我們揮拳頭，而不是送上飛吻，也是我們活該。因為從沒見過比我們更不知感恩的不良少女了。」喬嚷嚷，將泥濘的馬路及刺骨寒風當成懲罰，從中得到贖罪的滿足感。

「別用這麼可怕的形容。」緊緊躲在披巾下的梅格說，她把自己包得像厭倦世事的修女。

「我喜歡用貼切強烈又有意義的字眼。」喬回答，一把揪住帽子，帽子彈離她的腦袋正準備遠走高飛。

「妳想怎麼罵自己都隨便，但我不是壞胚子，也並非不良少女，我不希望別人這麼叫我。」

「妳這個受盡委屈的傢伙，今天暴躁成這樣，就是因為妳沒辦法時時坐擁奢華享受。可憐的小東西！等我發達了，妳就能盡情享受馬車、冰淇淋、高跟便鞋、小花束，還有一堆陪妳跳舞的紅髮男孩。」

「喬，妳很可笑耶！」這一番胡扯的話逗得梅格發笑，她不由自主覺得心情好了許多。

「我很可笑，這點是妳們好運。要是我故作低潮、一副沮喪樣，就像妳們那樣，全家可就慘了。感謝老天，我總是能找到好笑的事情來振奮自己。別再抱怨了，帶著快樂的心情回家，這樣才乖。」

分別以前，喬輕拍姐姐的肩膀作為鼓勵。兩人各自踏上路程，準備展開這一天，各自捧著溫暖的小酥餅，盡量以開朗的心情面對嚴寒的天氣、辛勞的工作，以及喜愛享樂卻未能滿足的青春渴望。

馬區先生當初為了幫助一位有難的朋友，最後賠上自己的財產，最年長的兩個女兒懇求父母讓她們工作賺錢，至少到養活自己的程度。這對父母相信鍛鍊體能、培養勤奮和獨立的習慣，什麼時候開始都不嫌早，於是表示同意了。姐妹倆便帶著足以克服萬難的真誠善意投入工作。瑪格麗特找到當家教的工作，那份微薄的薪水讓她覺得自己很富有。正如她之前所說，她「喜愛奢華」，而她最大的煩惱就是貧窮，這點她比妹妹們都還難以忍受，因為她依然記得家裡過去富麗的樣子，當時生活優遊自在、充滿樂趣，衣食無缺。她盡可能不去羨慕別人或心懷不滿，可是年輕女孩都渴望擁有漂亮東西、歡樂的朋友、各種才藝和有趣的生活，這也是自然的事。她每天在金家都會看到自己渴求的東西，因為金家的頭幾個女兒剛踏入社交圈，梅格常常會看到精緻的禮服和花束，聽到關於劇院、音樂會、雪橇派對和各種玩樂的閒聊，看到她們盡情揮霍購買小東西，而每分錢對她來說卻是無比珍貴。可憐的梅格很少抱怨，但有時這種不公平的感覺仍會讓她想遷怒其他人，因為她尚未體會到，單是恩典就足以帶來幸福人生，而她在恩典當中何其富足。

馬區姑婆不良於行，需要活力充沛的人來服侍她，喬正好是適合的人選。這位老太太膝下無子，在馬區一家陷入困境時，提議領養其中一個女兒，遭拒時大為光火。有人對馬區夫婦說，這麼一來，富有的老太太就不可能在遺囑裡留錢給他們了。不過，不諳世事的馬區夫婦只是說：「我們不會為了財富放棄女兒。不管有錢沒錢，我們都要一起快樂的生活。」

好一陣子，老太太都不和他們說話，直到在友人家巧遇喬，喬那張帶有喜感的臉和直來直往的作風博得老太太的好感，於是提議喬來她家作伴。喬根本不想去，但既然找不到更好的工作，最後只好勉強接受。讓大家意外的是，喬竟然和這個愛發脾氣的親戚一拍即合。兩人有時難免也會起衝突，有一次喬氣呼呼走回家，說自己再也無法忍受，不過馬區姑婆的脾氣來得快也去得快，接著又十萬火急地催喬回去，讓喬難以拒絕，因為喬內心深處還滿喜歡這個壞脾氣的老太太。

我想真正吸引她的，是那座藏書豐富的大圖書室，自從馬區姑丈過世後，圖書室就滿是塵埃，結起蜘蛛網。喬記得，那位和善的老先生以前總會讓她用大字典來搭鐵路和橋梁，還會指著拉丁文書裡的古怪插圖講故事給她聽，而且只要在街上遇到她，就會買薑餅給她吃。在那個塵埃遍布的陰暗房間裡，高聳的書櫃上放了幾尊往下俯瞰的半身雕像，有舒適的椅子和地球儀，最棒的莫過於整片書海，她在裡面想怎麼悠遊都隨她高興，這裡對她來說就是極樂之地。

馬區姑姑睡午覺，或是有朋友來訪時，喬就趕緊遁入這個安靜的地方，窩在大椅子裡，飢渴地閱讀詩詞、羅曼史、歷史、旅遊、圖畫書，就像徹頭徹尾的書蟲。但是快樂的時光總不長久，往往在她讀到故事高潮、歌曲裡最甜美的一段，或是旅人最驚險的冒險旅程，就會有人尖聲喊道：「喬瑟——芬！喬瑟——芬！」她不得不離開自己的天堂，一連好幾個小時幫忙纏毛線、洗貴賓狗，或朗讀貝歇漢[7]的文章。

喬的志願，就是要做一番大事，至於是什麼事，她目前還不清楚，要留待時間揭曉。於此同時，她發現讓她最痛苦的，莫過於無法盡情閱讀、奔跑和騎馬。脾氣暴躁、伶牙俐齒、焦躁不安老是害她惹上麻煩，而她的人生是一連串的起起落落，好笑又可悲。不過她在馬區姑婆家所受到的磨練，正符合她的需要。想到自己能賺錢養活自己就覺得開心，即使耳邊老是不停響起「喬瑟——芬」。

貝絲因過於害羞而無法上學，她雖然試過但因太痛苦，最後索性放棄並在家和父親學習。即使父親不在，母親受召前往「軍人後援協會」貢獻技藝和體能，貝絲依然竭盡自己所能，忠實地持續自學。她是個擅於家務的小女生，幫忙漢娜替出外工作的家人維持居家整潔與舒適，除了被愛，從未想到索討任何報酬。她在家裡度過漫長安靜的時光，但一點也不孤單，也不會無所事事，因為她的小小世界滿是想像的朋友，而且她天生閒不下來。

貝絲有六個每天早晨都要梳洗打扮的洋娃娃，她還是個孩子，所以對這些寶貝的愛不曾消減。這些娃娃沒一個完整漂亮，全都是遭到丟棄後而由貝絲收容。姐姐們玩膩的娃娃也會傳給她，因為凡是老舊或醜陋的東西，艾美一概不要。正因為如此，貝絲以更多的柔情珍惜它們，為那些殘缺的娃娃設立醫院。她不曾將它們塞

7 約翰・貝歇漢（William Belsham, 1752–1827），為英國政治學家和歷史學家。

滿棉花的身體當成插針包，也不曾咒罵或踢打它們，即使是模樣最可憎的也不曾遭到冷落而傷心。她以堅定的深情餵養、打扮、照顧並呵護所有的娃娃。其中一個可憐的娃娃殘骸原本是喬的，這個娃娃經過動蕩不安的一生之後，落得殘缺不全，收在碎布袋子裡，貝絲將它從可怕的貧民院裡搶救出來並加以收容。它的頭頂上空無一物，貝絲替它綁上一頂好看的小帽；由於缺手缺腳，貝絲用毯子裹住娃娃的身體，還將最好的一張床分配給這位慢性病患。如果有人知道這個娃娃受到了多麼精心的照料，即使忍不住想笑，也會受到觸動。她替這個娃娃準備小花束、朗讀給它聽、藏在外套裡帶它出門透氣。她不只為娃娃唱搖籃曲，上床就寢前必定會吻吻它骯髒的臉龐，溫柔地細聲說：「好好睡，我可憐的寶貝。」

貝絲和其他人一樣有煩惱，畢竟她不是天使，而是個凡人小女孩，她常常會像喬形容的那樣「小哭一場」，因為沒辦法上音樂課，也沒有好鋼琴。她如此熱愛音樂，十分努力學習，耐著性子在那架破舊的樂器上賣力練習，讓人不禁覺得該要有人（沒有暗指馬區姑婆的意思）幫她一把，只是沒有人伸出援手。沒人看見貝絲獨自一人面對走調的鋼琴時，抹掉滴落在泛黃琴鍵上的淚水。她像隻小雲雀般邊工作邊唱歌，替媽媽和姐妹伴奏也不嫌累，日復一日懷抱希望，對自己說：「如果我乖乖的，總有一天可以實現我的音樂夢。」

世界上有很多像貝絲這樣的人，害羞安靜地坐在角落裡，直到有人需要她們。她們如此欣然地為他人而活，沒人看見她們的犧牲，直到這隻火爐邊的小蟋蟀不再發出鳴叫，這個陽光般的甜美存在消失不見，徒留寂靜與陰影。

如果有人問艾美，她人生最大的試煉是什麼，她會馬上回答：「我的鼻子。」當她還是嬰兒時，喬有一回不小心把她摔進煤炭箱，艾美堅持那一摔永遠毀了她的鼻子。她的鼻子並不像可憐的派翠亞[8]那樣又大又紅，只是滿扁的，不管怎麼掐都無法讓她長出貴族風的尖鼻子。這點除了她自己，根本沒人在意。鼻子也盡力在成長了，可是艾美一心想要希臘式的直挺鼻子，為了安慰自己，只好在紙上畫滿一堆好看的鼻子。

---

8 派翠亞（Petrea），為作家芙德莉卡・布雷姆的小說《*The Home, or Family Cares and Family Joys*》裡善良慷慨的女孩，她為了自己的大鼻子絕望不已。

她很有畫畫天分，姐姐們都叫她「小拉斐爾」。臨摹花卉、設計仙子造型，或是替故事創作古怪插圖，是她心情最好的時候。她的老師們抱怨，她該算數的時候，卻在寫字板上畫滿動物；她在地圖集的空白頁面上臨摹地圖，而她筆下那些荒唐的諷刺漫畫老在最不湊巧的時刻從書本裡翩翩飛落。她盡量地應付功課，藉由端正的言行舉止以便躲過訓斥。她很受同學的歡迎，因為脾氣好，而且總是不費力氣就能逗他人開心。她的風度和優雅很受欣賞，才藝也是，因為除了畫畫，她還會彈奏十二種曲調、鉤針編織，還會用法文朗讀——唸錯的字不超過三分之二。她會哀怨地說：「爸爸還有錢的時候，我們都會這樣那樣。」聽了令人動容。而同學們覺得她總愛用那些艱難的長字，如「十分優雅」。

艾美就快被慣壞了，因為每個人都寵愛她，她小小的虛榮和自私正在增長。不過，有件事澆熄了她的虛榮，就是她必須穿表姐的舊衣服。佛羅倫絲的媽媽一點品味也沒有，讓艾美深感痛苦的是，她必須戴紅色而非藍色的無邊圓帽、穿不適合她的洋裝，以及尺寸不合又裝飾過度的圍裙。這些衣服質料不錯，車工優良，只是有點磨損。不過，艾美的藝術眼光在今年冬季尤其備受折磨，因為制服洋裝是黯淡的紫色加上黃點，完全沒加飾邊。

「我唯一的安慰就是，」她噙著淚水對梅格說，「媽媽不會在我調皮的時候，把我的洋裝改短，而瑪麗亞・帕克斯的媽媽就會。我的天啊，真的好可怕，有時候她壞到裙子被縫到膝蓋那麼高，結果就沒辦法來上學。一想到那種屈辱，就覺得我的扁鼻子，還有上頭有黃煙火的紫洋裝，也沒什麼大不了。」

梅格是艾美的知己也是督導。由於個性南轅北轍造成的奇特吸引力，喬對於溫柔的貝絲也扮演了類似的角色。這個害羞的孩子只會對喬說真心話，而無形之中，貝絲對這個高大冒失的姐姐造成的影響力，也超過其他家人。兩個姐姐對彼此來說意義深重，不過各自負責看顧一個妹妹，以自己的方式加以守護。她們將這種情形稱為「扮媽媽」，既然已過了玩娃娃的年紀，就以小婦人的母性直覺，轉而照料起妹妹。

「有人有故事可以分享嗎？今天好苦悶，實在很想來點娛樂。」梅格說，晚上大家一起坐著做針線活。

「今天在姑婆家度過了奇怪的時光，既然最後我占上風了，就跟妳們說說吧。」喬開口，她最愛說故事了。「我本來在朗讀貝歇漢的文章，就像平時那種單調的語氣唸啊唸的，如果姑婆很快就睡著，我就可以拿出好書，然後拚命讀到她醒來。結果唸到最後連我自己都想睡了，她還沒打起瞌睡，我自己倒是打了個大哈欠，結果她問我，我到底是什麼意思，嘴巴張那麼大，都可以吞下整本書了。」

「『我才希望可以把書吞了，一了百了呢。』我說，盡量不要讓語氣聽來那麼無禮。」

「接著，她就針對我的罪孽訓了我一頓，要我坐著好好反省，而她要『走神』一下。她向來沒辦法很快打起精神，所以當她的帽子開始像頭重腳輕的大理花一樣上下起伏時，我就連忙從口袋裡抽出《威克菲爾牧師》[9]，埋頭讀起來，一眼盯著牧師，一眼盯著姑婆。讀到大家摔進水裡的時候，一時忘我、放聲大笑。姑婆醒來了，小睡過後脾氣好了點，她要我讀一點來聽聽，看看是什麼樣的輕浮作品，竟然比有深度又富教育意義的貝歇漢更吸引我。我卯盡全力朗讀，她滿喜歡的，雖然她只是說：『我搞不懂重點到底是什麼，妳乾脆從頭開始讀吧，孩子。』

「我就從頭開始讀，盡可能把普里羅斯一家講得很有趣。有一次我故意停在很精采的地方，然後溫和地說：『夫人，我怕妳聽得太累，要不要我停下來？』

「她原本聽到忘我，鬆手弄掉編織品，現在趕緊再撿起來，透過眼鏡狠狠看我一眼，用平日那種暴躁口氣說：『把整章讀完，少沒禮貌了，姑娘。』」

「她承不承認自己喜歡？」梅格問。

「噢，哪有可能啊！不過，她沒再提貝歇漢的文章。今天下午我忘了拿手套，跑回去她家拿的時候，看到她好認真在讀那本牧師傳，沒聽到我在大廳那裡笑著跳捷格舞，因為以後有好日子過嘍。只要她願意，明明可以過得很快活！儘管她很有錢，我卻不太會羨慕她。我想，有錢人的煩惱和窮人一樣多。」喬又補充了這一句。

梅格說：「這倒提醒我，我有一件事可說，不像喬的故事那麼好笑就是了，但讓我在回家的路上想了好久。今天到金家，我發現大家都慌慌張張的，其中一個孩子說她大哥做了件糟糕的事，爸爸把他送走了。我聽到金太太在哭，金先生大聲說

9 《*The Vicar of Wakefield*》，愛爾蘭作家奧利佛．格登史密斯所著，於維多利亞時期相當流行。

話，葛蕾斯和愛倫經過我身邊時還把臉別開，不讓我看到哭紅的眼睛。我當然什麼也沒問，不過我替他們覺得很難過，很高興自己沒什麼不受教的兄弟，會做讓全家蒙羞的壞事。」

「我覺得在學校蒙羞，比壞男生會做的事情還更難忍受。」艾美搖著頭說，彷彿對人生有深刻的體悟。「蘇西・波金斯今天戴了漂亮的紅玉髓戒指來學校，我好想要那個戒指，巴不得自己就是她。她畫了戴維斯先生的肖像，鼻子無比大，還駝背，嘴裡吐出的泡泡框裡寫著：『小姐們，我一直盯著妳們！』我們看了都哈哈笑，結果他突然真的盯上我們，命令蘇西把她的寫字板拿到教室前面。她嚇得動彈不得，可是她還是過去了。噢，妳們知道他做了什麼嗎？他竟然揪住她的耳朵，耳朵耶！想想有多可怕，然後把她帶到講檯上，罰她舉著寫字板在那裡站半小時，讓每個人都能看到。」

「看著那一張圖畫，同學們難道不會哈哈大笑嗎？」喬問，那一番窘境讓她聽得很樂。

「笑！才沒人敢笑呢，大家都和老鼠一樣靜悄悄，蘇西拚命求情，我知道她有。我那時候就不羨慕她了，因為我覺得即使有幾百萬個紅玉髓戒指，經過這種事情以後，我也無法開心起來。要是受過那樣痛苦的羞辱，我永遠、永遠都走不出來了。」艾美繼續做手邊的針線活，為了自己的品德感到得意，也因為連續講了兩個有難度的字詞而自豪。

「今天早上我看到了我喜歡的事情。原本要在晚餐的時候說，可是忘了。」貝絲邊說邊將喬亂糟糟的針線籃整理好。「我幫漢娜去買牡蠣，羅倫斯先生也在海產店，但他沒看到我，因為我躲在裝魚的桶子後面，他忙著和老闆卡特先生講話。有個可憐的女人拿著水桶和拖把走了進來，問老闆能不能讓她以打掃勞務來換點魚肉，因為她整天下來都找不到零工能做，沒有晚餐能給孩子吃。卡特先生急著做生意，心煩地說『不行』。她一臉又餓又難過，正要離開的時候，羅倫斯先生用枴杖的彎頭勾起一大條魚，朝她伸過去。她好高興又很驚訝，直接捧在懷裡，不停向他道謝。他要她『快帶回家煮』，她開心地趕著離開。噢，她捧著那條滑溜溜的大魚，一面祝福羅倫斯先生在天國的床鋪會很『舒服』，看起來好好笑。」

聽完貝絲的故事，大家都笑了，然後請母親也講個故事。母親思索片刻之後，嚴肅地說：「今天在協會的工作室，我坐著裁藍色法蘭絨夾克的時候，突然為了妳們爸爸感到焦慮，想說萬一他出了什麼事，我們會有多麼寂寞而無助。這個想法不好，可是我忍不住擔心下去。這時有個男人帶著訂單過來。他在我旁邊坐下，我和他攀談起來，因為他看起來可憐、疲憊又焦慮。」

「您有兒子從軍去了嗎？」我問，因為他帶來的那張訂單不是給我的。

「是的，夫人。我有四個兒子，兩個陣亡了，另一個被敵軍俘虜，我要去找另一個，他目前病重，在華盛頓醫院。」他小聲回答。

「您對國家的貢獻真大，先生。」我說，這時心中滿是敬意而不是同情。

「夫人，這是我該做的，要是我還派得上用場，我自己也願意上戰場，只是我身子已經不管用，就把兒子奉獻出去，完全不求報償。」

「他說話的語調那麼爽朗，神情那麼真摯，似乎很樂意付出一切，讓我覺得好羞愧。我才獻出一個家人就覺得太多，他卻毫不吝惜地奉上四個。我家裡有四個為我帶來安慰的女兒，他最後一個兒子卻在遙遠的地方等待，或許將要與他永別。我想到自己的恩典，覺得好富足、好幸福，於是我幫他把東西包好，給了他一些錢，衷心感謝他為我上了一課。」

「再講一個故事吧，媽媽，有寓意的那種，像這個一樣。如果是真實故事，而且說教意味不會太重，我很喜歡在聽完之後多多思考。」喬沉默片刻之後說。

馬區太太漾起笑容，立刻說了起來，因為她對這群小小聽眾已經講了多年的故事，很清楚什麼故事會讓她們滿意。

「從前從前有四個女孩，她們不愁吃穿，生活舒適愉快，善良的朋友和父母都深深愛著她們，可是她們卻不滿足。」

聽到這裡，聽眾頑皮地偷偷交換眼神，開始勤奮地做手中的針線活。

「這幾個女孩子急著要當好孩子，許下了不少完美的心願，可是卻無法好好貫徹到底，嘴邊老是掛著『如果我們有這個』，或是『要是我們能夠做那個就好了』，都忘了自己擁有多少，也忘了自己真正能做多少愉快的事情，於是她們問一個老婦人，可以用什麼咒語讓她們幸福，老婦人說：『每當妳們覺得不滿足，就想想自己的恩典，然後心存感激。』」（說到這裡，喬猛地抬起頭，彷彿準備要說話，但發現故事還沒講完，於是打消念頭。）

「她們畢竟是懂事的孩子，於是決定試試她的忠告，不久，就驚訝地發現自己有多麼富足。一個發現即使有錢，也沒辦法讓有錢人家遠離恥辱和憂愁。另一個女孩發現，自己窮歸窮，但是擁有青春、健康和好心情，比起暴躁虛弱、無法享受舒適生活的老婦人，還要幸福許多。第三個女孩發現，雖然幫忙張羅晚餐很討厭，可是必須向人乞討則更艱難。第四個女孩則發現，連紅玉髓戒指也沒有循規蹈矩來得有價值。於是她們一致決定停止抱怨，享受已經擁有的恩典，然後試著讓自己配得上這些恩典，要不然，恩典可能會被全部奪走而非變得更多。我相信，聽從那位老婦人的忠告，她們永遠不會覺得失望或是遺憾。」

「好了，媽媽，妳很狡猾耶，竟然拿我們的故事反過來訓我們一頓，而且妳根本是在講道，而不是『講故事』。」梅格嚷嚷。

「我喜歡這種講道方式，和爸爸以前對我們說的一樣。」貝絲若有所思地說，把喬插針包上的針擺放整齊。

「我不像其他人這麼常抱怨，但現在起我會更小心，因為蘇西的下場讓我得到警惕。」艾美正氣凜然地說。

「我們的確需要上這麼一課，讓我們永遠都不會忘記。要是我們忘了，妳只要像老克蘿伊[10]那樣，對我們說——『相相妳們享有的恩慈，相相妳們享有的恩慈啊。』」喬補了這一句，她就是忍不住想從這場小小講道裡找點樂子，雖然她和大家一樣將教訓謹記在心。

10 美國作家史托夫人（Harriet Beecher Stowe, 1811-1896）小說作品《湯姆叔叔的小屋》裡湯姆的太太。

5 敦親睦鄰

「喬，妳到底準備做什麼啊？」梅格問。下雪的午後，她妹妹踩著雨靴，穿舊大衣戴兜帽，笨重地穿過玄關，一手拿掃把、一手持鐵鏟。

「出門運動運動。」喬回答，眼睛散放淘氣的閃光。

「今天早上才出門散步很久，去了兩次，我還以為已經夠了。外頭又冷又暗，我勸妳還是留在室內，像我這樣，待在火爐邊又暖又乾。」梅格打個哆嗦說。

「誰也勸不動我的。我無法整天不動，我又不是小貓，不喜歡窩在火爐邊打瞌睡。我喜歡冒險，就是要出去探探險。」

梅格回頭暖腳，讀《劫後英雄傳》（*Ivanhoe*），喬開始精力充沛地挖起屋外步道。雪還很輕，用掃把很快就能在花園四周掃出一條步道，這樣等太陽露臉，貝絲就可以出來走走，她那些生病的娃娃需要透透氣。這座花園區隔了馬區家的房子和羅倫斯家的大宅。兩棟房子雖然位於市郊，但這裡依然瀰漫著鄉村氛圍，有小樹林、草坪、大花園，及安靜的街道。兩戶人家之間隔著一道矮樹籬。一邊是老舊的褐砂石屋，少了夏天覆蓋牆面的爬藤和環繞四周的花朵，看起來光禿破舊。另一邊則是氣派的石砌大宅，清楚展現各種舒適與奢華：寬闊的馬車棚、精心照料的庭園和溫室，及華美窗簾之間可窺見的美麗事物。然而，這棟房子看起來卻孤孤單單、了無生氣，草坪上沒有嬉戲的孩子、窗邊少了慈母的笑靨，除了老紳士和他的孫子，鮮少有人進出。

在喬活躍的想像力裡，這棟華屋就像某種被施了法的宮殿，裡面華美富麗卻無人享受。她一直想見識隱藏其中的輝煌，也想認識那個「羅倫斯家男孩」——他一副希望有人認識他的模樣，只是苦於不知從何開始。打從那場派對以來，她就更急切，想方設法想和他交朋友，可是近來總是不見他蹤影，喬開始認為他出遠門去了。直到有一天在樓上窗戶瞥見一張棕色臉龐，一臉惆悵地俯瞰她們家花園，貝絲和艾美正在那裡打雪球戰。

「那個男生一定很希望有同伴一起玩樂。」她喃喃自語。「他爺爺不懂怎樣對孫子才好，竟然把他一個人關著，他需要一堆快活的男生或是活潑的年輕人當玩伴，我打算過去和那位老紳士說說。」

這個念頭讓喬興味盎然，她向來喜歡大膽行事，古怪的行徑總讓梅格震驚。她一直沒忘記「過去走一趟」的計畫，在這個飄雪的午後，喬決心嘗試一下。一見羅倫斯先生驅車離開，便起勁地朝矮樹籬的方向挖去。到了樹籬邊停住動作，仔細勘查一下。四下寂靜無聲，樓下的窗簾全數拉起，不見僕人蹤跡，除了樓上窗邊那顆用瘦手撐起的黑鬈髮腦袋，放眼不見人影。

喬心想：「他在那裡，可憐的小子！在這麼陰鬱的天氣，竟然孤孤單單的，而且還生病了！太可憐了吧！我要丟一個雪球上去，他就會往外頭看，然後對他說句好話。」

一把鬆軟的雪拋了上去，那顆腦袋立刻轉過來，無精打采的神情立刻褪去，那雙大眼亮起來，嘴巴浮現笑意。喬點頭致意、放聲一笑，揮著掃把呼喚著。「你好嗎？你生病了嗎？」

羅利打開窗戶，聲音啞得像一隻烏鴉。「好些了，謝謝。我重感冒，整個星期都關在家裡。」

「真遺憾，那你都做什麼消遣？」

「完全沒有，這裡悶死了。」

「你不看書嗎？」

「很少，他們要我養病，不讓我看。」

「不能找人讀給你聽嗎？」

「爺爺有時候會讀，可是他對我的書都不感興趣，而我也不喜歡老是一直麻煩布魯克。」

「那就找人來看你啊。」

「我沒什麼想見的人，男生吵吵鬧鬧的，會讓我頭痛。」

「沒什麼乖女生可以讀讀書、逗你開心的嗎？女生很安靜，而且喜歡扮演護士照顧人。」

「一個也不認識。」

「你認識我啊。」喬一開口就哈哈大笑，接著打住。

「說的也是！那妳可以過來嗎？拜託。」羅利嚷嚷。

「我既不安靜也不乖，不過只要媽媽願意讓我去，我就會去，我去問她一下。你乖，先把窗戶關上，等我過去。」

一說完，喬就扛著掃把，大步走進屋裡，一邊納悶家人會怎麼說。一想到自己就要有伴了，羅利陷入一陣亢奮，為了準備而忙得團團轉。如同馬區太太所說，他是個「小紳士」，為了對即將到訪的客人表示尊重，趕緊梳理他那頭鬈髮、換上乾淨衣領，試著把房間打理整齊——即使有一堆僕人，他的房間還是一團亂。此時，門鈴高聲響起，接著有人語氣堅定地說要找「羅利先生」，僕人一臉訝異地跑上樓通報，說有一位年輕淑女來訪。

「好，帶上來，她是喬小姐。」羅利說，走到小客廳門口迎接喬。喬面色紅潤、滿臉和善，一副自在的模樣，一手端著加蓋的盤子，一手捧著貝絲的三隻小貓咪。

「我來了，帶了全部的家當。媽媽要我向你問候，她很高興我能為你做些事情。梅格要我帶一些她做的杏仁奶酪，她很會做這道甜點。貝絲覺得她的貓咪能帶來安慰。我知道你只會覺得好笑，可是我不忍心拒絕，因為她急著想出點力。」

沒想到貝絲滑稽的借貓行動正好發揮效用，因為羅利被小貓逗得哈哈笑，讓他忘了要害羞，馬上變得熱絡起來。

喬掀開食物的蓋子，奶酪的四周有一圈綠葉，還有艾美心愛的深紅天竺葵。羅利開心地微笑說：「這看起來太漂亮了，真捨不得吃。」

「沒什麼啦，她們只是想表達善意。請女僕先收走，晚點讓你配茶吃。用料很單純，養病也可以吃，而且很軟嫩、容易下嚥，喉嚨痛也不會受到刺激。這個房間好舒適喔。」

「如果打理乾淨，也許是吧。但女僕太懶了，我不知道怎樣才叫得動她們，真傷腦筋。」

「我只要兩分鐘就能打理好，因為只需要刷一下壁爐，把壁爐橫架上的東西擺正，書收在這邊，瓶子放那邊，你的沙發轉過來背光，抱枕拍鬆一下。好了，完成了！」

確實如此，喬在談笑之間，快手快腳地將東西一一歸位，讓房間氣象一新。羅利敬佩地默默看著她，她招手要他坐上沙發，他滿足地嘆口氣坐下，感激不已地說：「妳人真好！對，這個房間就需要這樣打理。現在請坐上大椅子，讓我好好娛樂一下客人。」

「那可不行，是我要娛樂你才對，要我朗讀些什麼嗎？」喬深情望向旁邊那些誘人的書本。

「謝謝妳，那些書我都讀過了。如果妳不介意的話，我想要和妳聊聊天。」羅利回答。

「一點都不介意，只要讓我開口，我就會整天講個沒完。貝絲說，我從來就不懂得何時要該停下。」

「貝絲是不是那個臉色紅潤、常待在家，有時會提個小籃子出門的那個？」羅利興致滿滿地問。

「對，那就是貝絲，是我的寶貝妹妹，乖得不得了。」

「長得很漂亮的那個是梅格，頭髮捲捲的是艾美，對嗎？」

「你怎麼知道的？」

羅利臉一紅，但還是照實回答。「欸，是這樣的，我常常聽到妳們叫對方名字，我一個人在樓上時都會忍不住往妳們家看，妳們好像都過得很開心。真抱歉，我這樣很失禮，不過妳們有時候忘記拉起窗簾，就是窗前擺花的那扇窗，燈一點亮，就好像在看一幅畫，畫面裡有爐火，妳們和母親圍著餐桌坐著，她的臉正對著我，在花朵的襯托下看起來好甜美，我忍不住盯著看。妳也知道，我沒母親。」羅利嘴唇不由自主地抽動，他為了遮掩而去撥弄爐火。

他孤獨渴望的眼神深深觸動喬溫暖的心。她受過的教育相當單純，不會胡思亂想，就算十五歲了，還是有如孩子般純真坦率。羅利生病了而且很寂寞，她覺得自己從家庭得到好多愛和快樂，很樂意與他共享。她那張棕色臉龐非常友善，尖銳的嗓門溫柔得出奇，她說：「我們永遠都不會再拉上那扇窗簾了，我允許你想看就看，不過我希望你直接上門，不要只是偷看。媽媽人好得不得了，她會對你很好的。如果我拜託貝絲，她就會唱歌給你聽，我和梅格會用好笑的道具，逗得你哈哈笑。我們會玩得很愉快的，你爺爺會讓你來吧？」

「我想，如果妳媽媽跟他提議，他就會答應的。其實他人很好，雖然外表看不出來。我想做什麼他都會讓我做，只是擔心我會打攪到別人。」羅利說，神情越來越明亮。

「我們哪是別人啊，我們是鄰居，你不必覺得打攪到我們。我們想要認識你，我已經想很久了。我們搬來這裡還不算長，但除了你們家，所有的鄰居我們都認識了。」

「是這樣的，爺爺老是泡在書堆裡，不大在意外界發生什麼事。我的家教布魯克先生不住這邊，沒人可以陪我四處活動，所以我乾脆待在家裡，想辦法適應這種生活。」

「這樣很可惜，你應該多多活動，哪裡有人邀請，你就去拜訪，這樣就會交到很多朋友，也能去很多好地方。即使害羞也不必在意，只要持續下去，就不會再害羞了。」

羅利再次臉紅，但並非因為喬說他害羞而生氣，而是因為喬一片好意，很難不以善意解讀她唐突的言詞。

兩人沉默片刻，他盯著火光，喬則滿意地環顧四周，他接著轉移了話題。男孩問：「妳喜歡妳的學校嗎？」

「我沒上學，我在工作，我負責服侍姑婆。她啊，是個可愛卻壞脾氣的老人家。」喬回答。

羅利開口又問一個問題，但及時想起探問別人太多私事很失禮，於是又閉上嘴，一臉發窘。喬欣賞他的好修養，不在意拿馬區姑婆來說笑，於是活靈活現地描述那個急躁的老太太、她的胖貴賓狗、她那隻會說西班牙文的鸚鵡，還有自己流連忘返的圖書室，讓羅利聽得津津有味。當她說起曾經有位正經八百的老紳士前來追求馬區姑婆，老紳士口若懸河，告白到一半，鸚鵡波里竟然扯掉他的假髮，讓他驚愕不已。聽到這裡，男孩笑倒在椅子裡，眼淚都流下臉頰，女僕還探頭進來看看怎麼回事。

「噢！妳說的這些事對我太有療癒作用了，拜託妳再說下去。」他說，從沙發軟墊抬起頭來，一張臉紅通通，因為快樂而發亮。

喬對自己成功逗樂他而雀躍不已，於是「再說下去」，講起姐妹們的戲劇和計畫、她們對父親的盼望和擔憂、四姐妹的小小世界裡發生過那些最有趣的事件。接著，兩人聊起書本，喬高興地發現，羅利和她一樣愛看書，甚至讀得比她更多。

「如果妳那麼喜歡書，下來看看我們的藏書吧。爺爺出門了，妳不用害怕。」羅利說著站起身。

「我什麼也不怕。」喬回話，頭一甩。

「我相信！」男孩驚呼，十分欽佩地看著她，雖然他暗地覺得，如果她碰上老紳士心情不佳，應該會有點害怕。

整棟房子瀰漫著夏季的氛圍，羅利帶路參觀房間，讓喬隨時駐足細看自己感興趣的東西。最後來到圖書室，她蹦蹦跳跳地快樂拍手，特別開心時她都會有這種反應。書房四周全是書本，另外還有掛畫、雕塑、擺滿錢幣和古玩的迷人小櫃子、舒適的大躺椅、模樣奇特的桌子，及銅器。最棒的是一個開放式大壁爐，四周綴滿古色古香的磚片。

「好豐富的藏書！」喬嘆氣，沉入絲絨椅子，心滿意足地環顧四周。「希奧多・羅倫斯，你應該是世界上最幸福的孩子了。」她佩服地補了一句。

「光靠書又不能過日子。」羅利搖著頭說，靠在對面的桌子上。他還來不及多說，門鈴就響起了。喬跳起身來，慌張地驚呼：「哎呀！是你的爺爺！」

「是又怎樣？妳說過妳什麼也不怕的。」男孩一臉調皮地回她。

「我想我還是會有點怕他，只是不知道有什麼好怕的。老媽說我可以過來，而且我想，你的病情也沒有因為我過來而惡化。」喬說，穩住自己的心神，雖然還是盯著門口不放。

「妳過來讓我的病好很多，真是感激。我只是怕妳陪我聊得累了，真是愉快，我捨不得停下來。」羅利感激地說。

「醫生來看你了，少爺。」女僕招著手說。

「妳介意我離開一下嗎？我想我還是得去見他。」羅利說。

「不用理我，我在這裡如魚得水呢。」喬回答。

羅利離開後，這位客人便自己找樂子。她站在老紳士的精美肖像前，這時門再次打開，她頭也不回肯定地說：「現在我很確定我不怕他了，因為他的眼神很和藹，雖然嘴巴抿得很緊，看起來很固執己見。雖然沒我外公帥氣，但我喜歡他。」

「謝謝妳，女士。」她背後傳來粗啞的聲音，竟然是老羅倫斯先生，她陷入一陣驚慌。

可憐的喬回想自己剛剛說的話，臉紅得不能再紅，而心臟狂跳到不舒服的地步。一時片刻，她只想拔腿就逃，不過那樣太懦弱了，到時姐妹們一定會取笑她，所以她決定硬著頭皮留下來，想辦法脫困。她再看一眼老先生，發現濃密的眉毛底下有著一對比畫中更慈祥的眼睛，而且還閃著淘氣的光芒，大大削減了她的恐懼。可怕的停頓後，老紳士突然開口，聲音聽來比之前更粗啞。「所以妳不怕我嘍？」

「不太怕。」

「而且妳覺得我沒妳外公英俊嗎？」

「是沒有，先生。」

「而且我很固執己見？」

「我只是說出我的感覺。」

「可是儘管如此，妳還是喜歡我？」

「是的，先生。」

老紳士對這番回答相當滿意，輕笑一聲，和她握手致意，然後用手指搭住她的下巴，將她的臉往上抬，嚴肅地端詳一番，放開之後，點個頭說：「妳雖然長得不像妳外公，可是性情倒是滿像的。他是個好人，親愛的，不過更棒的是，他是個勇敢誠實的人，能夠結交他這個朋友，我很榮幸。」

「謝謝您，先生。」這番話很合她的意，之後她就自在起來。

「妳來找我家孫子有何貴幹？」下一個問題來得突然。

「只是想敦親睦鄰，先生。」接著喬說了來訪的緣由。

「妳覺得他需要有人打氣，對吧？」

「是啊，先生。他看起來有點寂寞，有年輕人陪伴可能很不錯。我們只是女生，但是只要能幫忙，我們都很樂意。因為我們不會忘記您之前送了我們那麼美好的聖誕禮物。」喬熱切地說。

「嘖嘖嘖，是那小鬼頭的主意，那個可憐的女人還好嗎？」

「滿好的，先生。」喬接著飛快說起來龍去脈，說漢姆一家如何又如何，她母親又怎麼找到更有錢的人家救濟他們，一路滔滔不絕。

「她就像她父親一樣樂善好施。我再挑個日子去拜訪令堂，請妳轉達一聲。午茶通知鈴響了，因為羅利的關係，我們把午茶時間往前挪了，請留下來繼續敦親睦鄰吧。」

「如果您不介意我留下的話，先生。」

「介意的話，就不會開口邀請妳了。」羅倫斯先生以老派的禮數伸出手臂讓她挽著。

「不知道梅格會怎麼想？」喬暗想，一面跟著老紳士走，想像自己回家講故事的情景，眼神歡樂地滴溜打轉。

「嘿！這小子到底是怎麼回事？」老紳士說。羅利狂奔下樓，看到喬竟然和令人生畏的爺爺手勾手，這番驚人的景象讓他詫異地停下腳步。

「我不知道您回來了，爺爺。」他說。喬得意地瞟了他一眼。

「看你鬧哄哄衝下樓也知道。來喝茶吧，這位先生，要有紳士的樣子。」然後拉了拉這男孩的頭髮表示親熱，羅倫斯先生繼續往前走，羅利跟在背後做出一連串喜感動作，差點讓喬狂笑出聲。

老紳士喝了四杯茶，沒說什麼話，但一直看著這對年輕人，兩人不久就像老朋友一樣聊個不停，孫子的改變他都看在眼裡。現在男孩的臉上有了氣色、光芒及生機，舉手投足有了活力，笑聲流露真正的歡喜。

「她說的沒錯，這孩子的確很孤單，我等著看這些姑娘能為他做些什麼。」羅倫斯先生心想，一面觀察傾聽。他喜歡喬，她那古怪直率的風格很討他喜歡，而且她簡直就像男孩一樣，很懂得羅利的心思。

倘若羅倫斯一家是喬所謂的「古板無趣派」，她絕對和他們處不來，因為這樣的人總是讓她感到害羞又彆扭。不過，她發現祖孫倆率性又隨和，她自己也是如此，因此留下了好印象。他們起身時，她主動表示要告辭，不過羅利說還有東西要給她看，於是帶她去溫室，裡面特地為了她點亮了照明。

喬覺得自己彷彿置身於仙境，她來來回回順著通道走，享受著兩旁花團錦簇的牆面，光線柔和、潮濕甜美的空氣，及從上方懸垂下來的美妙爬藤和樹木。她的新朋友則忙著摘下最美的花朵，直到捧個滿懷，然後將花紮成一束，以喬喜愛的愉快神情說：「請將這些花送給妳媽媽，並且轉告她，我很喜歡她送來的良藥。」

他們在大客廳裡看到羅倫斯先生站在壁爐前，不過，喬的注意力完全放在掀開琴蓋的平台鋼琴上。

「你會彈琴嗎？」她問，一臉敬佩地轉身看羅利。

「有時候。」他謙遜地回答。

「麻煩現在彈一下，我想聽，然後我就能和貝絲說。」

「妳要不要先彈？」

「我不會彈，我太笨學不會，可是我很喜歡音樂。」

於是羅利開始彈奏，喬一邊聆聽，一邊奢侈地將她的鼻子埋在天芥菜和香水月季之間。她對「羅倫斯家男孩」的敬意和好感大幅提升，因為他的琴藝高超，卻不會擺架子。她真希望貝絲能親耳聽見，但她沒說出口，只是頻頻讚美，最後弄得他侷促不安，他爺爺只好出面解圍。「可以了，這樣可以了，小姐，太多甜言蜜語對他不太好。他的琴藝還行，但希望在更重要的事情上，他也能有這麼好的表現。要走了嗎？嗯，真的很感謝妳，希望妳再來。代我向令堂問好，晚安，喬醫師。」

他親切地和她握握手，不過神情似乎有點不悅。走到大廳時，喬問羅利剛才是否說錯話，他搖了搖頭。

「不是，是我的關係，他不喜歡聽我彈琴。」

「為什麼不喜歡？」

「以後再和妳說。約翰會護送妳一路走回家的，因為我病還沒好，所以還不能出門。」

「不用的，我又不是什麼淑女，才幾步路就到家了，你好好保重。」

「好，妳還會再來吧？」

「如果你保證在康復後過來看我們的話。」

「我會的。」

「晚安，羅利。」

「晚安，喬。晚安。」

講完了整個下午的奇遇之後，全家人都想一起登門拜訪，因為每個人都發現樹籬另一邊的那棟大宅裡，有很吸引她們的東西。馬區太太想和老先生談談她的父親，老先生還沒忘記他。梅格渴望到溫室裡散散步，貝絲對那架平台鋼琴充滿嚮往，艾美則急著想看那些精美的畫作和雕像。

「媽媽，羅倫斯先生為什麼不喜歡羅利彈鋼琴？」喬問，她天生好問。

「我不確定，可是我想這和他兒子，也就是羅利的父親有關。他娶了一個義大利音樂家，讓驕傲的老先生很不高興。那位女士才貌雙全又善良，但老先生就是不喜歡她。兒子結婚後，父子就沒再見面。在羅利還小的時候，這對夫婦就過世了，最後由爺爺接回家照顧。這孩子在義大利出生，我想他體質不是很健壯，老先生很怕失去他，才會這樣小心翼翼的。羅利會喜歡音樂也是天生的，因為他就像母親，他爺爺一定很擔心他想當音樂家。孫子的琴藝會讓他想到自己討厭的女人，所以才會像喬說的『擺出臭臉』。」

「天啊，好浪漫！」梅格驚呼。

「好蠢。」喬說。「他想當音樂家，就讓他當嘛，既然他不想去上大學，又何必硬送他去，害他這麼痛苦。」

「難怪他有那麼好看的黑眼睛，人又彬彬有禮，義大利人一向很迷人。」有點感性的梅格說。
「妳又知道他有什麼樣的眼睛及禮貌了？妳又沒和他對話過，幾乎沒有。」喬嚷嚷，偏偏她一點也不感性。
「我在派對上見過他，聽妳說也知道他很懂得應對進退。他謝謝媽媽送去的藥方，那段話就說得很妙。」
「我想他指的是妳做的奶酪。」
「妳真的太老實了，孩子。他指的當然是妳。」
「是嗎？」喬睜大眼睛，彷彿想都沒想過。
「真沒見過妳這種女生，人家讚美妳還不知道。」梅格說，一副自己是很懂這種事情的淑女樣子。
「我覺得這根本是鬼扯，麻煩妳別說蠢話來破壞我的興致。羅利是個好傢伙，我喜歡他。妳那些關於讚美的感性東西、那些鬼扯，我才不接受。我們都要對他好，因為他沒有媽媽。老媽，他可以來我們家玩吧？」
「可以，喬，很歡迎妳朋友過來。而且我希望梅格能記住，能當孩子的時候，就應該盡量繼續當孩子。」

「我還不到青春期，但我也不會說我自己還是個小孩。」艾美說。「貝絲，妳說呢？」

「我剛剛在想我們的『天路歷程』，」貝絲回答，顯然剛才什麼也沒聽進去。「我想，到我們下定決心當好孩子，就等於脫離了『絕望泥沼』，接著穿過了『窄門』。我們努力的過程，就等於爬上很陡的山坡，那麼隔壁那棟充滿美妙東西的房子，也許就是我們的『美麗宮』喔。」

「那我們也得先穿過獅群才行。」喬說，彷彿很喜歡這樣的前景。

6 貝絲尋找美麗宮

事實證明，那棟大宅的確是「美麗宮」，雖然大家都花了一些時間才得以造訪，也覺得難以穿越獅群的是貝絲，最大的一頭獅子則是羅倫斯老先生。不過，他登門造訪，和每個姐妹都說了一些有趣而和善的話，也和她們母親聊了一些往事，後來大家都不再那麼怕他，除了膽小的貝絲之外。

另一頭獅子就是懸殊的家境，她們家困窘，而羅利家富有，這點讓她們羞於接受難以報答的恩惠。然而，過了一陣子，她們發現羅利反倒將她們當成恩人。對於馬區太太慈愛的招待、姐妹們的歡喜陪伴、他在她們樸實的家中所得到的慰藉，都讓他覺得無論如何，都不足以表達自己的感激之情，於是她們放下了自尊心，彼此交換善意，不再去思量誰付出較多。

那段時間發生了各種美好的事情，新的友誼如春季青草般蓬勃生長。每個人都喜歡羅利，他私下和家教老師說「馬區家的女孩實在棒極了」。她們以青春年少的熱忱，接納這個孤單的男孩，而且非常看重他。這些女孩心思單純，與她們之間的純真友誼在在讓他陶醉。他不曾有過母親和姐妹，很快就感受到她們對他帶來的影響。她們忙碌活躍的生活方式，讓他對自己的懶散感到羞愧。現在羅利厭倦了書本，對人抱持著極大興趣，老是蹺課去馬區家，讓布魯克先生不得不向老先生呈報這令人不滿的狀況。

老紳士說：「不要緊，讓他放個假，之後再補課。隔壁的那位好心的小姐說他太用功，需要年輕同伴、娛樂，以及運動。我想她說得可能沒錯，我就像個奶奶一樣呵護他。只要他開心，就讓他做自己喜歡的事吧。隔壁像一座小小的女修道院，他在那裡不會闖禍的。馬區太太能替他做的，比我們還多。」

他們當然玩得開心極了！又是演戲，又是仿畫演出靜態畫面；滑雪橇、溜冰嬉鬧，在舊客廳過了愉快的夜晚，偶爾到大宅舉辦歡樂的小派對。梅格隨時可以到溫室散步，倘佯於花叢之中；喬貪得無厭地瀏覽新的圖書室，提出的書評總是令老紳士發噱；艾美盡情臨摹畫作；羅利則出色地扮演莊園領主。

貝絲非常憧憬那架平台鋼琴，卻無法鼓起勇氣走近梅格所說的「至福宅邸」。她和喬去過一回，卻因為老先生事前不知她有多嬌弱，以濃眉底下的眼珠子猛盯著她，還大叫了一聲「嘿！」結果嚇得她「雙腿在地板上抖得好厲害」，她事後這麼告訴母親。當時，她拔腿就跑，宣告她再也不會踏上那裡一步，即使為了心愛的鋼琴也不願意。不管怎麼勸說或利誘，都無法消除她的恐懼，直到這件事不知怎地傳入羅倫斯先生的耳裡，他打算想辦法彌補。

有一次他短暫來訪，巧妙地將話題帶到音樂上，暢談他見過的出色歌唱家、聽過的美妙管風琴，講了許許多多迷人的軼聞，貝絲禁不住離開遙遠的角落，著迷似地悄悄越靠越近。她在他坐的椅子後面停下腳步，大眼圓睜站著傾聽，因為自己這種罕見的行為，興奮得脹紅了臉。

羅倫斯先生把她當蒼蠅一般視而不見，繼續講起羅利上過的音樂課和老師，這時彷彿突然想起什麼似的，對馬區太太說：「那孩子現在不大碰音樂了，我很高興，因為他之前喜歡到有點過頭了。不過，那架鋼琴放著不彈也不是辦法，妳家女兒會不會有人偶爾想過來練習一下？免得鋼琴走音。」

貝絲上前一步，緊握雙手免得鼓起掌來，因為這個誘惑實在令人難以抗拒，想到能在那麼棒的鋼琴上練習，她就快無法呼吸了。馬區太太還來不及回答，羅倫斯先生就古怪地點了下頭，然後微笑。

「她們去了也不用見誰或和誰說話，而且什麼時候過去都行，因為我平常都關在另一頭的書房裡，羅利常常不在家，九點後僕人都不會接近那間客廳。」說到這裡，他起身作勢要離開。最後這部分的安排再好也不過，所以貝絲下定主意要開口。「請轉告小姐們我說的話，如果她們不想過來，欸，那也沒關係。」

就在這時，一隻小手伸進他手裡。貝絲仰著頭一臉感激地望著他，用誠摯而膽怯的語氣說：「噢，先生！她們很想，非常、非常想！」

「妳就是那個會音樂的姑娘嗎？」他問，沒有發出嚇人的「嘿」，而是非常和藹地低頭望著她。

「我叫貝絲，我好喜歡音樂，如果您確定不會有人聽到——也不會被我打攪，我就會過去。」她加了這句，很怕逾越分際，一邊說卻一邊為自己的大膽而顫抖。

「一個人也不會有，親愛的。大半時間屋裡都空著，所以想來彈琴就儘管來，我還要感謝妳呢。」

「您人真好，先生。」

貝絲在他友善的注視下，臉紅得像一朵玫瑰。不過她現在不害怕了，感激地掐了掐那隻大手，因為她不知道該說什麼來感謝他送的這份珍貴禮物。老紳士輕柔地撥開她額上的頭髮，然後彎下身子吻了吻她，一面用少有人聽過的語氣說：「我以前有個小孫女，她有妳這樣的一雙眼睛。上帝保佑妳，親愛的。日安，女士。」說完便匆匆離開。

貝絲和母親一陣狂喜，然後衝上樓將天大的好消息說給那一家子的生病娃娃聽，因為姐姐們都出門。那天晚上，她的歌聲多麼歡樂啊，睡夢中甚至在艾美的臉上彈琴，將妹妹吵醒，被大家取笑了一番。

隔天，看到一老一少兩位紳士都出門了，貝絲經過兩三次的躊躇之後，最後終於跨進側門，老鼠似地悄悄溜進客廳，她的偶像——鋼琴，就在那裡。當然，鋼琴上恰好擺了幾本難度不高的動聽樂譜，她顫抖著手指，時不時駐足傾聽和張望，最後終於碰到那架偉大的樂器，旋即忘卻恐懼、忘記自我、忘懷一切，心中只剩下音樂帶來的難以言喻的喜悅，有如一位摯友的聲音。

她一直待到漢娜來帶她回家吃晚飯，但她毫無胃口，只是幸福洋溢地坐著對每個人微笑。

從此，每天幾乎都會見到那頂棕色小兜帽鑽過樹籬，而那間大客廳不時會有來去無蹤的音樂精靈出沒。她從來不知道，羅倫斯先生常常打開書房門，聆賞他喜愛的傳統曲目，她也從沒看到羅利駐守在大廳裡，警告僕人不許靠近。她更不會想到，譜架上的練習本和新歌譜，都是特地為了她而準備的。羅倫斯先生來家裡拜訪，和她聊起音樂時，她只想到他人真好，總是跟她分享這些讓她受益良多的資訊。於是她全心享受著，並且發現，雖然不是所有夢想都能成真，但是這次實現的心願正是她衷心企盼的。也許因為她對這個福份如此感激，因而獲得更大的祝福；不管如何，兩者都是她應得的。

「媽媽，我想替羅倫斯先生做一雙拖鞋。他對我這麼好，我一定要謝謝他，可是又不知道其他方法。可以嗎？」貝絲問，老先生那次重要來訪是幾週前的事。

「可以啊，親愛的，他一定會很高興的，而且這樣答謝他很好。姐妹們會幫妳忙，材料費我來出。」馬區太太回答，她特別喜歡滿足貝絲的請求，因為貝絲很少開口要東西。

貝絲、梅格、喬認真地多次討論後，選定了樣式、買好材料，開始製作拖鞋。底色是深紫，襯托著一簇莊重但有朝氣的三色堇，大家看了都說合宜又漂亮。貝絲日夜趕著工，偶爾碰上困難的部分才請家人幫忙。她的針線活功夫很靈巧，在大家還沒厭倦以前就大功告成。接著她附上一張簡單的短箋，在羅利的協助下，在某天早上老紳士起床以前，偷偷放進書房的桌子上。

激動過後，貝絲等著後續的發展。

一整天過去了，隔天也過了一段時間，遲遲沒收到對方收到禮物的表示，她開始擔憂自己冒犯了脾氣古怪的朋友。第二天下午，她出外跑腿，順便帶可憐的病患娃娃喬安娜去做每日例行運動。她回程走上家門前的那條街，看到三顆——是四顆腦袋在客廳的窗戶探進探出，一看到她，好幾雙手開始揮舞，幾個歡樂的聲音尖聲叫道：「老紳士寫信來了，快來讀讀！」

「噢，貝絲！他送妳——」艾美以有失體面的精力比手畫腳，才剛開口，喬就猛地關上窗戶不讓她講完。

貝絲狐疑又忐忑地快步往前，走到家門口，姐姐們一把抓住她，像凱旋隊伍一般簇擁著她走進客廳，指著前方異口同聲說：「看那邊！快看！」貝絲看了，因為喜悅和驚訝，臉色忽地刷白。眼前佇立著一架箱型小鋼琴，光亮的琴蓋上擺著一封信，像招牌似地指明要給「伊莉莎白．馬區小姐」。

「給我的？」貝絲倒抽一口氣，抓住喬，覺得自己快暈倒，這太令人震撼了。

「沒錯，都是給妳的，寶貝！他真是個大好人。妳不覺得他是世界上最親切的老人嗎？信裡有把鑰匙，我們沒開，好想知道他寫了什麼。」喬摟著妹妹嚷嚷，把信遞給她。

「妳來讀啦，我沒辦法。我頭有點暈。噢，這太美好了！」貝絲把臉藏在喬的圍裙裡，這份禮物讓她有點心慌意亂。

才一打開信，喬就笑了起來，因為眼前的第一行字是：「馬區小姐惠鑒：親愛的小姐——」

「聽起來真不錯！真希望有人能這樣寫信給我！」艾美說，她認為傳統的稱謂非常優雅。

「我這輩子有過很多雙拖鞋，卻不曾有一雙穿起來如您致贈的這般合腳，」喬讀了下去。「三色堇是我最愛的花卉，看到這些花，就會想起送禮的溫柔女孩。我希望能夠回報您的好意。『老紳士』想將曾經屬於他小孫女的東西轉贈給您，相信您會接受他的心意才是。致上最誠摯的謝意與滿滿的祝福，我永遠會是您滿懷感激的朋友與謙卑的僕人，詹姆斯．羅倫斯敬上。」

「好了，貝絲，這絕對是值得驕傲的榮耀！羅利告訴我，羅倫斯先生以前有多疼愛那個小孫女，她過世之後，他一直細心保存著她的東西。妳想想：他把小孫女的鋼琴送給妳耶！都是因為妳有雙人大的藍眼睛，而且熱愛音樂。」喬說，試著安撫貝絲。貝絲身子發顫，前所未有地激動。

「看看這對精美的燭台，這條精緻的青絲褶布，中間繡了金色玫瑰，還有這個漂亮的譜架和琴凳，一應俱全呢。」梅格接著說，掀開琴蓋、展現鋼琴的美。

「『您謙卑的僕人，詹姆斯．羅倫斯敬上。』想想他竟然這樣寫信給妳，我要和我同學說，她們一定會覺得妙極了。」這份短箋深深打動了艾美。

「試試啊，甜心，讓我們聽聽小小鋼琴的聲音吧。」漢娜說，她向來和這家人同甘共苦。

於是貝絲試彈一下，每個人都說沒聽過如此動聽的音色。這架鋼琴顯然最近才調過音，正處於最佳狀態，不過，再怎麼完美，我認為真正的魅力在於——貝絲戀戀地輕撫美麗的黑白琴鍵，腳踩閃亮的踏板時，圍在鋼琴四周那幾張快樂臉龐上所洋溢的無限幸福。

「妳必須親自向他道謝。」喬開玩笑地說，她根本不覺得這個孩子真的會去。

「嗯，我打算要去。我想我馬上去好了，免得越想越害怕。」令全家驚愕不已的是，貝絲竟然慎重地越過花園、穿過樹籬，走進羅倫斯家的大門。

「哎呀我的媽！真沒見過這麼奇怪的事！那一架小鋼琴讓她失常了！要是腦袋沒壞，她哪可能去啊。」漢娜嚷嚷，盯著她的背影，姐妹們也因為這樁奇蹟張口結舌。

要是她們看到貝絲後來的舉動，肯定會更吃驚。信不信由你，她不給自己時間思考，逕自走到書房前敲了敲門。一個粗啞的聲音喊道：「進來！」她走進書房，直直朝著滿臉錯愕的羅倫斯先生走去，然後伸出手，微微顫抖著聲音說：「我是來向您道謝的，先生，因為——」可是她沒把話講完，因為他的神情如此友善，她一時忘了自己該說什麼，只記得他曾經失去心愛的小孫女，於是展出雙臂摟住他的頸子，親了親他。

這時就算房子屋頂突然掀開，老紳士也不會更驚訝，但是他相當喜歡——噢，是的！他喜歡極了！這樣表達信任的輕吻令他感動又開心，徹底化解了他的戒心。他只是把她抱到膝頭上，布滿皺紋的臉頰貼著她紅潤的臉，感覺就像自己的孫女又回來了。貝絲從那一刻起不再怕他，繼續坐在那裡和他自在閒聊，老少兩人彷彿認識了一輩子，因為愛能驅走恐懼，而感恩能戰勝驕傲。貝絲回家時，老先生陪她走到她們家柵門，親切地與她握握手，碰了碰帽子致意之後，轉身大步走回家，態度莊重威嚴、腰背筆直，像個帥氣勇敢的老紳士，而事實也是如此。

姐妹們看到這一幕時，喬跳起捷格舞，表達自己的滿足。艾美差點詫異地摔出窗外。梅格則高舉雙手驚呼：「天啊，世界末日真的要到了！」

7 艾美的屈辱谷

「那個男生真的好像獨眼怪，對吧？」艾美有天說，羅利正騎著馬噠噠路過，邊騎邊甩皮鞭。

「妳怎麼可以這麼說？他明明有兩隻眼睛，而且還很漂亮。」喬嚷嚷，她最痛恨有人侮辱自己的朋友。

「我又沒說他眼睛怎樣，只是在欣賞他騎馬的姿態，妳幹嘛這麼生氣？」

「噢，我的天！原來這傻女孩想說的是半人馬，結果說成獨眼怪[11]。」喬驚呼，噗哧大笑。

「妳也不用這樣沒禮貌，只是一點口污——就像戴維斯先生說的。」艾美引用錯誤的文字回擊，試圖堵住喬的嘴。「羅利花在那匹馬上頭的錢，我真希望能有一點點就好。」她接著說，彷彿自言自語，但還是希望姐姐們能聽見。

「為什麼呢？」梅格善意地問，而喬正因為艾美的第二次口誤笑得不能自已。

「我好需要錢，我背了一身的債，可是還要等一個月才輪到我領回收二手布的錢。」

「負債？艾美，妳是什麼意思？」梅格一臉正色說。

「欸，我欠了同學至少一打醃漬萊姆，要等到有錢才能回請，因為媽媽不准我向商店賒帳。」

「把話說清楚，現在流行萊姆是嗎？我以前都拿橡皮戳洞泡醋做成球。」梅格努力忍笑，因為艾美一臉嚴肅鄭重。

「欸，是這樣的。女同學一天到晚都在買，如果不想讓別人覺得妳小氣，就一定也要買。現在最流行的就是萊姆了，因為每個人上課的時候都會在書桌底下偷吸萊姆，下課就拿萊姆來交換鉛筆、串珠戒指、紙娃娃或其他東西。如果喜歡另一

11 兩個字原文拼法類似，前者為 Centaur，後者為 Cyclops，都是希臘神話的生物。

個同學，就會分萊姆給她；如果生誰的氣，就會當著對方的面吃萊姆，而且一口也不讓對方吸。她們輪流請客，我收過很多顆，可是從來沒回請過。我應該回請了，因為這是人情債，妳也知道。」

「要多少錢才能還清這些債，恢復妳的信用？」梅格說著便拿出皮包。

「二十五分錢應該就很足夠了，還能剩下幾分錢買給妳們吃。妳們不喜歡萊姆嗎？」

「不怎麼喜歡，我的份給妳就好了。拿去吧，錢不多，盡量省著用。」

「噢，謝謝妳！有零用錢真好。我要大大享受一下，我這星期都沒吃到萊姆，因為還不了，別人要給我，我都不好意思拿，但其實我好想吃。」

隔天，艾美上學已經遲到，將那個受潮的牛皮紙包收進抽屜最深處前，卻還是忍不住炫耀一番，她會這樣得意也是情有可原。

才幾分鐘，艾美．馬區有二十四顆萊姆（她上學途中吃了一顆）要請大家吃的消息，馬上在她的「圈子」裡傳開來，朋友們馬上對她猛獻殷勤。凱蒂．布朗當場邀她參加家裡的下一次派對；瑪麗．金斯利堅持把自己的手錶借她戴到下課；愛諷刺人的珍妮．史諾也是，珍妮曾經卑劣地挖苦艾美沒萊姆，這時卻馬上化敵為友，表示願意提供幾道數學難題的解答。

然而，艾美並未忘記史諾小姐曾尖酸刻薄地說「有人鼻子塌，卻還聞得到別人的萊姆；有人自命不凡，卻還是拉得下臉討萊姆。」

於是，她一舉粉碎「那個史諾女孩」的希望，尖刻地說：「不必突然這麼多禮，反正妳一個也分不到。」

當天早上，學校恰好有貴賓蒞臨，對艾美繪製的精美地圖讚譽有加。眼見敵人面子增光，史諾小姐懷恨在心，加上馬區小姐又擺出趾高氣昂的姿態。但是哎呀！驕兵必敗，一心想報復的珍妮最後徹底逆轉了情勢。貴客說了點陳腔濫調的恭維之後，鞠躬離席，珍妮便假借要提出重要問題，向戴維斯老師檢舉，說艾美．馬區在書桌裡放了醃萊姆。

戴維斯老師早已宣布過萊姆是違禁品，鄭重發誓要公開體罰第一個違規的人。這位堅毅不撓的老師在歷經漫長的艱苦抗戰後，終於徹底肅清了口香糖，也曾經點一把火燒毀他沒收的小說和報紙，鎮壓私下流通的紙條；嚴禁擠鬼臉、取綽號、畫諷刺漫畫，就為了竭盡一己之力管束五十個難控制的女學生。

男生已經是對人類耐性的一大考驗，天知道女生其實更難伺候，對一個蠻橫專斷、神經質，教學能力比「布林伯博士」[12]還不如的男士來說，尤其如此。戴維斯先生通曉希臘文、拉丁文、代數和各種學問，因此博得了好老師的名聲，至於禮儀、道德、情感及為人表率等，就不太重視了。

珍妮很清楚，挑在這個時候告發艾美，結果會很慘烈。那天早上，戴維斯先生顯然喝了過濃的咖啡，而且東風總會吹得他神經痛，加上他覺得學生沒給他應享有的尊崇。

所以，套一句某個女學生的話，雖然有點不雅但很生動——「他和巫婆一樣神經、和熊一樣火爆」。然而，「萊姆」這個字眼有如導火線，他泛黃的臉龐頓時脹紅，猛敲桌子，嚇得珍妮異常飛快地衝回座位。

「女同學們，請注意！」

嚴厲的命令一出，全體頓時鴉雀無聲。五十雙藍色、黑色、灰色和棕色的眼睛順服地盯著他嚇人的面容。

「馬區小姐，到前面來。」

艾美服從地站了起來，表面上看似鎮定，但其實內心惶恐，因為萊姆讓她良心難安。

「把妳書桌裡的萊姆都帶過來。」她離開座位以前，這個意料之外的指令讓她一時打住動作。

「別都拿去。」個性沉著的隔壁女同學低聲說。

艾美連忙抖出六個，然後將剩下的攤在戴維斯先生面前，想說只要世人一聞到這種甜美的香氣，就會大發慈悲心。不幸的是，戴維斯先生特別厭惡這種流行漬物的氣味，心中的嫌惡讓他更為光火。

「只有這些嗎？」

「不……是。」艾美結結巴巴。

「馬上把剩下的都拿過來。」

12 布林伯博士（Dr Blimber）是狄更斯小說《董貝父子》（*Dombey and Son*）裡自大浮誇的學校校長。

她絕望地瞥了朋友們一眼，聽話照做。

「妳確定都沒有了？」

「先生，我從不說謊的。」

「好吧，現在把這些噁心東西，兩個、兩個的扔出窗外。」

眾人同聲發出嘆息，引發了一小陣風。最後的希望落空了，盼望已久的美食就這樣被狠狠奪走。艾美又羞又怒、滿面通紅，來回走了令人厭煩的十二趟。每當她遲疑地拋出一雙萊姆——噢，如此圓潤多汁！——街上就響起歡欣鼓舞的呼喊，令女同學們更加懊惱，因為這番盛宴竟然落進她們向來不共戴天的愛爾蘭小鬼手裡。這實在是太過分了；大家向冷酷無情的戴維斯頻頻拋出憤慨或懇求的眼神，有個熱愛萊姆的同學甚至失聲痛哭起來。

艾美扔完最後一趟回來時，戴維斯先生不祥地「哼」了一聲，以故作威嚴的態度說：「各位女同學，還記得我上星期說過的話吧。發生這樣的事情很遺憾，不過，我訂的規矩絕對不容逾越，而且我也從不食言。馬區小姐，把手伸出來。」

艾美猛吃一驚，連忙將雙手藏在背後，既然說不出話，便用哀求的神色望向他，求情效果可能更好。她向來頗受「老戴」（同學私下都這樣叫他）喜歡，我私心相信，若不是因為有個同學忿恨難平，忍不住為了洩憤而發出噓聲，他就會破例食言。

噓聲雖然微小，卻惹惱了這位易怒的紳士，就此決定了犯規者的命運。

「手，馬區小姐！」她無言的懇求只得到這個回覆。她太有自尊心，既不願哭也不願哀求，只是咬緊牙關，不服氣地昂起頭來，毫不退縮地讓小手心挨了刺痛的幾下。其實老師打得不多也不重，可是對她來說沒有差別。這是她生平第一次挨打，在她眼裡，這種羞辱的深刻，和直接將她擊倒沒有兩樣。

「妳到講台上罰站到下課為止。」戴維斯老師說，既然都起了頭，乾脆一不做、二不休。

真是太可怕了。回到座位看著好友憐憫的神情，或是少數幾個敵人幸災樂禍的樣子，就已經夠糟糕的，但才經過羞辱就要面對全班，簡直無法想像。有那麼一刻，她覺得自己就要當場仆倒，哭得撕心裂肺。受盡委屈的忿忿然，加上想到珍妮正在看好戲，反而幫助她撐了下去。她在那個可恥的位子站定，不顧底下那一張張的臉孔，將視線放在火爐通風管上，站在那裡動也不動，一臉慘白。眼前有那樣可憐的小身影，同學根本無法專心上課。

接下來的十五分鐘，這個驕傲又敏感的小女孩嚐到永難忘懷的羞辱和痛苦。對其他人來說，這可能是個荒唐或瑣碎的事情，可是對她而言卻是個難熬的經驗，因為十二年來的人生裡，她向來備受家人疼惜，不曾經歷過這般的打擊。她一想到「回家還得告訴大家這件事，她們會對我多失望啊」，頓時忘了手心和心裡的痛。

十五分鐘感覺就像一個小時，但最終還是結束了。她從來不曾覺得「下課」這個字眼有這麼動聽。

「妳可以走了，馬區小姐。」戴維斯先生不自在的神情映照了內心感受。

艾美離開的時候，對他投出難忘的責備眼神，不發一語走入前廳，東西一把抓了就走，「永遠」不會再回來這邊——她對自己激動地宣告。她回到家的時候好傷心，過一陣子之後，姐姐們也回來了，立刻召開一場義憤填膺的會議。

馬區太太話不多，但一臉不安的表情，盡可能溫柔地安慰痛苦不堪的小女兒。梅格一邊掉著淚，一邊將甘油塗抹在艾美挨打的手心上。貝絲覺得，這樣的悲痛連她心愛的小貓也撫慰不了。喬氣憤地提議立刻逮捕戴維斯先生。漢娜則對著那個「壞蛋」隔空揮舞她的拳頭，在做晚餐時搗起薯泥也分外用力，彷彿壞蛋就在她的壓泥器底下。

除了好友之外，沒人注意到艾美離開學校，不過眼尖的少女們都注意到，戴維斯先生那天下午特別親切，而且異常緊張。放學前，喬一臉陰沉來到學校，她大步走到老師桌前，遞上母親寫的信，然後收拾完艾美的物品就離開。

離開前，她還在門口地墊上好好刮掉靴子的泥巴，彷彿想將那裡的塵土從腳上甩得一乾二淨。

當天晚上，馬區太太說：「好，妳可以暫時不上學，不過，我要妳每天都和貝絲一起讀點書。我不贊成體罰，尤其是對女孩。我不喜歡戴維斯先生教書的風格，也不覺得妳來往的那些女生對妳會有幫助，所以我會問問妳父親的意見，再決定要替妳轉學到哪裡讀書。」

「好耶！我真希望那些女生都可以離開，讓那座老學校關門大吉。想到那些好吃的萊姆我就生氣。」艾美嘆了口氣，恍如殉難的烈士。

「妳丟了那些萊姆，我也不覺得可惜，因為是妳違規在先，不聽話就應該接受懲罰。」這番嚴厲的回答讓想博取同情的女孩相當失望。

「妳是說，妳很高興我在全班面前丟臉嗎？」艾美嚷嚷。

「我自己不會選擇用那種方式來矯正過錯。」母親回答，「但是，對妳來說，這樣也許比更溫和的方式有效。妳越來越驕傲自大，我的親愛的，也該要改一改了。妳有不少的小天分及優點，但不需要刻意炫耀，因為再了不起的天才也會因為自負而毀掉。不用怕真正的才華或美德會長期埋沒，即使有，只要知道自己擁有這些特質，並且善加運用，就應該要滿足了。謙虛才是才華最迷人的地方。」

「是啊！」羅利嚷嚷，他正在角落裡和喬下棋。「我就認識一個女生，明明很有音樂天分，自己卻不知道。她根本不曉得自己獨處時編的曲子有多動聽。要是有人告訴她，她也不會相信。」

「我真希望認識那個女生，也許她可以教教我，我好笨。」貝絲說，站在他身邊熱切地聽著。

「妳認識她啊，而且她比誰都更能幫妳。」羅利看著貝絲回答，歡樂的黑眼中滿是淘氣。貝絲頓時滿面羞紅，將臉藏進沙發靠墊，這個意料之外的發現讓她不知所措。

喬放水讓羅利贏一局，以報答他對貝絲的讚美。但是貝絲受到讚美之後，卻說什麼也不肯為大家彈奏。於是羅利只好卯盡全力，以特別高昂的興致，大展美妙的歌喉，因為他很少在馬區一家面前展現鬱鬱寡歡的一面。艾美整晚心事重重，他離開以後，她彷彿突然有了什麼新想法似的，說：「羅利很有才華嗎？」

「對啊，他受過很棒的教育，而且也很有才華。只要不被寵壞，以後會長成優秀的男人。」母親回答。

「而且他也不自大嗎？」艾美問。

「一點都不會，所以才這麼討人喜歡，我們也才這麼喜歡他。」

「我懂了，有才藝及優雅都很好，但是不要故意炫耀，也不要得意忘形。」艾美若有所思說。

「一個人只要適度表現，別人自然可以從他的言行舉止，看出來和感覺到這些東西，沒必要刻意賣弄。」馬區太太說。

「這就好像，你沒必要將自己的無邊圓帽、所有的禮服及緞帶一口氣都穿全戴在身上，就為了讓大家知道妳有這些東西。」喬補充了一句，這場訓話就在笑聲中結束。

8 喬對抗惡魔亞坡倫[13]

「姐姐，妳們要去哪裡？」艾美問，星期六下午走進房間，發現姐姐們正準備出門，她們一副神祕兮兮的樣子，讓她更是好奇。

「別管閒事，小孩子少亂問。」喬厲聲回答。

年紀小的時候，最傷我們自尊的，莫過於有人對我們說那樣的話。而有人叫我們「到一邊去吧，親愛的」，更是令人難受。這樣的侮辱讓艾美火冒三丈，決定就算要纏上一個小時，也要查出是什麼祕密。梅格向來沒辦法拒絕艾美到底。艾美索性轉身對梅格柔聲哄誘：「告訴我嘛！妳應該會讓我跟吧。貝絲整天忙著照顧那些娃娃，我沒有事情做，好寂寞喔。」

「不行啦，親愛的，因為妳沒有受邀。」梅格才開口，喬就不耐煩地打斷她。

「好了，梅格，別說了，免得都搞砸了。妳就是不能去，艾美，別像個小孩一樣鬼叫不停。」

「妳們要和羅利出去，我知道。因為妳們昨天晚上在沙發上講悄悄話，還笑個不停，我走進來你們就不講話了，妳們是不是要和他出去？」

「好啦、對啦，現在安靜點，別再煩了。」

艾美閉嘴改用眼睛觀察，看到梅格塞了把扇子進口袋。

「我知道了！我知道了！你們要到劇院看《七城堡》！」她嚷嚷，堅決地接著說，「我也要去，因為媽媽說過那齣戲我可以看，而且我有零用錢了。妳們好壞，竟然沒早點告訴我。」梅格用安撫的語氣說：「乖乖聽我說，媽媽不希望妳這個星期去，因為妳的眼睛還沒好，受不了這種奇幻劇的燈光。下星期，妳就可以和貝絲、漢娜去看個痛快了。」

「我更想和妳們及羅利去看。拜託讓我去嘛，我感冒病了這麼久，一直關在家裡，我好想出去玩。拜託嘛，梅格！我會很乖的。」艾美哀求，盡可能裝出一副可憐樣。

「就帶她一起去吧，只要讓她穿暖和些，媽媽應該不會介意。」梅格說。

「如果她去，我就不去。如果我沒去，羅利就會不高興。況且他明明只邀了我們兩個，臨時拖著艾美一起去，也太失禮了。而且艾美應該不會想當個沒人歡迎的小跟班才對。」喬氣沖沖地說，因為她討厭在自己要盡興玩樂時，還得看管坐立不安的小鬼。

喬的語氣和態度都觸怒了艾美，艾美開始穿靴子，也同時用她最惱人的語氣說：「我就是要去，梅格說我可以。反正我自己付錢，和羅利一點關係也沒有。」

「妳不能和我們一起坐，因為我們早就訂好位子了，可是妳又不能自己一個人坐，到時羅利就會把他的位子讓給妳，搞得大家都很掃興。要不然就是他再幫妳找個位子，可是人家又沒邀妳。妳哪裡都別去，乖乖留在這邊就是了。」喬罵道，匆忙間又扎傷了手，更加火大。

---

13 《天路歷程》中，亞坡倫統治著「毀滅之城」，為了脅迫主角「基督徒」回到他的領地，兩方發生激戰，基督徒憑藉著信仰，最後擺脫象徵世俗權力的亞坡倫。在此，喬的「亞坡倫」就是她的壞脾氣。

艾美坐在地上哭起來，腳上只穿了一隻靴子，梅格正要和她講道理，這時羅利正好在樓下呼喚她們，於是兩個姐姐趕忙下樓，留下大哭的妹妹。艾美有時候就是會忘記自己的小大人作風，表現得像個被寵壞的小孩。一行人正要出發時，艾美趴在欄杆上，以威脅的語氣呼喚著：「妳會後悔的，喬・馬區！妳等著瞧好了。」

「少鬼扯！」喬回嘴，用力關上門。

他們看得很愉快，因為《鑽石湖的七城堡》妙不可言。可是儘管劇中紅色小惡魔很有喜感、小精靈閃閃發亮，而王子公主俊秀又美麗，喬的樂趣當中隱含一絲苦澀，仙后的金黃鬈髮讓她想到艾美，而在換幕之間的空檔，她一直在想妹妹會做什麼來讓她「後悔」以此自娛。她和艾美這輩子起過不少激烈的爭執，因為兩人性子都急，只要稍受刺激就一發不可收拾。艾美會戲弄喬，喬會惹惱艾美，兩人偶爾就會爆發重大衝突，事後兩人便羞愧不已。雖然喬身為姐姐，卻自制力低落，總是克制不住常害她惹事的火爆脾氣。她的怒氣往往來得快也去得快，事後也會謙卑地坦承過錯、誠心懺悔，並且努力改進。姐妹們以前總說，她們很喜歡惹喬生氣，因為事後她總是溫柔得像天使。可憐的喬急著想要更乖巧，但她內心的敵人卻總是隨時伺機爆發、擊潰她；她耐著性子努力了幾年，好不容易才稍微有所收斂。

回到家後，她們發現艾美在客廳看書。當她們走進去的時候，她散發著委屈的氣息，視線沒離開書本，一個問題也不問。要不是因為貝絲在那裡問長問短，讓艾美聽到了姐姐對那齣戲讚不絕口的描述，也許艾美的好奇心會壓過怨恨。喬上樓去把自己最好的帽子回歸原位，第一眼先朝五斗櫃望去，因為上次和艾美吵架過後，艾美為了洩憤而將喬的上層抽屜翻倒在地。一切都在原位，她接著迅速檢查各個櫥櫃、袋子和盒子，判斷艾美早已忘記與原諒了自己犯下的過錯。

但是喬錯了，因為隔天她發現了一件事，大風暴隨之掀起。近晚時分，梅格、貝絲和艾美正坐在一起，喬情緒激動地衝進房間，氣喘吁吁追問：「有人拿了我的故事本嗎？」

梅格和貝絲一臉詫異，立刻說「沒有」。艾美則撥弄著火，悶聲不吭。喬看到她的臉紅了起來，馬上衝著她來。

「艾美，是妳拿的！」

「沒有，才沒有。」

「那妳知道在哪裡嘍？」

「不知道。」

「騙人！」喬嚷嚷，揪住她的肩膀，表情相當凶狠，比艾美更勇敢的孩子也會被嚇到。

「哪有，我沒拿，我不知道在哪裡，也不在乎。」

「妳一定知道什麼，最好從實招來，不然我也一定會逼到妳說為止。」喬抓著她猛晃。

「妳要罵就罵，反正妳再也看不到那無聊的故事本了。」艾美嚷道，跟著激動起來。

「為什麼看不到？」

「因為我燒掉了。」

「什麼！我那麼心愛的小書，我反覆推敲，打算在爸爸回來以前完成的，妳真的燒掉了？」喬說，臉色變得慘白，但雙眼燃起怒火，雙手緊張地掐著艾美。

「對，妳昨天那麼兇，我早說過我會讓妳付出代價的，而我說到就會做到，所以——」

艾美沒再講下去，因為喬再也克制不住脾氣，猛搖艾美，直到她牙齒打顫，一邊悲憤交加地大喊：「妳這個壞東西！那個東西我再也寫不出來了，我這輩子絕對不會原諒妳。」

梅格飛奔過來拯救艾美，貝絲則上前安撫喬，可是喬已經氣到發狂，賞了艾美一記耳光才衝出房間，奔進閣樓對著舊沙發獨自排遣怒氣。

樓下的風暴已經平息，因為馬區太太回家後，聽完事發經過，立刻讓艾美明白自己對喬犯下的錯有多嚴重。喬的那本書是她最大的驕傲，家人也將它視為不可限量的文學生涯起點，本子裡雖然只寫了六則短篇童話，可是喬耐著性子反覆琢磨，全心投入作品，只希望能夠寫出好到足以出版的東西。

不久前，她才仔細謄寫過一遍，毀掉了舊手稿，所以艾美的一把火燒掉了喬耗費數年的心血。其他人看來可能覺得這不算什麼損失，但對喬而言卻是天大的災難，永難彌補的損失。貝絲難過的程度猶如失去小貓，梅格也不願為自己偏愛的妹妹說話。馬區太太的神情沉重悲傷，艾美對自己行為的後悔程度更甚於其他家人；

她覺得除非自己好好道歉，否則今後再也不會有人愛她。

午茶鈴搖響的時候，喬出現了，表情陰沉而難以接近，艾美鼓足了勇氣才敢溫和地說：「請原諒我，喬，我真的、真的很抱歉。」

「我永遠不會原諒妳。」喬冷峻地回答，之後就完全不理會艾美。

誰也沒再提起這次的重大衝突，就連馬區太太也是，大家從經驗已得知，喬正在氣頭上的時候，對她說什麼都沒用。最好還是等偶發的小事或是她寬容的天性，來軟化她的憤恨並彌補裂痕。當天晚上氣氛並不愉快，雖然大家照做針線活，母親也慣例朗讀了布萊梅（Bremer）、史考特（Scott）、埃奇沃斯（Edgeworth）的作品，但感覺還是缺了什麼。家中那種甜蜜安寧的氣氛已被擾亂，到了唱歌的時候感覺更為強烈，因為貝絲只能彈奏，喬像石柱一樣呆呆站著，艾美則情緒崩潰，所以只有梅格和母親開口唱歌。雖然她們努力做出爽朗的樣子，但是清亮的歌聲沒有平日的和諧，感覺整體都走了調。

馬區太太親吻喬道晚安的時候，溫柔地悄聲說：「我親愛的，不可生氣到日落後。原諒彼此、互相幫助，明天又是新的開始。」

喬好想將她的頭貼在母親胸前，哭訴自己的悲痛及憤怒，但淚水是怯懦柔弱的表現，更何況她傷痛太重，真的還無法原諒艾美。因為艾美也在旁邊聽著，於是喬用力眨眨眼，搖著頭粗聲說：「她那樣做實在太可惡了，不值得我原諒。」

說完就上床去，那晚姐妹間沒有任何歡樂的閒聊或悄悄話。

主動求和卻遭到拒絕，艾美感到非常生氣，於是反倒希望自己當初沒低聲下氣。她不只覺得自己比之前更委屈，還對家人誇耀自己的德行更勝一籌，令人看了更是氣惱。

喬依然一臉陰雲密布，整天都過得不順：早上天氣冷颼颼，她不慎將珍貴的小酥餅掉在水溝裡，那天，馬區姑婆又焦躁難安。梅格心事重重。貝絲回家來的時候，肯定也會一臉哀愁惆悵。艾美又一直說著，有人老愛把做個乖孩子掛在嘴邊，別人樹立了好榜樣，那些人卻連試也不試。

「大家都好討人厭，我去找羅利溜冰好了，他總是和善又開心，我知道他會讓我心情好起來。」喬自言自語，說完就出門去了。

艾美聽到溜冰鞋的碰撞聲，往窗外一看，不耐地驚呼：「看！她明明答應說下次要帶我去的，因為這是今年最後一次冰期了。可是她現在這麼火爆，我說了她也不理會。」

「別這麼說。妳之前真的很不乖，而且她失去那麼心愛的小書，要她原諒哪有那麼容易。可是我想她現在可能願意了，我猜她會，如果妳挑對時間再試試，可能會成功。」梅格說。「跟著他們去吧，可是妳要等喬和羅利碰面了，心情好起來之後再開口，然後找個安靜的時刻親親她，或者做貼心的小事，我確定她會真心與妳和好。」

「我試試看。」艾美覺得這個建議很對她的胃口，手忙腳亂準備好之後追了出去，看到那雙朋友剛剛越過丘頂，消失了蹤影。

走到河邊的路程不遠，但在艾美趕上來以前，兩人已經著裝完畢，喬一看到她跟來，馬上轉過身去，羅利並沒看見，因為他正小心沿著河岸溜著，一面測試冰層的厚度，因為在這波寒流來襲以前，曾有一陣子溫度較高。

「我先到第一個彎口看看安不安全，然後我們再來比賽。」艾美聽他這麼說，接著飛也似地溜出去，看來就像一位俄羅斯少年，身穿毛邊大衣、頭戴毛邊帽子。

艾美奔跑過後的喘息、跺腳，然後忙著穿溜冰鞋一面對手指哈氣的聲音，喬都聽到了，可是喬一直沒回頭，只是緩緩沿著河岸往前蛇行，對妹妹的困擾有種刻薄不悅的快意。喬滿腔怒氣，直到怒氣越演越烈，最後支配了她整個人。通常邪惡的想法和感覺若不立即驅散，最終都會這樣。羅利繞過轉彎處時，回頭大喊：「貼著河岸溜，中間不安全。」

喬聽見了，可是艾美正掙扎著要站起來，什麼也沒聽到。喬回頭瞥了一眼，心中的小惡魔湊在她耳邊說：「管她聽見沒有，讓她自生自滅。」

羅利已經繞過彎口消失蹤影，喬正要轉彎。艾美遠遠落在後頭，朝河中央更平滑的冰面溜去。一時之間，喬立定不動，心中湧現異樣的的感受，接著還是決定繼續往前。可是有點什麼讓她頓住並轉過身去，及時看到艾美高舉雙手往下沉落，冰層喀啦破裂、濺起水花，一聲尖叫讓她嚇得心跳差點停止。她想向羅利呼救，卻發不出聲音；想衝上前去，雙腳卻好像力氣全失，剎時間只能怔怔站在原地，一臉驚恐地盯著漂浮在黑色水面上的藍色小兜帽。忽然有東西飛快掠過她身邊，接著便聽到羅利的吶喊。「拿木條來，快點，快！」

她完全不知道自己是怎麼辦到的。不過接下來幾分鐘，她彷彿被附身似的，盲目遵從羅利的指揮。羅利鎮定自若，平趴在冰面上，靠著胳膊和曲棍球棒將艾美撐在水面上，直到喬從柵欄那裡拖了根木條回來。兩人合力將艾美拉出來，艾美受到驚嚇的程度多過受傷。

「好了，我們要盡快送她回家，先把我們的衣物都裹在她身上。我來把這雙可惡的溜冰鞋脫掉。」羅利邊喊邊用大衣裹住艾美，然後拉扯自己的溜冰鞋鞋帶，以前從不覺得有這麼複雜麻煩。

他們終於把渾身發抖、滴著水又哭不停的艾美送到家。在一陣騷動過後，艾美裹著毛毯在暖熱的火爐前睡著了。忙亂之際，喬幾乎沒說什麼話，只是神色蒼白狂亂地奔走不停，身上的衣物掉了一半，洋裝扯破了，而冰、木條和難解的釦環把她的手弄得傷痕累累，處處是瘀青。艾美安穩地睡去，家中恢復寧靜，馬區太太坐在床邊，將喬喚來身邊，開始包紮她受傷的手。

「妳確定她沒事了嗎？」喬輕聲說，悔恨交加看著那頭金髮，那顆腦袋差點永遠消失在驚險的薄冰底下。

「沒事了，親愛的。她沒受傷，而且我想應該也不會感冒。你們很懂事，知道要替她保暖，趕緊送她回家。」

「都是羅利的功勞，我只是丟下她不管。媽媽，如果她死掉，都是我的錯。」喬跪倒在床邊，雙眼盈滿懊悔的眼淚，說起事情的經過。她忿忿譴責自己的鐵石心腸，也啜泣著表達感恩，謝謝上帝沒讓她受到嚴厲的懲罰。

「都是我的壞脾氣！我努力要改，也以為自己改好了，可是又變本加厲地爆發。媽媽，我該怎麼辦？我該怎麼辦才好？」可憐的喬絕望地嚷嚷。

「妳就多留心、多禱告，永遠不要放棄嘗試，也不要以為自己永遠無法戰勝缺點。」馬區太太將喬那顆蓬亂的腦袋，拉過來靠在自己肩上，無比溫柔地親吻喬淚濕的臉頰，而喬哭得更厲害。

「妳不懂的，妳想像不到狀況有多糟！我情緒一激動，好像什麼事都做得出來。我會變得很野蠻，傷害別人時還可能還樂在其中。我好怕有一天，我真的會做出什麼恐怖的事情，不只毀掉自己的人生，還讓大家都痛恨我。噢，媽媽！幫我，幫幫我！」

「我會的，孩子，別哭得這麼傷心。記住這一天，痛下決心別再重蹈覆轍。喬，親愛的，我們各自都會遇到誘惑，有些誘惑遠比妳想像的嚴重，往往需要窮盡一生才能克服。妳以為自己是世上脾氣最差的人，其實我以前就和妳一樣。」

「妳？媽媽？咦，可是妳從不生氣的啊！」喬一時詫異得忘了悔恨。

「這個壞脾氣我努力改了四十年，現在也只能成功控制而已。我這輩子幾乎每天都在生氣，喬，但我學會不表現出來。我還是希望能學會『不覺得』生氣，只不過可能還得再花四十年。」

對喬來說，那張喬深愛的臉龐流露出的耐性和謙卑，比最睿智的訓話、最嚴厲的指責都還有用。母親給她的同情與信心，讓她立即感到安慰。知道母親也有她這樣的缺點，也試著改正，讓她能坦然承受自己的缺點，改過的決心也更為堅定。只不過，對十五歲的女孩來說，四十年的留神和禱告感覺很漫長。

「媽媽，馬區姑婆罵了妳，或是有人讓妳苦惱，妳有時候會緊緊抿著嘴唇、離開房間，妳是不是在生氣？」喬問，感覺和母親前所未有地親近。

「對，要懂得克制衝到嘴邊的話，不能隨便脫口而出。每當我覺得克制不住，就會暫時迴避，反省自己為何如此脆弱和惡劣。」馬區太太嘆口氣，面帶笑容梳順並紮好喬的一頭亂髮。

「妳怎麼學會保持冷靜的？這點最讓我頭痛了……因為我都還沒意識到，尖銳的字眼就已經脫口而出，而且話說越多，就越口不擇言。直到最後，傷害別人的感受、說些可怕的話，反倒覺得很痛快。親愛的媽媽，告訴我，妳怎麼辦到的。」

「我母親以前都會幫我——」

「就像妳幫我們一樣。」喬打斷她的話，感激地送上一吻。

「可是我比妳大沒幾歲的時候，我母親就走了。好多年來，我只能獨自掙扎下去，因為我自尊心太強，不想向別人坦承自己的弱點。我過得很辛苦，喬，還因為不停失敗，掉了好多眼淚。因為不管再怎麼努力，似乎永遠都進步不了。後來妳父親出現了，我過得好幸福，控制脾氣就變得簡單起來。可是不久之後有了四個女兒，家裡又那麼拮据，老毛病開始困擾我，因為我天生沒耐性，看到孩子缺了什麼東西，心裡就覺得很煎熬。」

「可憐的媽媽！那時候幫妳一把的是什麼？」

「是妳父親啊，喬。他從未失去耐性，也不曾懷疑或抱怨，永遠懷抱希望，歡樂地工作和等待，在他面前如果不跟著這樣，就會自慚形穢。他幫助我、安慰我，讓我知道，我希望女兒擁有什麼美德，自己必須先以身作則，因為我是妳們的榜樣。為了妳們努力，比為我自己還更容易。只要我口吐尖銳的言語，妳們臉上驚愕或詫異的神情，比起任何話語，都是對我更有力的譴責。我為了成為孩子的榜樣所付出的百般努力，最甜美的獎勵就是孩子對我的愛、尊敬和信心。」

「噢，媽媽！要是我有妳一半的好，我就會感到心滿意足了。」喬嚷嚷著，深受感動。

「我希望妳比我更好，親愛的，可是妳要隨時注意自己『內心的敵人』，就像妳父親說的，就算它不會毀了妳的人生，也可能會害妳傷心。這次的事件就是一個警告，要謹記在心，然後用盡心力控制自己的暴躁脾氣，免得未來為妳帶來更大的悲傷和悔恨。」

「我會努力的，媽媽！我真的會。可是妳一定要幫忙我、提醒我，別讓我失控。以前有時候會看到爸爸把手指抵在嘴唇上，用很親切卻認真的臉色看著妳。那時妳總是抿緊嘴巴，或是離開現場，他是在提醒妳嗎？」喬柔聲說。

「對，是我請他這樣提醒我的，他從來未忘記過，他那個小動作及親切的表情，讓我及時嚥下了許多傷人的話。」

喬看到母親眼中湧現淚水，說話時嘴唇顫抖，她擔心自己太多話，於是焦慮地輕聲說：「我是否不應該觀察你們，還提起那件事？我不是故意要無禮的，只是能將心裡的話都告訴妳，讓我覺得好自在，坐在這裡感覺好安心、好快樂。」

「我的喬啊，妳想對媽媽說什麼都可以，因為女兒可以對我吐露心聲，知道我有多愛她們，是我無上的幸福和驕傲。」

「我還以為我讓妳難過了。」

「不是的，親愛的。只是談起妳父親，讓我想到我有多思念他、多感激他，也想到我應該忠實地為他努力看顧並守護女兒。」

「但當初是妳要爸爸去的啊，媽媽。他離開的時候妳沒哭，後來也沒抱怨過，也沒有一副無助的樣子。」喬納悶地說。

「我將自己最好的獻給我深愛的國家，忍到他離開之後才流淚。我們都只是盡自己的本分，為了更幸福的未來，我有什麼好抱怨的？如果我看起來好像不需要幫忙，那是因為我有個更好的朋友，甚至比妳父親還好，我有祂安慰我、扶持我。我的孩子，妳人生的煩憂和誘惑才剛開始，未來可能會有更多，可是如果妳學會感受天上父親的力量和溫柔，就像妳感受地上父親的力量和溫柔，就可以一一克服和超越。妳越愛祂、越信靠祂，就會覺得越親近祂，也就不會那麼仰賴凡人的力量和智慧。天父的愛和關懷永遠不會倦怠或改變，誰也奪不走，甚至可能是妳一生平安、幸福和力量的泉源。全心相信吧，帶著妳的小小煩惱、希望、罪惡和憂愁，毫無顧忌地去找上帝傾訴吧，就像妳來找媽媽一樣。」

喬抱住母親作為答覆，在接下來的沉默中，她從心中默默發出了最誠摯的禱告，因為在這樣悲傷卻幸福的時刻裡，她不僅體會到懊悔和絕望的苦澀，也學到了自我犧牲和自我克制的甜美。在母親的引導之下，她更加靠近了那位「朋友」，祂歡迎每個孩子來到面前，祂的愛比任何父親更強大，比任何母親更溫柔。

這時，睡夢中的艾美動了動，嘆了口氣。喬彷彿急著要彌補自己的過錯，仰起頭，露出前所未有的表情。

「我之前生氣到日落之後，不願意原諒她，今天要不是因為羅利，搞不好就太遲了！我怎麼會這麼壞心？」喬用不大不小的聲音說，傾身湊向妹妹，輕柔地撫摸她披散於枕頭上的濕髮。

艾美彷彿聽見了，睜開眼睛、伸出手臂，臉上的笑容深深觸動了喬的心。兩人什麼話也沒說，只是隔著毯子緊緊擁住對方。真誠的一吻之後，兩人原諒也忘懷了一切。

9 梅格前往浮華市

「我覺得我真是太幸運了，金家的小孩剛好得了痲疹。」梅格說，某個四月天，她正站在臥房裡收拾出門用的行李，妹妹們圍繞在四周。

「安妮・莫法特人很好，沒忘記她的承諾。可以玩整整兩個星期實在太棒了。」喬回答，長長的手臂忙著摺裙子，活像一台風車似的。

「天氣這麼好，我好替妳高興。」貝絲補了一句，整理自己寶盒裡的頸帶和髮帶，打算借給姐姐用於這個大場。

「我也好希望能夠去玩，穿戴這些漂亮東西。」艾美說，啣著滿嘴的大頭針，巧妙將姐姐的插針包補滿。

「真希望妳們都能一起來。既然沒辦法，我便會把所有的事情記下來，回來再說給妳們聽。妳們都對我這麼好，借我東西，又幫我準備，我至少可以做到這件事當成回報。」梅格說，環顧房間，望向那件再樸素也不過的服裝，在她們眼中近乎完美。

「媽媽從百寶箱裡拿了什麼給妳？」艾美問。馬區太太有個杉木箱，裡頭放了過往富裕生活留下來的幾樣好東西，想等到恰當時機，拿出來分送女兒們。這次開箱的時候，艾美恰好不在場。

「一雙絲襪、漂亮的雕刻扇子、美麗的藍色腰帶。我本來想穿那件紫色絲綢，可是來不及修改，只好穿那件舊的薄紗洋裝了。」

「和我那件新的薄棉裙滿搭的，藍色腰帶會把它襯得很好看。真希望我的珊瑚手環沒摔壞，不然就能借妳戴了。」喬樂於贈與和出借自己的物品，只可惜那些東西通常都太殘破，不大派得上用場。

「百寶箱裡有一套漂亮的古典珍珠飾品，可是媽媽說對年輕女生來說，真花才是最漂亮的裝飾，而且羅利答應我，要把我想要的鮮花都送來。」梅格回答。「好了，讓我看看，我有新的灰色外出服——貝絲，替我把帽子上的羽毛捲一下——還有我的府綢，是星期日和小派對要穿的。春天穿府綢，會不會太厚重？要是能穿那件紫色絲綢該有多好。噢，天啊！」

「沒關係啦，大型派對妳有薄紗禮服可以穿，而且妳穿起白色衣服就像天使。」艾美牢牢盯著這一小堆精美衣飾，美麗的事物最能逗她歡喜了。

「那件領口太高，裙襬也不夠搖曳，但也只能這樣了。我的藍色居家洋裝看起來就很不錯，翻了面再重新修邊，感覺就像是新的。我的絲質長外衣一點也不時髦，我的無邊圓帽和莎麗的差好多。我本來不想說的，但我對我的傘好失望。我和媽媽說要黑傘身、白傘柄，可是她忘了，結果買了綠傘面，配上好醜的偏黃傘柄。是很耐用又優雅沒錯，我不應該抱怨，不過，我很清楚，要是和安妮那把絲質的金頂雨傘擺在一起，一定很沒面子。」梅格嘆氣，非常不滿地端詳那把小傘。

「那就換掉啊。」喬提議。

「我才不會這麼傻，也不想傷媽媽的心，她花了那麼多功夫張羅我的東西。我這個想法只是胡鬧，我不會向它低頭的。我的絲襪和兩雙嶄新手套就是我的安慰。妳真好，把妳自己的借我，喬，有兩雙手套讓我覺得好富有，也有點優雅。舊的手套已經洗好，可以拿來平日使用。」梅格神清氣爽地瞧了瞧她的手套盒。

「安妮．莫法特的睡帽上有藍色和粉紅色蝴蝶結，妳能不能替我縫一些上去？」梅格問。貝絲剛從漢娜手中接下一疊雪白的薄棉衣服，捧了過來。

「不行，我才不要，這些睡袍沒有飾邊，很素淨，和花俏的睡帽不搭，窮人家就不應該作怪。」喬堅定地說。

「我只是在想，哪天才有那個福氣，可以穿手工蕾絲的衣服、戴有蝴蝶結的帽子？」梅格不耐煩地說。

「之前妳才說過，只要能去安妮．莫法特家玩，妳就很開心了。」貝絲說，和平日一樣低調。

「我是說過沒錯！好啦，我很開心，我不要再煩惱了。人好像得到越多，就會越貪心，對吧？行李都準備好了，東西也收進去了，只剩下晚禮服了，我要請媽媽幫我放。」梅格說著，便打起精神，因為她的視線從半滿的行李箱，移向熨過也補過多次的那件薄紗禮服——她用慎重態度稱之為她的「晚禮服」。

隔日天氣很好，梅格一身亮麗地出發，準備享受為時兩週新奇快樂的生活。

馬區太太原本不想同意讓梅格出這趟門，因為怕她回家以後會更不滿現狀。不過，經不起女兒一再哀求，加上莎麗也答應了會好好照顧她，況且她辛苦了一整個冬天，讓她稍微享受一下也不錯。於是，馬區太太終於讓步，答應讓女兒初嚐時尚生活的滋味。

莫法特家確實非常時髦，單純的梅格起初震懾於房子的華麗和主人的風雅。儘管他們過著浮華的生活，但態度親切和藹，不久就讓客人自在起來。也許是因為梅格隱隱感覺到，這一家人並非特別有學養或特別聰明，光鮮的外表依然掩不住平凡的內在。過著奢華的生活，出入都搭華麗的馬車、天天盛裝打扮，除了玩樂什麼事也不用做，這樣的日子當然快活，真是太合她的脾胃了。不久，她就模仿起身邊那些人的言談舉止，開始擺點小架子、裝腔作勢，講話夾帶法文，燙捲自己的頭髮，改窄洋裝，盡力參與時尚的話題。梅格越是看到安妮那些美麗的東西，就越羨慕她，暗暗感嘆家裡沒錢。她一想起自己的家，就覺得家徒四壁、沉悶無趣，工作感覺起來也比之前難熬。因此，縱使擁有新手套和絲襪，她還是覺得自己一窮二白、受盡委屈。

不過，她沒多少時間可以煩惱，因為三個年輕女孩忙著「享受生活」。她們成天逛街、散步、搭車、拜訪朋友，晚上則到劇院看戲和聽歌劇，或是在家裡玩鬧，因為安妮朋友眾多，很懂得怎麼招待她們。她的姐姐們都是漂亮的淑女，其中一位已經訂婚，這件事對梅格來說，既有趣又浪漫。莫法特先生是樂天的胖胖老先生，原本就認識她父親。莫法特太太則是個胖胖的老婦人，和女兒一樣都很喜歡梅格。大家都對她百般呵護，替她取了「黛西」[14]這個暱稱，慣得她都快被沖昏頭了。

舉行「小派對」的那天晚上，她發現根本不適合穿那件府綢，因為其他女生都換上了輕薄的洋裝，各個打扮得清新雅麗。所以梅格拿出了自己的薄紗洋裝，和莎麗的新洋裝相比之下，更顯得老舊、鬆垮和寒酸。梅格看到其他女生瞄了瞄這件洋裝，然後面面相覷，梅格的臉頰熱燙起來。雖然她個性溫柔，但很有自尊心。誰也沒說什麼，莎麗提議替她整理頭髮，安妮提議替她繫腰帶，訂了婚的姐姐貝兒則讚美她雪白的胳膊，但是即使她們一片善意，梅格只覺得她們是同情她家貧。她獨自

14 Daisy 這個名字意指「雛菊」，古英文為「白日之眼」（day's eye）之意，也是瑪格麗特這名字的暱稱。

站著，心情非常沉重，其他人則有說有笑地打理容貌，好似披著薄紗的蝴蝶一樣穿梭不停。痛苦難過的感覺正越演越烈時，女僕捧了一盒花走了進來。女僕還來不及開口，安妮就掀開盒蓋，一見盒裡那些美麗的玫瑰、石南和蕨類，眾人發出驚嘆。

「一定是給貝兒的，喬治每次都會送花給她，不過，這次真的美極了。」安妮嚷嚷，深深吸了花香。

「那位男士說要給馬區家小姐，這裡有短箋。」女僕插話，遞信給梅格。

「真有意思！誰送的？都不知道妳有戀人了。」女生們嚷嚷，圍著梅格兜來轉去，萬分好奇和詫異。

「短箋是媽媽寫的，而花是羅利送的。」梅格簡單地說，暗暗地感激羅利沒忘記自己。

「噢，原來是這樣！」安妮說，神色怪異。梅格將信箋塞進口袋，當成護身符，用來抵擋嫉妒、虛榮和妄尊自大，因為爹爹幾句慈愛的話對她大有助益，而美麗的鮮花也讓她的心情好轉起來。

心情恢復得差不多的時候，她先留了點蕨類和玫瑰給自己，然後快手將其餘的花草紮成精美花飾，分送給朋友們妝點在胸前、髮梢或裙子上。如此得體的表現，讓安妮的大姐克萊拉直讚梅格是「她所見過最貼心的小東西」，而大家都因為她這樣的小心意而雀躍不已，友善的舉動也讓自己一掃陰霾。當其他人去莫法特太太身邊展示自己的裝扮時，她將蕨類插在自己的鬈髮上，再把玫瑰別在裙子上，在她眼裡這件禮服沒那麼寒酸了。她看見鏡中的自己滿臉幸福、雙眸明亮。

當天晚上，她玩得非常開心，不只盡興地跳舞，大家都對她很親切，還被誇獎了三次。第一次，是安妮要她唱歌，有人稱讚她歌聲美極了。第二次，是林肯少校向人打聽「那個清新的小姑娘是誰？眼睛真漂亮」。第三次，則是莫法特先生堅持與她共舞，因為他很有風度地表示「她跳舞不拖泥帶水，舞步輕快有力」。整體而言，這真是個美好的夜晚，直到不小心聽見一段讓她心亂如麻的對話，當時她正在溫室裡等著舞伴端冰淇淋來，不巧聽見花牆的另一邊有人問：「她幾歲啦？」

「十六或十七吧，我猜。」另一個聲音回答。

「對她們那種人家的女孩，應該算是很不錯的安排吧。莎麗說現在他們兩家感情很好，老先生也很寵愛她們。」

「馬區太太可能老早便盤算好了。雖然現在時間還早，可是她到時肯定會好好出牌，但這姑娘顯然還沒想那麼遠。」莫法特太太說。

「她騙人說信是媽媽捎來的，一副不知情的樣子，收到花時卻整個臉都紅了。可憐的孩子！要是打扮得時髦一點該有多美。若星期四提議借她禮服，她會生氣嗎？」另一人問道。

「她自尊心很強，不過，我想她不會介意吧，畢竟她只有那件寒酸的薄紗禮服，說不定今天晚上就會扯破，到時就有藉口借她一件像樣的了。」

「再說吧，我要特地為她邀那個羅倫斯過來，事後我們又有得聊嘍。」

這時梅格的舞伴出現了，發現她滿臉通紅、情緒激動。梅格強烈的自尊心現在正好派上用場，她因此得以掩藏那番話所帶來的屈辱、氣憤和嫌惡。她雖然純真不懂猜忌，卻也聽懂了友人的閒言閒語。她試著要忘懷卻辦不到，這幾句話一直在腦海裡揮之不去：「馬區太太老早便盤算好了」、「騙人說信是媽媽捎來的」、「寒酸的薄紗禮服」，她簡直想大哭一場、衝回家訴苦、尋求忠告。可是既然不可能立刻回家，只好強顏歡笑，在情緒激昂的狀態下，倒也成功了，沒人察覺她有多賣力。舞會終於結束，她靜靜躺在床上，思索、納悶、氣憤，直到頭痛欲裂。不知不覺流下幾滴淚水，冷卻了她熱燙的臉頰。那些善意卻愚蠢的對話為梅格開啟了一個新世界，嚴重擾亂她舊世界的平靜。一直以來，她都像個孩子般快樂地活在那個舊世界中。她無意間聽到的愚蠢對話，破壞了她與羅利之間的純真友誼。莫法特太太以己之心度他人之腹，一口咬定她母親有世故的盤算，也稍稍動搖了她對母親的信心。梅格原本決定要滿足於窮人家女兒就該有的簡單打扮，但那些女孩不必要的憐憫卻動搖她明理的決心，她們認為穿著寒酸是全天下再慘不過的事。

可憐的梅格整夜難以成眠，起床的時候眼皮沉重、心情低落，一方面怨她的朋友們，另一方面則自覺羞愧，因為自己沒及時把話說開、釐清真相。那天早晨大家動作都拖拖拉拉，到了中午，眾人才有精力拿起針線活。梅格立刻感覺到朋友的態度有些不同，似乎更尊重她、特別有興趣聽她說話，看她的眼神中掩不住好奇。這一切改變都讓她覺得受寵若驚，卻不明白為什麼，直到貝兒小姐停下筆，用有些感性的口吻說：「黛西，親愛的，我寄了一份邀請函給妳朋友羅倫斯先生，請他星期四來參加舞會。我們都想認識他，這也是我們對妳的心意。」

梅格臉一紅，但心血來潮想捉弄朋友們，於是故作衿持地回答。「妳人真好，但我想他不會來的。」

「親愛的，為什麼不會？」貝兒小姐問。

「他年紀太大了。」

「孩子，妳這麼說是什麼意思？請問他幾歲了？」克萊拉嚷嚷。

「將近七十歲了吧，我想。」梅格回答，假裝數著針數，以便掩飾自己眼中的歡樂。

「妳這個調皮鬼！我們指的當然是年輕的那位。」貝兒小姐笑著說。

「哪有什麼年輕的，羅利只是個小男孩。」梅格這樣形容她所謂的戀人時，莫法特姐妹互換奇怪的眼神，逗得她自己也笑了。

「和妳年紀差不多吧。」蔺說。

「和我妹妹喬比較接近，我八月就滿十七了。」梅格回答，頭往後一甩。

「他人真好，還送花給妳。」安妮故作聰明地說。

「是啊，他常送花給我們，因為他們家花很多，我們又那麼喜歡花。我媽媽和老羅倫斯先生是朋友，所以我們幾個孩子自然會玩在一起。」梅格希望她們別再說下去。

「看來梅格還沒正式進入社交圈。」克萊拉點著頭對貝兒說。

「還很天真無邪呢。」貝兒小姐聳聳肩回話。

「我準備出門為我家女兒買點小東西，各位小姐需要什麼嗎？」莫法特太太說，一身絲綢和蕾絲，大象似地踩著重步走進來。

「不用，謝謝夫人。」莎麗回答，「星期四我有粉紅絲綢的新禮服可以穿，什麼都不缺。」

「我也不用……」梅格才開口就打住，因為她突然想到自己確實缺了幾樣東西，而且一直得不到。

「妳打算穿什麼呢？」莎麗問。

「還是穿那件白色舊禮服，只是我得先補一補，因為很可惜，昨天晚上扯破了。」梅格說，語氣故作輕鬆，但感覺好不自在。

「妳怎麼不請家裡再送一件過來？」莎麗說，她是個缺乏觀察力的女孩。

「我沒有別件。」梅格好不容易才說出口，但莎麗並未察覺，親切地驚呼：「只有那件？好奇怪……」她沒把話講完，因為貝兒對她搖搖頭，打了岔並友善地說：「一點都不奇怪，還沒正式踏進社交圈，要那麼多禮服做什麼？黛西，就算妳家還有十幾件也不用送來，我正好有一件好看的藍色絲綢禮服穿不下，妳就穿來讓我開心一下，可以嗎？親愛的？」

「妳人真好，不過如果妳不介意，我也不介意穿自己原本的舊禮服，我這樣的小女生穿那件就已經夠好了。」梅格說。

「妳就讓我開心一下嘛，讓我替妳好好打扮，我很樂意的。而且妳這裡、那裡稍微裝扮一下，就會變成一個小美人了。在我幫妳打扮完以前，不准任何人偷看，然後我們就像灰姑娘和神仙教母去參加舞會那樣，突然出現在大家眼前。」貝兒說，語氣很有說服力。

梅格無法拒絕這番盛情，況且她也想看看在妝扮後，自己是否真的會變成一個「小美人」，於是她接受了，並且將先前對莫法特一家的不自在感覺拋諸腦後。

星期四晚上，貝兒和女僕侯坦絲關上房門，一起將梅格裝扮成窈窕淑女。她們替她捲起頭髮、往她的脖子和胳膊輕拍香粉、點上珊瑚色唇膏讓她的嘴唇更紅潤。要不是梅格堅決反對，侯坦絲原本要還要替她抹上胭脂。她們替她穿上天藍色的禮服，緊束得她簡直無法呼吸，而且領口開得好低，向來拘謹的梅格一照鏡子臉都紅了。接著是整組銀絲首飾，包括手環、項鍊、胸針，連耳環都有。侯坦絲用一段粉紅絲帶替她繫上耳環，讓絲帶巧妙地隱藏起來。胸前妝點一小把含苞的香水月季，配上一條花邊褶飾之後，梅格才願意展示自己的雪白香肩，再搭上藍色絲質高跟靴，讓她得償宿願。最後，添上一條蕾絲手帕、一把小羽扇，以及插在銀管裡的捧花，終於大功告成。貝兒小姐上下打量她，一臉滿意的樣子，好似小女孩看著自己剛剛妝扮好的娃娃。

「小姐好迷人，美極了，不是嗎？」女僕侯坦絲嚷嚷，做作地拍手叫好。

「來讓大家看看吧。」貝兒小姐帶路，走到眾人們等待的房間。

梅格拖著禮服窸窸窣窣跟在貝兒後頭，耳環叮噹響，鬈髮上下波動，心怦怦猛跳，覺得自己的「好時光」終於真正要開場，因為鏡子確實告訴她的確是個「小美人」沒錯。朋友們不斷送上熱情的讚美，有好幾分鐘，她站在原地，好似寓言故事裡的那隻寒鴉，享受著借來的羽毛，而其他人就像一群吱吱喳喳的喜鵲。

「我要去打扮了。南，請教她長裙下穿高跟鞋該怎麼走路，免得她絆倒了。克萊拉，把妳蕾絲飾帶中間那支蝴蝶銀飾拿來，幫她將那束長髮往上別在腦袋左邊。還有，不准任何人破壞我的傑作。」貝兒說，匆匆忙忙離開，對自己的成果十分滿意。

鈴兒響起，莫法特太太派人來請小姐們立即下樓。梅格對莎麗說：「我不敢下樓，我覺得好奇怪、好僵硬，好像衣服只穿了一半。」

「妳完全變了個樣子，不過非常好看。站在妳身邊，我完全被比了下去。貝兒真的很有品味，我向妳保證，妳看起來好有法國風情。讓鮮花自然垂下，不用那麼在意，還要小心別絆倒喔。」莎麗回話，盡量不去介意梅格比自己漂亮。

瑪格麗特將那番提醒謹記在心，終於安全下樓，風姿綽約地踏進客廳，莫法特一家和幾位早到的賓客都聚集在此。她不久就發現，華美的服飾可以吸引特定階級的人士，並且贏得對方的敬意。幾位年輕女孩先前並未注意過她，這時態度突然熱絡起來。有幾位年輕男士在另一場派對上只是盯著她看，這回不只是看，還請主人引見，並且對她說了一堆愚蠢卻動聽的話。另外有幾位老太太，坐在沙發上對人品頭論足，也興味盎然地詢問她的來歷。她聽見莫法特太太回答其中一人：「是黛西・馬區，父親是陸軍上校，是我們這一帶的望族，可惜後來時運不濟，和羅倫斯家是至交。她真是個可人兒，我家兒子奈德對她可著迷了。」

「天啊！」那位老太太說，戴上眼鏡再仔細打量梅格一番。梅格努力裝作沒聽見，但暗暗對莫法特太太信手拈來的謊言感到震驚。

那種「好奇怪」的感覺遲遲不散，可是她想像自己正在扮演窈窕淑女的新角色，而且表現得可圈可點，雖然身側被那件禮服勒得發疼，頻頻踩到裙擺，時時害怕耳環隨時會飛落、遺失或破損。有個年輕男子自以為機智地說著無聊笑話，她搖著羽扇陪笑，這時突然止住笑聲，一臉迷惑。因為她看見羅利就站在對面，他不掩驚訝地盯著她看，她覺得他臉上帶著不以為然的表情。雖然他鞠躬微笑，但他那雙誠實的眼睛所流露的表情讓她臉不禁一紅，巴不得自己身上穿的是那件舊禮服。更讓她惶惑的是，她看到貝兒用手肘推了推安妮，兩人的視線從她身上移向羅利。而羅利露出分外孩子氣及害羞的樣子，她這才安下心來。

「那些可笑的傢伙，竟然給我那樣的念頭！我才不會在乎，也不會受到影響。」梅格想，拖著裙擺窸窣走過房間，去和朋友握手。

「真高興你來了，我還怕你不肯過來呢。」她以自己最成熟的神態說。

「是喬要我來的，她要我過來，然後再回去向她報告妳的狀況。所以我就來啦。」羅利回答，並未正眼看她，雖然她那種故作老成的語氣讓他不禁微微一笑。

「你會怎麼和她說？」梅格問，很好奇他怎麼看她，卻也是第一次在他面前感到不自在。

「我會說，我都認不出妳來了，因為妳看起來好成熟，和原本的樣子不像，我還滿怕妳的。」他說，把弄著手套鈕釦。

「你真荒唐！我朋友只是為了好玩才替我打扮，我還滿喜歡的。要是喬看到我，難道不會看得入神嗎？」梅格說，一心則想要他說出是否覺得她更好看了。

「會，我想她會。」羅利嚴肅地說。

「你不喜歡我打扮成這樣嗎？」梅格問。

「是不喜歡沒錯。」回答得很乾脆。

「為什麼不喜歡？」語氣焦慮。

他瞥了瞥她燙捲的頭髮、裸露的雙肩，及飾滿綴邊的禮服，臉上的神情不帶一絲平日那種恭謹有禮的神情，比起他的回答，更讓她窘得無地自容。

「我不喜歡別人矯揉造作。」

此話出自比自己年紀小的小伙子，令梅格難以忍受，離開前忿忿地丟下一句：「從沒見過這麼無禮的男生。」

她心煩氣躁地走到安靜的窗邊站著，好讓臉頰降溫一下，過緊的禮服箍得她好不舒服，臉都紅了。她站在那裡的時候，林肯少校恰好經過，不一會兒就聽到他和他母親說：「她們在愚弄那個小女生，我原本想讓妳見見她，可是她們徹底毀了她，今晚她只是個玩偶罷了。」

「噢，天啊！」梅格嘆氣。「真希望我當初懂事一點，穿自己的衣服就好，不但不會惹別人反感，也不會把自己弄得這麼不舒服，還自取其辱。」

她將額頭貼在涼爽的窗玻璃上，半躲在窗簾後面，也不管自己最喜愛的華爾滋已經開始。這時有人碰碰她，她轉頭就看到羅利，他滿臉悔意，姿態完美地一鞠躬，伸出手說：「請原諒我的無禮，和我跳支舞吧。」

「我怕會太委屈你。」梅格說，試著擺出生氣的樣子，可是裝不出來。

「絕對不會，我很想和妳共舞。來吧，我會乖乖的，雖然我不喜歡妳的禮服，不過，我覺得妳本人——美極了。」他一面擺動雙手，彷彿言語不足以傳達他的激賞。

梅格綻放笑容，心軟了。兩人站著等待進入舞池的時機時，她悄聲說：「小心別被我的裙擺絆倒，這真讓我頭痛極了，但我還穿上就是個傻瓜。」

「繞著脖子別起來，可能還更有用。」羅利說，低頭看著那雙藍靴子，顯然很滿意那雙鞋。

兩人輕快優雅地跳起舞來，因為事先在家裡練習過，所以默契十足。這對快活年輕的搭檔，歡樂地轉了又轉，真教人賞心悅目。經過小口角，彼此更加親近了。

「羅利，幫我一個忙好嗎？」梅格說。他站著替她搧風。才跳一下舞，梅格就換不過氣，但她不肯承認原因何在。

「好啊！」羅利爽快地回答。

「你回去以後，別跟她們說我今天晚上穿了什麼。她們不懂這種玩笑，而且說了只會讓媽媽擔心。」

「那妳為什麼還這麼做？」羅利的眼神明白傳達了這個疑問，於是梅格急著補了一句。

「我會自己告訴她們，也會向媽媽坦白我有多愚蠢。不過我寧可自己講，所以你不會和她們說吧？」

「我答應妳絕對不說，但她們問起時，我該說什麼？」

「只要說我看起來很好，玩得很開心就好了。」

「前面那句話，我可以全心全意地說，可是後面那句呢？妳好像玩得不開心啊，有嗎？」羅利看著她，臉上的表情讓她忍不住低聲說：「是，剛才是不開心。不要覺得我很糟糕，我只是想要找點樂子，但我發現對我沒有好處，我已經有點厭煩了。」

「奈德・莫法特來了，他想做什麼呢？」羅利蹙起黑色眉頭，彷彿覺得少爺現身並無法替這場舞會添光。

「他預定了三支舞，我想他要來找我跳了，好無聊！」梅格說，故作從容的樣子，讓羅利因而覺得好笑極了。

直到晚餐前，羅利都沒機會再和梅格說話。他看到她、奈德，及他朋友費雪共飲香檳，兩位男士表現得有如「一對傻瓜」，羅利對自己說。他覺得自己有權像個兄弟，好好守護馬區一家的女孩，只要她們需要有人捍衛，就挺身為她們而戰。

「妳要是喝太多香檳，明天頭會很痛。是我就不會這樣喝的，梅格，妳也知道妳媽媽不喜歡這樣。」奈德正轉身替她再斟一杯酒、費雪彎身拾起她的扇子，他趁此時在她椅子上方傾身低聲說。

「今天晚上我不是梅格，是個什麼瘋狂事都做的『玩偶』。明天我就會拋開『矯揉造作』，回頭努力做個乖女孩。」她回答，又做作地輕笑一聲。

「真希望現在就是明天了。」羅利喃喃自語並走離，不喜歡在梅格身上看見的改變。

梅格和其他女生一樣，又跳舞又調情的，一邊閒聊一邊咯咯輕笑。晚餐後，她隨著德國舞曲起舞，但跳得跌跌撞撞，長裙差點絆倒舞伴，嬉笑胡鬧的模樣讓羅利大為反感。他觀察之餘也在心中構思一場訓話，但是苦無機會傳達，因為梅格老躲著他，直到他前來道晚安。

「千萬記得！」她說，勉強擠出笑容，因為頭已經痛了起來。

「絕對守口如瓶！」羅利回答，行了一個誇張的禮之後才離開。

這段小插曲挑起了安妮的好奇心，但梅格累得不想閒聊，直接上床休息，覺得自己彷彿參加了一場化裝舞會，卻不如預期那般有意思。隔天她病了一整天，星期六就回家了。整整兩個星期的玩樂，令她筋疲力竭，覺得自己在奢華的懷中坐得夠久了。

「安安靜靜的，不用整天客套應酬，感覺真不錯。家裡雖然不華麗，卻真是個好地方。」梅格說，星期天晚上和母親、喬坐在一起，一臉平靜地環顧四周。

「聽妳這麼說真高興，親愛的。因為我還擔心妳住過那麼精緻的房子以後，會覺得家裡看來無趣又貧窮。」母親回答，她那天不時焦急地看看梅格，因為孩子神情上的任何變化，都逃不過母親的眼睛。

梅格愉快地敘說了自己的奇遇，再三強調自己玩得有多開心，但似乎懷著什麼心事。兩個小妹妹上床以後，她若有所思坐在那裡，盯著爐火，話很少，一臉苦惱。九點的鐘聲響起，喬提議就寢，梅格突然起身搬了貝絲的矮凳過來，將手肘靠在母親膝頭上，鼓起勇氣說：「媽媽，我有事情要坦白。」

「我想也是，親愛的，是什麼事？」

「要我迴避嗎？」喬慎重地說。

「當然不用，我不是什麼事都會告訴妳嗎？我覺得很羞愧，不敢在妹妹們面前提起，可是我希望妳們知道，我在莫法特家做了哪些可怕事情。」

「我們準備好了。」馬區太太微笑著說，但神情有點焦慮。

「我和妳們提過，她們替我打扮，但我沒說的是，她們不只幫我拍香粉、穿束身、燙髮，把我裝扮得像時尚樣板似的。羅利覺得我很不端莊，我知道他是這樣想的，雖然他嘴裡沒明說，還有一個男士說我是『玩偶』。我知道這樣做很愚蠢，但大家一直稱讚我，說我是美人，講了一堆好聽的空話，最後我就隨他們擺布了。」

「只有這樣嗎？」喬問。馬區太太默默地看著美麗女兒的沮喪面容，不忍苛責她做的小小傻事。

「不只這樣，我還喝香檳，嘻笑胡鬧，還試著賣弄風騷，總之就是可惡透了。」梅格相當自責地說。

「應該不只這樣吧，我想。」馬區太太輕撫女兒柔細的臉龐，那張臉頓時泛紅。梅格緩緩答道：「對，實在很可笑，可是我還是想說，因為我討厭別人那樣說，或那樣看我們和羅利。」

接著，她就說出自己在莫法特家聽到的各種閒話。她說話的同時，喬看到母親緊抿著嘴唇，彷彿很不高興有人將那些念頭塞進梅格天真的心靈。

「哼，真沒聽過這麼荒唐的廢話。」喬憤慨地嚷嚷。「妳為什麼當場不站出來澄清呢？」

「我辦不到，那樣太尷尬了。一開始只是不小心聽到的，但聽了之後又氣又羞的，根本忘了應該迴避。」

「等我下次遇到安妮．莫法特，我會讓妳看看該如何處理這種荒唐事。說什麼早就『盤算』好，說什麼因為羅利有錢，我們才對他好，就為了我們家可以有人嫁過去！要是我和他說大家針對我們這些可憐孩子說了什麼蠢話，他不笑倒才怪。」

喬哈哈笑，彷彿進一步想，這整件事只是個大笑話。

「如果妳和羅利講，我永遠不會原諒妳的！她絕對不能說出去，對吧，媽媽？」梅格一臉苦惱。

「不行，別再提起那種愚蠢的閒話，盡快忘記吧。」馬區太太嚴肅地說。「我明明和那些人不熟，卻答應讓妳與他們為伍，是我太不智了。我想他們人很不錯，但過於世故、缺乏教養，對年輕人有滿腦子的粗俗想法。我實在很難過，讓妳在這趟出遊受到這麼多傷害，梅格。」

「不要難過，我不會讓這次經驗傷害我的，我會忘掉所有不好的，只記得好的，因為我還是玩得很開心，很謝謝妳答應讓我去。我不會再多愁善感或不滿足了，媽媽。我知道我是個蠢女孩，我會留在妳身邊，直到有能力照顧自己。但有人讚美和仰慕的感覺真好，我忍不住要說，我還滿喜歡那種感覺的。」梅格有點慚愧地坦承。

「會有這種感覺也是自然的，而且無傷大雅，只要那種喜歡不要過頭，讓妳做出愚蠢或逾越分際的事就好。要學習分辨和珍惜有價值的讚美，以美貌加上端莊，來激發優秀人士對妳的仰慕，梅格。」

瑪格麗特坐著思索許久，喬背著手站在旁邊，看起來感興趣又有點惶惑，因為她以前從沒看過梅格臉紅，也沒聽過梅格談起仰慕、戀人和那類的話題。喬覺得，在那兩個星期之間，姐姐頓時長大了不少，與她漸行漸遠，踏入了一個她無法跟隨的世界。

「媽媽，妳真的有什麼『盤算』嗎？像莫法特太太說的那樣？」梅格害臊地問。

「有啊，我親愛的，多著呢。所有的母親都會這樣，我想，只是我的盤算和莫法特太太想的不一樣。我就先把其中一些告訴妳吧，因為時候到了，該和妳談談這個嚴肅話題了，好把妳這顆浪漫的小腦袋及心靈導上正途。妳還年輕，但也到了明白我意思的時候了。對妳們這樣的女孩來說，這類事情由母親來談再適合也不過。喬，或許不久就會輪到妳，妳不如一起聽聽我的『盤算』。如果覺得不錯，就幫我一起實現吧。」

喬走過去，坐在椅子扶手上，表情彷彿要參加什麼隆重活動，馬區太太則分別握住兩個女兒的手，惆悵地望著她們，以認真卻愉快的口吻說：「我希望我的女兒能美麗、有才藝、心地善良，受人仰慕、喜愛與敬重，有個快樂的青春時光。婚姻幸福美滿，過著有價值且愉快的人生，也希望上帝送來試煉她們的憂慮和哀愁不要太多。有好男人深愛妳們並選妳們為伴侶，是女人一生中最美妙而甜美之事，所以我衷心希望女兒也能有這樣的美麗體驗。梅格，這種想法很正常，是該期盼和等待沒錯，更要明智地做準備，像這樣等待幸福時刻來臨，妳才能準備好承擔責任，也值得享受這份喜悅。我親愛的女兒們，我對妳們懷抱著很多期望，但不是希望妳們在這世界上盲目衝刺——和有錢人倉促成親，只因為對方有錢或坐擁豪宅，那樣的家不是家，因為裡面缺少了愛。金錢很有必要而且珍貴，但必須使用得當也很高尚。只是，我從來不希望妳們把金錢視為首要之事，或唯一的奮鬥目標。我寧可妳們嫁給窮人，過著幸福、被愛、滿足的生活，也不要妳們享受榮華富貴，卻毫無自尊與平靜。」

「貝兒說，窮苦人家的女孩如果不主動地出擊，就不會有任何的機會了。」梅格嘆氣。

「那我們就當老小姐啊。」喬堅定地說。

「沒錯，喬。寧可當個快樂的老小姐，也好過當一個不快樂的妻子，或是急著想出嫁、逾越分際的女孩。」馬區太太堅定地說。「梅格，別煩惱，貧窮嚇阻不了真心的戀人。我認識一些優秀正直的女性，她們出身貧窮，卻非常值得人愛，最後當然沒機會成為老小姐。就讓時間決定一切吧！讓這個家幸福快樂，妳們才會在機會來臨時，建立一個幸福快樂的家庭。如果機會沒來，就心滿意足地留在這個家裡。女兒們，有件事要記得，媽媽永遠願意聽妳們傾吐心事，而爸爸是妳們永遠的朋友。我們兩人不僅相信也同時希望，女兒無論成家或單身，都會是我們一生的驕傲及安慰。」

馬區太太向姐妹倆道晚安時，兩人真心誠意地喊道：「我們會的，媽媽，我們會的！」

10

畢克威克俱樂部和郵局

隨著春季來臨，新的一套娛樂活動時興起來。白晝漸漸變長，午後有更多時間可以工作與玩樂。花園需要整頓，每個姐妹各分到一小塊地，可以照自己的意思自由處置。漢娜以前總說：「就算搬到中國，我也看得出哪個園子是誰的。」確實如此，因為姐妹們個性不同，品味也不一樣。梅格種了玫瑰和天芥菜、桃金孃和小橙樹。喬的花圃年年都不同，因為她總是在做實驗，她今年打算種向日葵這種蓬勃向上的植物，到時結出的種子要用來餵母雞「扇貝頭阿姨」和她那一窩小雞。貝絲的園子裡種滿傳統的香花，有甜豌豆、木犀草、飛燕草、石竹、三色堇及青蒿，另外還種了要餵小鳥的繁蔞、給貓的貓草。艾美的園子裡搭了棚架，雖小而且有一堆蠼螋蟲，不過看來極為賞心悅目，因為上面攀滿忍冬和牽牛花，角狀和鐘狀的彩色花朵一圈圈垂掛下來，另外還有高挺的白百合、細緻的蕨類，以及各種繽紛多彩、願意在此綻放的植物。

天氣晴朗的時候，她們就蒔花弄草、散散步、在河上划船，或者去摘野花。碰到雨天就在室內玩耍，遊戲有舊有新，但多多少少都是自創的。其中一個就是「P.C.」，因為當時流行祕密結社，四姐妹覺得自己應該也組一個。由於大家都很欣賞狄更斯，就取名為「畢克威克俱樂部」[15]，簡稱「P.C.」。

一年下來，除了暫停過幾次，幾乎從不間斷。每個星期六晚上，都在大閣樓裡聚會，儀式過程如下：三張椅子排成一列，正對一張桌子，桌上擺了一盞檯燈和四枚白徽章。徽章上分別用不同顏色寫著大大的「P.C.」，還有一份稱為《畢克威克文訊》的週報，每個社員都要投稿給這份刊物，喬向來喜愛舞文弄墨，就由她負責編務。七點一到，四名社員上樓進入會所，將徽章別在頭上，然後鄭重入座。梅

15 The Pickwick Papers，英國小說家狄更斯的小說，以幽默筆調描述畢克威克先生及三位紳士俱樂部成員在英格蘭旅行的見聞，描寫各個階層的人物。四姐妹在俱樂部裡採用的化名，就來自這部小說的四個主要角色。羅利的化名來自小說裡的一個做雜工的角色，後來畢克威克僱請他當僕從。

格身為老大，所以是山謬爾・畢克威克。喬有文藝天分，則是奧古斯都・史諾格斯。圓呼呼、臉色紅潤的貝絲則是崔西・塔普曼。艾美總是不守規則，則是納森尼爾・溫克。主席畢克威克負責朗讀週報，報上登滿別出心裁的故事、詩詞、地方新聞、有趣的廣告，以及善意提示，用來提醒彼此的過錯和缺點。這一回，畢克威克戴上無鏡片的眼鏡，敲敲桌面、清清喉嚨，然後用力瞪著椅子往後翹的史諾格斯先生，等他坐直為止，才開始朗讀：

【畢克威克文訊】

一八——年五月二十日

詩人園地

週年頌

吾等再度齊聚一堂，徽章披首儀式莊嚴，
歡祝五十二回誌慶，今夜於畢克威克廳。

吾等身強體皆健，小小團隊無人退，
熟悉面孔再相會，友誼之手緊交疊。

畢克威克盡忠職守，吾等致上敬意問候，
鼻架眼鏡朗聲閱讀，週報內容精采無比。

社長風寒尚未癒，吾等歡喜齊傾聽，
出口字字皆珠璣，儘管沙啞加尖嗚。

老史身長足六呎，舉止笨拙如象隻，
棕色面龐笑嘻嘻，面對社友笑臉迎。

詩情如火燃眼眸，與命運奮力纏鬥，
眉宇之間展壯志，鼻頭沾有一點墨。

平和小塔輪登場，紅潤圓滾甜滴滴，
笑嗆種種雙關語，不慎自椅滾落地。

端莊溫克同出席，滿頭髮絲皆整齊，
無人比她更得體，只是臉蛋從不洗。

一年終了社員存，玩樂歡笑齊閱讀，
攜手行走文學路，邁向榮耀之道途。

願本社刊久不衰，願俱樂部永持續，
來年滿滿的祝福，澆灌快樂有益俱樂部。

史諾格斯

．．．

假面婚禮——威尼斯傳奇

一艘接著一艘的燕尾船停靠大理石階前，將一身華服的賓客送下船。賓客立即隨著亮麗耀眼的人潮，湧入亞德倫伯爵的氣派廳堂。騎士與淑女、精靈與侍從、僧侶與小花童，全都歡樂地翩翩起舞。空氣中充滿甜美的人聲與美妙的旋律，假面舞會在歡笑與旋律聲中持續下去。

仙后和殷勤的吟唱詩人手挽手，款款穿過大廳。詩人問：「殿下今晚是否見到了薇拉小姐？」一

「見過了，她是如此美麗，卻又如此悲傷！禮服經過精挑細選，因為再過一週，她就要與自己痛恨的安東尼奧伯爵成婚。」

「老實說，我真羨慕他，啊，他走過來了，除了那只黑面具，一身裝扮就像新郎。等他卸下面具，我們就能看到他以什麼眼光看待新娘。雖然新娘嚴厲的父親將女兒賜給他，但他遲遲無法贏得她的芳心。」詩人回答。

「聽說她愛上了英格蘭的年輕藝術家，他經常在她家門前階梯流連，卻遭到老伯爵輕蔑的拒絕。」女子說。兩人加入跳舞的行列。

當一名神父現身，喜慶的氣氛達到高點。他帶領這對新人走進紫天鵝絨帷幕垂掛的壁龕，指示兩人跪地。歡樂的人群頓時鴉雀無聲，只聞噴泉汩汩流，以及沉睡月光下的橙樹沙沙響，亞德倫伯爵打破沉默宣布：「各位大人與夫人，今日冒昧請大家齊聚於此，見證小女的婚禮，神父，我們恭候儀式開始。」

眾人的目光轉向那對新人，但人群中揚起一陣驚訝的低聲耳語，因為新郎、新娘都未摘下面具。人人心中淨是好奇與納悶，但出於尊重，全都保持靜默，直到神聖的儀式結束。這時心急的觀禮者圍在伯爵四周，想聽個解釋。

「我如果知道原因，當然樂意奉告，但我只知道這是怕羞的薇拉一時心血來潮，我也只能順著她的意。好了，我的孩子們，遊戲到此結束。摘下面具，接受我的祝福吧。」

但兩位新人都未屈膝，年輕新郎開口時，語氣讓在場的人都大吃一驚，因為面具褪下，露出的是那張氣質高貴的臉孔——是藝術家情人斐迪南．戴夫洛。他胸前別了閃亮的英格蘭伯爵星形徽章。美人兒薇拉也倚在他胸前，滿臉喜悅的美麗光芒。

「閣下，當初您鄙視我，要我等到名聲財富足以媲美安東尼奧伯爵時，再來向令千媛求婚。如今我已經遠遠超越了他。因為維德伯爵將他歷史悠久的姓氏和龐大財富餽贈給我，讓我能夠與這位親愛的美麗淑女成親。不管您再怎麼野心勃勃，也無法拒絕戴夫洛－維德伯爵——也就是在下我，而她現在已成了我的妻子。」

伯爵如石像一般僵立不動，斐迪南則轉身面向困惑的群眾，補了一句：「願各位風度翩翩的朋友，求婚都像我一樣馬到成功。也祝各位如我一般，在這場假面舞會上順利贏得美嬌娘。」

山謬爾・畢克威克

・・・

為什麼畢克威克俱樂部像巴別塔一樣混亂？

因為裡頭淨是一些任性妄為的社員。

・・・

南瓜的故事

從前從前，有個農夫在菜園裡種下一粒小小的種子。不久之後，種子發芽，長出藤蔓，最後結出許多顆南瓜。十月的某一天，南瓜成熟了，他摘了一顆帶去市場。有個雜貨店老闆買下南瓜，放在店裡賣。那天早上，有個戴著褐色帽子、穿著藍色洋裝，臉圓圓、鼻扁扁的小女生，來到店裡替媽媽買了這顆南瓜。她用盡力氣把南瓜抱回家，切成塊，放進大鍋裡煮滾。然後拿一部分南瓜搗成泥，加進鹽巴和奶油，當成晚餐吃。剩下的部分她加進一品脫的牛奶、兩顆蛋、肉豆蔻和一些脆餅，放進烤盤，烤到變成漂亮的金黃，隔天就被馬區一家吃掉了。

崔西．塔普曼

・・・

畢克威克先生：

我寫信給您是為了談談罪這個主題犯錯的人是一個叫溫克的男子他在俱樂部裡搗蛋亂笑有時候還不交週報的文章我希望您能原諒他的過錯讓他拿一個法國寓言故事交差因為他想不出什麼點子有那麼多作業要

做腦袋根本轉不動我以後會努力扒準時機事先準備這樣就不會有問題我在趕時間因為快要上學了。

納森尼爾．溫克敬上

〔以上這段告白大方承認過往劣行，頗有男子氣概，如果這位年輕人能夠學好標點符號，那就更好了。〕

⋯

一樁不幸事故

上週五，地下室有一陣激烈震盪，緊接著傳來連聲慘叫。我們全員一齊衝進地下室，發現我們親愛的主席為了替家人搬取薪柴而不幸絆倒、猛摔一跤，整個仆倒在地。眼前景象慘不忍睹，因為畢克威克先生的頭與肩皆栽進水盆，還撞翻了皂桶——軟皂淋滿了他充滿男子氣概的身軀，連衣物都扯得稀爛。眾人助他脫險之後，發現他並未受傷，僅有幾處瘀青，我們很高興地宣布，如今他一切正常。

編輯

⋮

公眾之慟

我們懷揣悲痛的心情，不得不記載我們珍愛友人——拍掌雪球太太突然失蹤的神祕事件。這隻可愛的貓受到諸多友人的疼愛與仰慕，她的美貌吸引眾人目光，她的優雅和美德更是贏得人人的歡心。失去她，整個社區深感痛惜。

失蹤前最後一次目擊，她當時蹲踞於柵門旁，眺望肉販的推車。恐有不肖歹徒受其魅力所誘，將之卑劣盜走。轉眼間，已過了幾週，她依然杳無蹤跡。我們不再抱持任何希望，繫絲帶於她的睡籃，收起她的餐碟，為了永遠失去她而垂淚哀傷。

一位感同身受的友人寄來以下好文：

《輓歌：獻給拍掌雪球》

吾等痛失小愛貓　悲嘆她不幸命運
爐火旁貓影不再　綠門邊無貓嬉戲

栗樹下有一小墳　為她兒長眠之處
或無緣對墓淚悼　吾等不知她蹤跡

床鋪空蕩球閒放　無緣再見她芳跡
客廳不聞掌拍門　不聞深情呼嚕嗚

另有一貓追她鼠　一臉骯髒不可取
狩獵技巧不如雪球　嬉戲無她優雅輕盈

新貓悄悄越玄關　雪球過往嬉戲地
新貓只敢對狗隔空嘶鳴　不如雪球英勇將狗驅離

她溫和且用盡全力　但相貌無奈不討喜
她無能取代妳小親親　吾等無法崇拜她如對妳

奧・史

・・・

告示

歐蘭西・巴拉基小姐這一位成就卓著、意志堅定的講者，將於下星期六晚上例行演出過後，在畢克威克廳以「女人與她的地位」為題，進行知名的演說。

廚房廣場每週固定舉辦聚會，傳授年輕女性烹飪技術。由漢娜・布朗主持，敬邀各位踴躍參與。

畚斗社團即將在下星期三聚會，遊行地點訂於俱樂部會所樓上。全體社員請穿著制服、肩扛掃帚，九點整出席。

貝絲肥肥太太即將於下週展示全新系列的娃娃女帽。巴黎最新款式已抵達，敬請各位前來賞光訂購。

幾週後，邦維爾劇院將有新戲登場，將是美國舞台劇史上前所未見的超級好戲，劇名為《希臘奴隸》，或稱《復仇者康士坦丁》！

・・・

建言

如果畢克威克不用那麼多肥皂洗手，吃早餐就不會老是遲到。請史諾格斯別在街上吹口哨。請塔普曼別忘了艾美的餐巾。請溫克不要因為洋裝沒打九個褶就鬧脾氣。

．．．

當週表現

梅格——優

喬——劣

貝絲——極優

艾美——尚可

在主席讀完週報之後（請容我向諸位讀者保證，該份週報內容確實來自往昔的某份刊物，也確實出自一群少女之手），掌聲響起，接著，史諾格斯起身提案。

「主席先生、各位先生。」他以國會議員般的慎重態度與口吻說。「我想提議俱樂部讓一位新社員入會，他絕對值得這般的榮譽，也會為此深深感激，他將大幅提振本俱樂部的士氣與週報的文學價值，而且他性情歡樂和善。我提議，讓希奧多．羅倫斯成為畢克威克俱樂部的榮譽社員。好嘛，接受他啦。」

喬的語氣突然一變，逗得姐妹們哈哈大笑。不過，當史諾格斯回座，大家都滿臉焦慮，誰也沒說話。

主席說：「我們來投票，附議的人請說『贊成』。」

史諾格斯高聲表示贊成，令大家詫異的是，貝絲也怯怯地跟著附和。

「不贊成的請說『反對』。」

梅格和艾美投了反對票，溫克先生起身，優雅無比地說：「我們不希望有男生加入，他們只會亂開玩笑，四處亂蹦亂跳。這是淑女的俱樂部，我們希望維持私密且得體的風格。」

「我怕他會取笑我們的週報，然後拿來嘲笑我們。」畢克威克說，拉了拉額頭上的一束鬈髮，這是她心有疑慮時的習慣動作。

史諾格斯彈起身來，態度非常認真。「主席！我以人格保證，羅利絕對不會做這種事。他喜歡寫作，不只能為我們的投稿內容帶來不同筆觸，也能讓我們免於太過感性。您看不出來嗎？我們可以為他做的事情這麼少，他卻替我們做了這麼多，我想讓他在這裡占有一席之地，他若真的加入，就要熱烈歡迎他——這至少是我們能做的事。」

這番對於受惠於人的巧妙暗示，使得塔普曼站起來，表情彷彿下定決心。

「是的，就算害怕，我們也應該這麼做。我贊成讓他加入，他的爺爺願意的話也可以來。」

貝絲這番熱情洋溢的發言，讓所有俱樂部成員為之激動。喬立刻離座與她握手表示讚許。「好了，現在重新投票。大家可別忘了，他是我們的羅利，請說『贊成』！」史諾格斯興奮地嚷嚷。

「贊成！贊成！贊成！」三人齊聲說。

「好啊！太好了！就像溫克先生以他特有風格所說的『扒準時機』，容我介紹新社員。」讓其他社員驚慌無措的是，喬竟然猛地拉開壁櫥門，羅利正坐在碎布袋上，雙眼閃著歡樂的光芒，憋笑憋得滿面通紅。

「妳這個無賴！妳這個叛徒！喬，妳怎麼可以這樣？」另外三人大叫，史諾格斯得意洋洋領著朋友，三兩下又變出座椅和徽章，轉眼就將他安頓完畢。

「不可思議，你們兩個壞蛋竟然這麼冷靜。」畢克威克說，努力皺眉故作憤怒狀，卻只成功漾起一個親切的笑容。

然而，這位新成員很快便進入狀況，起身向主席優雅地行禮，然後以最迷人的神態說：「主席先生、各位女士，抱歉，是各位先生，請容我介紹自己。在下山姆．威勒，願為本俱樂部效犬馬之勞。」

「好啊！好！」喬嚷嚷，她靠在舊暖床鍋上，正猛敲著把手。

「承蒙我忠誠的朋友與高貴的支持者，對我如此的盛讚。」羅利手一揮便說了下去。「請勿將今晚的卑劣詭計歸咎於她，計畫全出自於我的手，她只是禁不起我再三糾纏才讓步。」

「好了，別把事情都往自己身上攬，你明明知道，是我提議要你躲壁櫥的。」史諾格斯打岔，對這場玩笑非常樂在其中。

「主席，您別聽她的，我才是罪魁禍首，先生。」新社員說，以威勒式的風格向畢克威克先生點點頭，「但我以名譽擔保，往後絕不再犯，從今以後將全心為不朽的俱樂部奉獻。」

「說得好！說得好！」喬大聲說，將暖床器的蓋子當鈸一樣猛敲。

「繼續說，繼續！」溫克和塔普曼接著說，主席則親切地一鞠躬。

「我只是想說，各位賜予我這般殊榮，為了聊表感激之情，也為了促進鄰邦之間的情誼，我在花園低處角落的樹籬設立了郵局。局內精緻寬敞，門上附有掛鎖，郵件來往十分便利，原為紫岩燕的窩巢，但我封住原本的入口，改由屋頂開關，什麼都可以容納，更能節省雙方的寶貴時間。無論是信函、稿件、書籍及包裹，都能透過郵局收發、傳遞，雙方各持一把鑰匙，我想肯定妙不可言。容我向俱樂部奉上鑰匙，回座前，我萬分感謝諸位厚愛。」

威勒先生將小鑰匙擱在桌上後退下，眾人熱烈鼓掌。暖床鍋敲得鏗鏘響、瘋狂揮動，鬧騰一陣子之後才恢復秩序。接著是長長的討論，人人卯盡全力，踴躍發言的狀況令人詫異。

這一場會議反應熱烈得出奇，直到很晚才終於散會，最後還為新成員歡呼三聲。

大家都不後悔讓山姆．威勒入會，因為再也找不到如此投入、表現優良又性情開朗的社員了。他確實為會議提振「士氣」、為週報增添「筆觸」，因為他的致詞總讓聽者捧腹，投稿內容極為出色，遍及愛國、古典、喜感或富戲劇性，但絕不過於感性。喬認為，他的作品足以媲美培根、米爾頓及莎士比亞，並對她的個人作品有正面影響。

那座郵局是個極棒的小機構，業務蓬勃發展，各種奇特物品進進出出，有如真正的郵局，像是悲劇劇本、領巾、詩集和醃漬品、花園種籽和長篇信件、樂譜和薑餅，另外還有雨鞋、邀請函、斥責信，及小狗。連老紳士也樂在其中，不時送來古怪的包裹、神祕的訊息，及好笑的電報。老紳士的園丁為漢娜迷得神魂顛倒，竟然寄了一封情書請喬代為轉交。當這個祕密揭曉時，大家都笑得前仰後合。這間小郵局往後還會傳遞多少封情書，誰也料不到！

11 實驗

「六月一日！金家明天就要到海邊度假，我自由嘍！整整三個月的假！多好啊！」某個溫暖的日子，梅格回到家的時候嚷嚷，卻發現喬異常疲憊地倒在沙發上，貝絲正替她脫下沾滿灰塵的靴子，艾美則忙著替大家調檸檬汁提神。

「今天馬區姑婆出門了，噢，我好開心！」喬說，「我好怕她會找我陪她一起去。她要是開口，我就會覺得自己該去，可是梅田那個地方死氣沉沉，妳們也知道，我寧可不去。我們匆匆忙忙替那位老太太打點好，送她出發。每次她開口和我說話，我就好怕，因為我急著想要解脫，就會表現得格外熱心且體貼，反倒怕她會捨不得與我分開。在她穩穩坐入馬車前，我身子抖個不停，最後還猛吃一驚，因為馬車正要開走的時候，她探出腦袋說：『喬瑟芬，妳要不要——』我沒再聽下去，因為我很無恥地轉頭就逃。我真的用跑的，衝過轉角才感到安心。」

「可憐的喬！她進來時一副被熊追殺的樣子。」貝絲慈愛地摟住姐姐的腳。

「馬區姑婆真是個細血鬼啊。」艾美說，嚴肅地試嚐自己調製的果汁。

「她說的是『吸血鬼』啦，可是無所謂，反正天氣太熱，不必計較用詞。」

「妳們放假要做什麼？」艾美問，巧妙地轉移話題。

「我要賴床到很晚，什麼都不做，」梅格回答，躺在搖椅深處。「我整個冬天都這麼早起，替別人工作一整天，現在要盡情休息及玩樂。」

「我不要！」喬說，「睡覺不適合我，我準備了一大疊書，打算大半時間都窩在老蘋果樹上讀，不然就是找羅利一起鬼——」

「別說『鬼混』！」艾美要求，喬先前糾正她，她正好報仇。

「那我就說找羅利一起『唱遊』好了，這樣說很貼切，他真的會唱。」

「貝絲，那我們這一陣子也不要讀書，整天玩耍和休息，就像姐姐那樣。」艾美提議。

「嗯，好啊，如果媽媽沒意見的話。我想學幾首新曲子，娃娃也必須換夏裝了，她們現在穿得亂七八糟，真需要打扮一下。」

「媽媽，可以嗎？」梅格轉向馬區太太問道，後者正坐在她們所謂的「媽咪角落」裡縫補衣物。

「妳們可以先實驗一個星期，看看結果如何。我想啊，到了星期六晚上，妳們就會發現，只玩樂不工作和只工作不玩樂，兩種一樣糟糕。」

「才不會呢！一定會很棒。」梅格志得意滿地說。

「來乾一杯吧，就像我的『朋友和伙伴——莎里．甘普[16]』說的，敬玩樂天天、工作擺一邊。」喬嚷嚷，舉起手裡的杯子。大家陸續分到檸檬汁。

大家歡歡喜喜喝了果汁，開始投入實驗，懶散地過下半天。隔天早上，梅格十點鐘才露面；獨自一人吃早餐，滋味並不好。飯廳冷清雜亂，因為喬沒在瓶子裡插花，貝絲也沒打掃，艾美的書則四處亂放。除了「媽咪角落」一如既往，家裡沒一處整齊舒適。

16 狄更斯小說《馬丁．喬索威》（*Martin Chuzzlewit*）裡的人物，是個懶散放縱、常常醉醺醺的護士。

梅格走到那裡坐下，名義上是要「休息和閱讀」，實則哈欠不停，滿腦子都在想要用薪水買哪些漂亮夏裝。喬整個早上都跟羅利在河上划船，下午則坐在蘋果樹上邊讀《大千世界》[17]邊哭。

貝絲準備要把大櫥櫃裡的東西全清出來，她的娃娃一家平日就住裡頭，可是才清一半就累了，於是拋下一片狼藉，跑去練琴，想到不必洗碗盤就開心。艾美整理好園子裡的棚架，然後換上最美的白色連身裙，梳順了鬈髮，坐在忍冬底下作畫，一心巴望有人會看見，並打聽這位年輕畫家的來歷。但是一個人影也沒有，只有一隻好奇的長腳蜘蛛看得興味盎然，細細研究她的作品，於是她改去散步，不巧碰上陣雨，回到家已淋成落湯雞。

到了午茶時間，大家互相交換心得，都同意今天過得很愉快，雖然感覺格外漫長。梅格下午出門購物，買了一塊「可愛的藍色薄棉布」，裁好樣式之後才發現這種布必須送洗，這個閃失讓她有些生氣。喬划船的時候，鼻子曬到脫皮，還因為看書太久頭痛欲裂。壁櫥一片混亂、一次學三四首新歌很困難，讓貝絲煩惱不已。艾美深深懊悔自己弄髒那件連身裙，因為凱蒂・布朗隔天就要舉行派對，而這下子她就要像芙羅拉・麥克弗林希一樣，「沒東西可穿」了。不過這些都是芝麻小事，她們向母親保證，實驗進行得相當順利。

母親微笑不語，在漢娜的協助下，接手完成女兒們擱下的家務，保持居家的舒適，讓整個家如常運轉。誰也料不到，「休息和玩樂」的過程會讓一切陷入怪異和不舒適的狀態。

日子越過越漫長，天氣異常而多變，人的性情也是如此。每個人都浮浮躁躁，撒旦為無所事事的人準備了種種麻煩。在享受的最高點，梅格拿出一些針線活來做，仍覺得時間長得太難熬，於是拿出衣服想裁剪成莫法特家的樣式，結果卻弄壞了衣服。喬看書看到眼睛受不了，一見到書就煩，情緒焦躁到與個性好的羅利起了口角，心情低落到巴不得當初和馬區姑婆一起出門。

貝絲狀況還不錯，因為她老是忘記要「只玩樂不工作」，偶爾還是會照著原本的生活型態走。不過家裡的氣氛多少會影響到她，不只一次，她內心的平靜起了波

---

17 《大千世界》（*The Wide, Wide World*），美國作家蘇珊・華納（Susan Warner, 1819-1885）的小說。

瀾，嚴重到有一次甚至拿起親愛的喬安娜猛搖，說她「醜死人了」。

艾美過得最糟糕，因為她的資源很稀少；自從姐姐們拋下她，讓她自尋娛樂、照顧自己之後，她不久就發現多才多藝又自視甚高的自我，是個天大的重擔。她不喜歡玩娃娃，覺得童話故事很幼稚，但也不能老是畫畫。茶會不太有趣，而野餐也是，除非辦得很好。「如果有個漂亮房子，裡面都是有修養的女生，或者出門旅行，這個夏天就會過得很愉快。可是和三個自私的姐姐、一個大男生待在家裡，連波阿斯[18]也會受不了。」經過幾天的玩樂、煩躁和無聊之後，這個常常口誤的小姐抱怨。

沒人願意承認自己厭倦了這場實驗，但到了星期五晚上，每個人都暗自高興，這個星期終於要結束。馬區太太幽默感十足，為了讓女兒們有更深刻的體悟，決定找個恰到好處的方式，替這場考驗畫下句點，於是讓漢娜放假，讓女兒們徹底體會只有玩樂的後果。

星期六早上起床以後，她們發現廚房沒生火，飯廳裡也沒有早餐，母親完全不見蹤影。

「我的老天爺！出什麼事了？」喬嚷嚷，驚慌地東張西望。

梅格衝上樓不久便下樓來，神情如釋重負，但也帶有不解，夾帶一點羞愧。

「媽媽沒生病，只是很累，說要在房間裡靜養一整天，要我們盡力而為。她這樣做真的很奇怪，一點都不像她。但她說這星期過得很累，要我們別抱怨，想法照顧自己。」

「那倒簡單，我覺得還不賴。我正急著想做點事，也就是來點新鮮事，妳們懂吧。」喬連忙補了一句。

事實上，能夠有點事做，讓她們全都大大鬆口氣，於是一心一意忙碌起來，但不久便領悟到漢娜平常說「家務事可不是玩笑」所言不假。儲藏室裡有不少食物，貝絲和艾美擺餐具，梅格和喬負責張羅早餐，邊做邊納悶，僕人為何老說工作辛苦。

「我還是拿一點上去給媽媽，雖然她說我們不用考慮到她，說她會照顧自

18 波阿斯（Boaz），為聖經中人物，正直敬神且慷慨熱心。

己。」梅格說，她主掌早餐的籌備，泡茶的時候，覺得自己很有主婦架勢。

大家開動以前，先拿出托盤裝好給母親的分量，由喬帶著主廚的問候端上樓。茶煮得太苦，蛋捲煎焦了，餅乾上沾了小蘇打粉，可是馬區太太感謝地接下餐點，等喬離開之後才哈哈大笑。

「可憐的孩子，恐怕是一陣手忙腳亂吧，不過還不至於受苦就是了，而且對她們會有好處。」她說，這才端出自己事先準備的可口餐點，將做壞的早餐處理掉，免得傷到女兒們的心。母親這種善意的小騙局，後來讓孩子們心生感激。

樓下怨聲四起，主廚對自己的失敗也相當懊惱。「沒關係啦，午餐我負責，我來當僕人。妳當女主人，別弄髒手，負責招呼客人和發號施令就好。」喬說，明明比梅格還不懂烹飪事宜。

瑪格麗特欣然接受這樣體貼的提議，回到客廳，將垃圾掃進沙發底下，拉上窗簾省得要撢塵，三兩下就將客廳整頓完畢。喬對自己的能力倒是信心十足，為了跟羅利和好，立刻發了通知到郵局，邀請羅利前來午餐。

「考慮邀人過來以前，最好先看看手頭上有什麼東西。」聽到喬這番好客但倉促的舉動時，梅格說。

「噢，有醃牛肉、還有很多馬鈴薯，我要去買一些蘆筍，還有一隻龍蝦來『加料一下』——套用句漢娜的說法。吃萵苣做的沙拉，我不知道怎麼做，反正書上有。另外，我要用奶酪和草莓當甜點。如果想要高雅一點，還可以配上咖啡。」

「別太貪心，喬，妳以前做過的東西，只有薑餅和蜜糖能入口。這場餐宴恕我不管事，羅利是妳邀的，就是妳的責任，妳得好好照顧他。」

「我沒有要妳做什麼，只要負責招呼他就好，然後幫忙弄奶酪。如果我碰上麻煩，妳會給我建議吧？」喬說，覺得相當受傷。

「會，可是我懂得不多，只會做麵包和幾種小東西。妳要買任何食材以前，最好先徵求媽媽同意。」梅格謹慎地回話。

「我當然會，我又不是笨蛋。」喬走遠，因能力備受質疑而忿忿不平。

「想買什麼就買，不要打攪我，我中午要出門吃飯，沒空擔心家裡的事。」在喬的詢問下，馬區太太說，「我向來不喜歡操持家務，我今天要放個假，看看書、寫東西、找找朋友，放鬆一下。」

從沒閒過的母親一早就坐在搖椅裡，舒舒服服看著書。這番景象太不尋常，喬彷彿目睹一個比日蝕、地震或火山爆發還奇特的自然現象。

她下樓時自言自語：「沒一件事對勁，貝絲在哭，這就表示這個家庭肯定哪裡出了問題。要是艾美再來煩人，我肯定饒不過她。」

喬自己也渾身不對勁，衝進客廳時，發現貝絲正對著金絲雀小啾啜泣著，小啾躺在籠子裡死了，小小爪子可憐地往外探，彷彿求人餵食，牠就是因為缺糧而活活餓死。

「都是我的錯，我忘了牠，籠子裡沒有一粒穀子、也不剩一滴水，小啾！小啾！我怎麼可以對你這麼殘忍？」貝絲哭喊著，雙手捧著這個可憐的東西，拚命想救活牠。

喬瞅著牠半開的眼睛，摸摸牠的小小心臟，發現牠早已又僵又冷，於是搖搖頭，提議拿自己的骨牌盒當棺柩。

「把牠放進爐灶，身體一暖，可能就會活過來。」艾美滿懷希望地說。

「牠都餓死了，我不會在牠死掉以後，還把牠送去烤。我要替牠做條裹屍布，將牠安葬在墳裡。我永遠不要再養小鳥，永遠不要，我的小啾！我太壞了，沒有資格再養。」貝絲坐在地上喃喃自語，將寵物捧在手心。

「葬禮排在下午舉行，這樣大家都能參加。好了，別哭了，貝絲。很可惜沒錯，不過，這個星期原本就沒一件事順利，小啾是我們這場實驗最大的受害者。去準備裹屍布，然後把牠放在我的骨牌盒裡，等午餐派對過後，我們就好好辦一場小小葬禮。」喬說，開始覺得自己好像一肩扛起了好多事情。

她讓其他人安慰貝絲，自己走到廚房去，那裡混亂到令人洩氣。她套上大大的圍裙，開始忙碌，將待洗的碗盤疊起來，這時卻發現灶火熄了。

「可以再順利一點啦！」喬嘀咕，使勁拽開灶門，猛戳灰燼。

重新點燃灶火之後，她決定利用燒水的空檔上市場。這趟路走下來，她終於恢復了精神。她讚許自己談到好價錢，買到了一隻太小的龍蝦、一些太老的蘆筍，還有兩盒酸溜溜的草莓。然後，她再次跋涉回家。等她把廚房清理完畢，午餐時間已到，爐灶早已燒得火紅。

漢娜留了一鍋麵團等著發酵，梅格今天一早揉好塑形，放在爐上等著再發第二回，結果放著放著就忘了。梅格正在客廳裡和莎麗·葛迪納聊天，這時門突然打開，渾身沾滿麵粉和煤灰，滿面通紅、外表邋遢的人影現身，尖聲質問：「麵團都發到鍋子外面了，是不是表示發夠了？」

莎麗笑了起來，但梅格只是點著頭，一面將眉毛挑得老高，使得那抹身影再次隱去，刻不容緩地將酸麵團塞進爐灶。貝絲正坐著製作裹屍布，而死去的鳥兒放在骨牌盒裡供人瞻仰。馬區太太四處喵了幾眼，大約掌握事況，對貝絲說了句安慰的話，然後就出門去了。

母親那頂灰色無邊圓帽消失在轉角處時，四姐妹心頭湧上奇怪的無助感，幾分鐘後克洛克小姐現身，說要來吃午餐時，她們更是備感絕望。這位老小姐身材削瘦、臉色蠟黃，頂著尖尖的鼻子，眼神好奇，什麼也逃不過她的視線，凡是人眼的事情都可以拿來說嘴。她們並不喜歡她，但父母教導她們要善待她，因為她又老又窮，沒什麼朋友。所以梅格將休閒椅讓給她坐，盡量陪她閒聊，克洛克小姐則問東問西，批評這、批評那，講著身邊所有人的閒話。

沒有語言足以形容喬那天上午的焦慮、體驗和努力。她所端出的午餐菜餚成了經典的笑話。她不敢再去請教梅格，只能單獨奮戰，可是她也發現，要當一個好廚師不能光憑精力和善意。蘆筍煮了一個鐘頭，她悲傷地發現筍頭都煮掉了，筍梗變得更老。麵包烤焦了，因為調製沙拉醬讓她焦頭爛額，注意力全放在上頭，把其他東西都丟在一邊，但她最後還是舉手投降。對她來說，龍蝦是個紅通通的謎團，她又搥又戳的，終於將殼剝掉，只剩下少得可憐的龍蝦肉，隱在一整叢萵苣葉之中。由於蘆筍不能再等，她急著撈起馬鈴薯，結果沒煮熟。奶酪結得疙疙瘩瘩，草莓也不如外表成熟，都怪小販耍手段將最好的擺在最上層。

「哼，反正大家餓了，可以吃醃牛肉、麵包抹奶油。只是做了整個早上的白工，這也太丟臉了。」喬暗想。她搖鈴通知大家，用餐的時間比平日晚了半小時，她又熱又累的，垂頭喪氣，審視擺在羅利和克洛克小姐眼前的盛宴，一個平日養尊處優慣了，另一個睜著一雙好奇眼睛，準備將一切敗筆看進眼裡，用那條長舌四處宣揚。

可憐的喬巴不得躲進桌底下，因為一道道菜餚輪番上桌，大家嚐一口之後就擱著不動。艾美咯咯偷笑，梅格一臉苦惱，克洛克小姐噘著嘴。羅利拚命說笑，以便炒熱這個歡慶場面的氣氛。水果是喬在這餐飯裡的拿手好戲，因為她好好灑了糖，還附了一罐濃郁的鮮奶油可以沾著吃。她熱燙的臉頰稍微冷卻，深吸一口氣，大家分傳漂亮的玻璃盤子，人人開心地望著漂浮在奶油之海中的紅潤小島。克洛克小姐率先品嚐，臉一扭，匆匆喝了些水。因為草莓在挑撿過之後，剩下的少得可憐，喬擔心不夠所以沒吃。但她瞄了羅利一眼，他正勇敢地埋頭吃著，雖說嘴周微微噘起，目光盯著盤子不放。艾美最喜歡精緻美食，杓了滿滿一匙送進嘴裡，猛嗆一下，用餐巾遮住臉倉促離席。

「噢，怎麼了？」喬顫抖驚呼。

「妳把鹽巴當成糖，奶油也酸掉了。」梅格回答，打著悲痛的手勢。

喬慘叫一聲，往後倒在椅子上，想起廚房餐桌上有兩個紙盒，當時她隨手拿起其中一個，匆匆朝草莓一灑，而且忘了把牛奶收回冰箱。她臉色漲得通紅、泫然欲泣，這時與羅利四目相接，他英勇地吃完草莓，還硬是擠出笑意，她突然領會到這件事喜感的一面，笑到淚水淌下臉頰。其他人也是，連那位「牢騷鬼」也不例外——四姐妹私下總是這麼叫那位老小姐。大家吃著麵包塗奶油和橄欖，笑笑鬧鬧，這場不幸的午餐就此歡樂落幕。

「我現在沒心力收拾，我們就用一場葬禮來讓自己冷靜一下。」大家起身時，喬說，克洛克小姐準備要走，因為她迫不及待要到朋友家的餐桌上講這個新故事。

大家為了貝絲，確實也冷靜下來了，羅利在樹叢的蕨類底下挖了個墳，軟心腸的女主人哭成淚人兒，將小啾安放進去，蓋上了苔蘚，石碑上掛著紫羅蘭和繁縷編成的花圈，碑上有喬寫的墓誌銘，是她與午餐奮戰時抽空寫的：

小啾・馬區安息於此，
卒於六月第七日，
得眾厚愛、人人同哀，
永存吾等心懷。

葬禮結束後，不勝情緒和龍蝦兩者的雙重打擊，貝絲回到了臥房。可是因為早上沒鋪床，無處可休息。等她拍鬆枕頭、將東西收拾整齊後，發現自己的悲痛也削減了大半。梅格幫忙喬收拾盛宴的殘羹剩菜，忙了半個下午。兩人累壞了，說好晚餐就喝茶配土司。艾美因為酸掉的奶油心情大壞，羅利日行一善，載她出門兜風。下午過半，馬區太太回到家來，發現三個女兒正忙著做家事。她瞥一眼櫥櫃，便知道這場實驗有一部分成功了。

這幾位主婦還沒來得及喘息，就有好幾個人登門拜訪，只得手忙腳亂準備接待。除了忙泡茶，還得跑腿辦事，最後還要完成一兩項不能再拖延的針線活。暮色帶著露水和寧靜降臨，四姐妹聚集在迴廊上，美麗的六月玫瑰正含苞待放，每個人坐下來的時候，不是呻吟就是嘆息，彷彿覺得疲憊或苦惱。

「今天真可怕！」喬如常率先開口。

「比平時過得快，可是好不舒服。」梅格說。

「一點都不像一個家。」艾美接話。

「缺了媽媽和小啾，當然不像一個家。」貝絲嘆氣，眼眶泛淚地望著上方空空的鳥籠。

「媽媽在這兒呢，親愛的，如果妳想要，明天可以幫妳再買一隻。」

馬區太太說著便坐到了孩子之間，看來她的假期過得比她們愉快多了。

「妳們對實驗的結果還滿意嗎？孩子們？想不想再試一個星期？」她問。貝絲朝她身上靠來，其他人就像花兒向陽一樣，臉色明亮地朝她轉來。

「我才不要！」喬堅決地嚷嚷。

「我也不要。」其他人附和。

「那妳們是不是覺得，有點責任要擔，多替別人設想，會比較好？」

「整天發懶和鬼混一點好處也沒有。」喬搖著頭表示，「我受夠了，我想馬上做點正事。」

「要不要學點烹飪啊，這種才藝很實用，對女性來說不可或缺。」馬區太太出聲一笑，想起喬那場午餐派對。因為她巧遇克洛克小姐，聽對方轉述了整件事。

「媽媽！妳是不是故意丟下一切出門去，就是為了看看我們怎麼應付？」梅格嚷嚷，她疑心了一整天。

「對啊，我希望妳們明白，生活過得舒適，是大家分工合作的結果。有我和漢娜分擔妳們的工作，妳們還是滿順利的，雖然我覺得妳們不是很開心，也變得不怎麼好相處。所以我想給妳們一點教訓，讓妳們體會到，當每個人眼裡都只有自己時，會變成什麼樣子。互相幫助、天天都有工作，會讓閒暇變得更甘甜，大家有所忍耐或克制，整個家才會舒適又可愛，妳們不覺得嗎？」

「是啊，媽媽，是啊！」姐妹們嚷嚷。

「那我建議妳們，再次扛起自己的小重擔。因為雖然有時感覺很沉重，對我們是有好處的，一旦學會怎麼承擔，就會輕盈起來。工作有益身心，而每個人都有不少工作要做，讓我們免於無聊、免於惹事，對健康和精神都很好，比起金錢或時尚，工作更能給我們力量和獨立。」

「我們會像蜜蜂一樣辛勤工作，也會熱愛工作的，一定會！」喬說，「我放假的時候就來學點烹飪，下一次午餐派對，我一定會成功。」

「我要幫爸爸做一組襯衫，媽媽原本的份就交給我吧，雖然我不喜歡針線活，可是我有能力也願意做。總比老想著對自己的衣服動手腳好，我的衣服已經夠好的了。」梅格說。

「我每天都會乖乖做功課，不要花那麼多時間彈琴和玩娃娃。我腦袋不好，應該要多用功，不能貪玩才對。」貝絲下定決心。艾美以姐姐們為榜樣，英勇地宣布，「我要學怎麼縫鈕釦孔，還要注意自己的用語。」

「很好！我對這次的實驗結果很滿意，我想應該不必再試一次。只是也不要走極端，像奴隸一樣埋頭苦幹。要固定安排工作和玩樂的時間，讓每天過得充實又愉快。妥善運用時間，證明自己懂得時間的價值。這樣就能擁有快樂的青春時光，到老也不會有太多悔恨，即使過得清貧，人生也會美滿成功。」

「我們會記得的，媽媽！」她們確實記住了。

12 羅倫斯營隊

由於貝絲大多時間在家，可以固定收信，於是由她來擔任郵務局長。她非常喜歡每天打開小門上的掛鎖，負責為大家分發郵件。有個七月天，她捧著一堆信件走進來，在家裡穿梭，逐一分送信件和包裹，就像正式的郵政服務。

「媽媽，有妳的小花束！羅利從來沒忘記過。」她將新鮮小花束插進媽咪放在角落的花瓶中，那個溫暖的男孩從沒讓花瓶空著。

「梅格．馬區小姐有一封信和一隻手套。」貝絲繼續說，將物品遞給姐姐，她正坐在母親身旁縫補袖口。

「咦，我明明把一整副忘在那邊，可是這裡怎麼只有一隻。」梅格說，瞅著那隻灰色棉手套。

「妳是不是把另一隻掉在花園裡了？」

「沒有，我確定沒有，因為郵局裡只有一隻。」

「我最討厭手套不成對了！算了，另一隻應該找得到才對。我收到的只是我請他翻譯成英文的德文曲子，我猜是布魯克先生翻譯的，因為上面的字不是羅利的筆跡。」

馬區太太瞥了瞥梅格，身上一襲方格棉布晨衣，小小鬈髮在額頭上飄動，頗有女人的風韻。她坐在小工作桌邊縫紉，桌上放滿一卷卷整齊的白線，對母親的心思一無所覺，手指飛動，邊縫補邊唱歌，滿腦子淨是些少女的幻想，天真又清新，有如別在腰帶間的幾朵三色堇。馬區太太滿意地漾起笑容。

「喬博士有兩封信、一本書和一頂好笑的舊帽子。帽子蓋住了整間郵局，卡在外頭。」貝絲說，笑著走進書房，喬正坐在裡頭寫東西。

「羅利這傢伙真賊！我說我希望現在流行大一點的帽子，因為只要天氣熱，我就會曬傷臉，他那時說，『何必在乎流行？就戴大帽子嘛，自己舒服就好！』我回說，如果有大帽子我就戴，結果他就送這頂過來，想看我敢不敢戴。好，為了好玩，我就戴給他瞧瞧，給他看看我才不在乎流行。」喬把那頂古董寬邊帽掛在柏拉圖半身像上，讀起信來。

母親寫來的信讓她讀得臉頰發紅、眼眶泛淚，信上寫著：

親愛的：

寫這封短信，我只是想告訴妳，看到妳這麼努力地克制脾氣，我覺得心滿意足。雖然妳絕口不提自己受到的試煉、失敗或成功，也許妳以為除了自己天天求助的那個「朋友」（從妳把那本指南的封面翻到破舊來推想）之外，沒人看得見。其實，一切我都看在眼裡，並且衷心相信妳真誠的決心，因為妳的努力已開始有了成果。秉持著耐心與勇氣，努力下去吧，親愛的。永遠要相信，最能以無比柔情理解妳的，莫過於——

愛妳的母親

「這封信對我太有用了！抵得上千萬金錢和無數讚美。噢，老媽，我真的很努力！既然有妳幫忙我，我會持續努力、永不厭倦。」

喬將頭靠在手臂上，幾滴歡喜的淚水沾濕了她正在創作的小故事。她原本以為，為了改善自我所做的努力，沒人看得到，也沒人欣賞，現在卻意外地受到母親的肯定——而她最看重的就屬母親的讚美，因此，這份肯定更顯得加倍珍貴、加倍鼓舞人心。她懷抱前所未有的堅強，準備迎戰並征服她的亞坡倫，於是將那封短信別在連衣裙內側，作為護身盾牌和自我提醒，免得再遭惡魔的突襲。接著打開另一封信，無論消息是好、是壞，都做足了心理建設，迎面就是羅利以龍飛鳳舞的大字寫著：

哈囉，親愛的喬！

明天有幾個英國女生和男生要來拜訪我，我想玩個痛快。天氣好的話，我打算到隆梅多搭個帳篷，划船載大家到那裡吃午餐、玩槌球，生個火，用吉普賽人的方式張羅食物，瘋玩一番。他們人滿好的，也喜歡這類的活動。布魯克也會去，負責管束我們幾個男生，凱特・沃恩負責監督女生。希望妳們一起來，不管怎樣都別丟下貝絲，不會有人煩她的。不用擔心食物的問題，全部由我負責，其他東西也是，人來就好！

急如星火

祝好

羅利

「有意思的來了！」喬嚷嚷，飛奔去向梅格通報消息。「媽媽，我們可以去吧！這樣可以幫羅利一個大忙，因為我會划船，梅格可以處理午餐，妹妹們應該也能幫上什麼忙。」

「只希望沃恩家不是很講究、很大人樣的那種人。喬，妳對於他們一家有多少瞭解？」

「我只知道有四個人，凱特年紀比妳大，而佛列德和法蘭克是雙胞胎，和我年紀差不多，還有一個小女生葛蕾絲，九或十歲。羅利在國外認識他們的，他滿喜歡那一對兄弟，不過只要提起凱特的時候，都會嘶嘶嘴，我猜他不怎麼欣賞她。」

梅格得意地說：「還好我的法式印花洋裝洗乾淨了，正好適合拿來穿！喬，妳有什麼適合的衣服嗎？」

「那套紅灰色的划船裝，對我來講已經夠好了。到時我要划船、跑來跑去的，才不想穿什麼怕皺的東西。貝絲，妳會一塊去吧？」

「如果妳別讓男生來找我講話的話。」

「保證不會！」

「我想讓羅利開心，我也不怕布魯克先生，他人很好。但我不想玩，也不想唱歌或聊天。我會認真做事，不麻煩別人。喬，如果妳會照顧我，那我就去。」

「這才是我的乖女孩，妳很努力要克服害羞的個性，我很欣賞。克服弱點並不容易，我懂，一句鼓勵的話就能振奮人心。謝謝妳，媽媽。」喬朝母親削瘦的臉頰送上感激的一吻，這對馬區太太來說，比起自己重獲青春時期的圓潤紅頰，更為珍貴。

「我有一盒巧克力豆，還有我想臨摹的一幅畫作。」艾美揮舞著郵件。

「羅倫斯先生寫了字條給我，請我今天傍晚點燈以前，過去彈琴給他聽，我會去的。」貝絲接著說，她和那位老紳士之間的情誼日漸深厚。

「我們今天得要加快腳步，趕完雙倍的工作，這樣明天就可以玩得無憂無慮了。」喬說，正準備擱下筆，改拿掃帚。

隔天清早，太陽探入四姐妹的房間，向她們保證今天會是好天氣，迎面而來的景象相當滑稽。每個人都按照自己的想法，為了當天的盛會做準備。梅格的額頭上多了一排小小的髮捲紙，喬則在曬傷的臉上抹了厚厚的冷霜、貝絲則把喬安娜抱上床共枕而眠，為了即將分開而做出補償。艾美最令人叫絕，她用曬衣夾來夾住鼻子，以便拉高這個她覺得礙眼的五官。藝術家通常會用這種夾子將畫紙固定於畫板上，所以，目前這個用途似乎也恰當有效。這個滑稽的奇觀像是也逗樂了太陽，因為太陽突然射出萬丈光芒，將喬曬醒，而她一見艾美臉上的裝飾，不禁哈哈大笑，吵醒了姐妹們。

對玩樂活動來說，陽光與笑聲是好預兆，不久，兩家人都忙碌起來。貝絲率先準備好，站在窗邊不斷報告隔壁家的最新動態，讓忙著梳洗打扮的姐妹們更增添活力。

「有人拿帳篷出來了！我看到巴克太太將午餐放入野餐箱及大籃子裡。現在羅倫斯先生抬頭看著天空和風信雞，真希望他也會去！羅利打扮得好像水手，真好看！噢，天啊，有一輛馬車來了，上面載滿了人，有個高高的小姐、一個小女生，還有兩個可怕的男孩。其中一個跛腳，好可憐，還拄著枴杖呢！羅利怎麼沒和我們講。不早了，妳們動作快！咦，奈德・莫法特竟然來了。妳看，梅格！我們那天去逛街的時候，對妳鞠躬的不就是他嗎？」

「真的耶，他會來也真奇怪！我還以為他到山區去了。還有莎麗，很高興她趕回來了。喬，我的樣子還可以嗎？」

「妳就是個大美人。拉好洋裝、戴好帽子，那樣斜戴看起來太感性，而且風一吹就會飛走。好了，走吧！」

「噢、噢，喬！妳該不會要戴這頂難看的帽子吧？太荒唐了！妳不應該把自己弄得像個男生似的。」梅格表示反對，喬用一條紅緞帶，將寬緣草帽固定在腦袋上，那項羅利當玩笑送來的老式帽子。

「我偏要戴！這頂帽子棒極了，不但能遮陽，又輕又大，還能逗大家開心。只要舒服，我不在乎當個男生。」喬說完就大步走開，其他人跟了上去。四姐妹組成了這支閃亮的小小隊伍，各個一身夏裝，模樣可人極了，俏皮的帽緣底下是一張張歡喜的臉龐。

羅利立刻迎上前來，以極為熱絡的態度，將她們介紹給他朋友。短短幾分鐘內，場面一片朝氣蓬勃。看到凱特小姐雖然二十歲，卻打扮得很輕便，值得美國女孩仿效，梅格鬆了口氣。奈德先生一再強調自己專程來看梅格，更讓她受寵若驚。喬現在明白，為何羅利談起凱特就會噘嘴，因為那位小姐散發出「離我遠點，別碰我」的氣質，和其他女生那種輕鬆自在的舉止截然不同。貝絲觀察一下新加入的那些男孩，判定跛腳的那位並不「可怕」，而是溫和柔弱，決定要對他好一點。艾美發現葛蕾絲是個舉止得宜、性情開朗的小女生，兩人呆呆互望幾分鐘後，轉眼成了好朋友。

帳篷、午餐，以及槌球設備已經提前送過去，這行人不久也上了船，兩艘船同時離岸，留下羅倫斯先生在岸上揮動帽子。羅利和喬負責划一艘，布魯克和奈德負責另一艘。雙胞兄弟裡那個粗魯吵鬧的佛列德，一人划著小舟，像隻受到驚擾的水蟲橫衝直撞，使勁想撞翻那兩艘船。喬那頂滑稽的帽子頗值得稱許，因為用途多元，她一開始惹大家發笑而打破了初識的尷尬氣氛，她划船的時候，帽緣前後擺動，帶來陣陣清新的微風。她還說，萬一來了陣雨，還可以替一行人當傘遮雨呢。凱特對喬的舉止相當詫異，尤其在喬弄掉船槳時驚呼：「我的老天爺！」加上羅利到船上就坐前，絆到喬的腳時竟說：「老兄，沒怎樣吧？」不過，凱特小姐幾次戴上眼鏡，仔細打量那個怪異的女孩之後，判定喬「古怪卻聰慧」，從遠處對她報以笑容。

梅格坐在另一艘船上，愉快地與兩位划手相對而坐，美人當前，兩位划手都很享受，以罕見的「技巧與敏捷」划槳前進。布魯克先生是個嚴肅寡言的青年，有雙俊美的棕眼和動聽的嗓音。梅格喜歡他沉靜的舉止，覺得他就像一本活百科全書，滿腹實用的知識。他不怎麼跟她說話，但視線卻常常飄向她，她確定他對自己並不反感。奈德剛上大學，擺出神氣的模樣，大學新鮮人總以為自己有責任端出那種姿態。他不是很聰明，但脾氣極好，性情也開朗，整體來說是個理想的野餐同伴。莎麗．葛迪納忙著保持凸紋棉布連身白裙的乾淨，一面和那個無所不在的佛列德閒聊。佛列德惡作劇不斷，讓貝絲時時處於驚恐的狀態。

到隆梅多的路程並不遠，但他們抵達時，帳篷已搭好，槌球球門也架好，宜人的綠色田野中央有三棵枝繁葉茂的橡樹，還有專為槌球而設的一片平整草地。

「歡迎來到羅倫斯營區！」一行人下了船，小主人歡喜高喊，「布魯克是總司令，我是軍需官，其他男生是參謀，妳們女生是賓客。帳篷是專為妳們準備的，那棵橡樹當作妳們的客廳，這棵當飯廳，另一棵是營區廚房。趁現在還不太熱，先來打一場球吧，等一下再看看午餐要怎麼處理。」

法蘭克、貝絲、艾美和葛蕾斯坐下來觀賽，由其他八人上場打球。布魯克先生挑了梅格、凱特和佛列德當隊友，羅利則找莎麗、喬和奈德一起組隊。英國人球技不錯，但美國人打得更好，彷佛受到一七七六年爭取獨立的精神所啟發，誓死競技到底，絕不退讓半分。喬和佛列德起了幾次小爭執，一度還幾乎破口對罵，喬打第三球門的時候失準，讓她為之氣結。

佛列德的球緊追在後，而且再輪到喬以前，由他先上場。他一揮桿，球擊中球門柱，在界外三公分處停下來。大家都站得很遠，他衝上前檢視的時候，狡猾地探腳蹭一下球，讓球回到界內。

「我過了！好了，喬小姐，我現在就要擊敗妳，領先奪標。」那個男孩嚷嚷，揮舞球桿準備再次打擊。

「是你把球踢進去的，我看到了。現在輪到我打了。」喬厲聲說。

「我發誓我沒動那顆球！也許它是滾了一下沒錯，但這又沒犯規，所以請妳讓開，讓我奪標看看。」

「在美國我們不作弊的，如果你偏要這樣，那就隨便你。」喬氣憤地說。

「美國佬才奸詐，大家都知道的，瞧。」佛列德回嘴，一個觸擊，就將她的球推得更遠。

喬正要張嘴痛罵，但及時打住。她氣到連額頭都紅了，站立片刻之後，使勁敲倒一道球門。佛列德的球則打到終點柱，他興高采烈地宣布自己成功奪標。她走開去撿球，在樹叢裡尋覓半天，不過等她回來的時候，已經一臉平靜，耐著性子等著輪到自己打擊。她又打了好幾桿，才讓球回到失手之前的位置，這時另一隊幾乎要贏了，凱特是倒數第二球，而且就落在終點柱附近。

「天啊！我們沒希望了！掰掰了。凱特，喬小姐還欠一球，所以妳完了。」佛列德激動地嚷嚷，大家都湊過來看最後的結果。

「美國人總是習慣對敵人寬容。」喬的眼神讓佛列德臉一紅。「尤其在打敗敵人的時候。」她補了一句，連凱特的球都沒碰，以高明的一擊，贏得了這場遊戲。

羅利將帽子往上一拋，然後想到打贏客人可不能表現得這麼雀躍，於是歡呼到一半便打住，悄聲告訴朋友：「真有妳的，喬！他確實有作弊，我也看到了，但我們不方便直說，但我想他不會再犯了，相信我。」

梅格把喬拉到一旁，假借幫她夾好鬆脫的髮辮，讚許地對她說：「他實在好煩人，但妳都沒發脾氣，我好高興，喬。」

「別稱讚我，因為我現在可能會賞他幾個耳光，要不是因為在蕁麻叢裡待到壓下怒火、閉上嘴，不然我老早爆發了。現在那股火還在悶燒，所以我希望他別來惹我。」喬回話，咬著嘴唇，從大帽子底下怒瞪著佛列德。

布魯克先生看著手錶說：「該用午餐了，軍需官，請你生個火、提水來。我、馬區小姐、莎麗小姐會負責布置餐桌。誰會泡好喝的咖啡？」

「喬會。」梅格樂於推薦妹妹。喬覺得，近來的烹飪課肯定能讓她好好露一手，於是負責掌理咖啡壺。其他孩子則負責撿拾枯枝，男生們負責生火，並且從附近的泉水那裡提水過來。凱特小姐畫起素描，法蘭克則和貝絲聊天。貝絲正忙著用燈芯草編小墊子，要充當餐盤。

總司令和助手們轉眼便鋪好桌巾，擺上令人食指大動的餐點和飲品，另用綠葉妝點得漂漂亮亮。喬宣布咖啡泡好，大家各就各位，準備享用豐盛菜餚。年輕人消化能力強，加上運動過後，人人胃口大開。

這頓午餐真是愉快，一切都新鮮有趣，席間不時爆出陣陣笑聲，還嚇到了附近吃草的老馬。餐桌凹凸不平，弄得杯盤東倒西歪，卻也帶來不少樂趣。橡果掉進牛奶裡，小黑蟻不請自來享用點心，樹上毛茸茸的蟲子垂掛下來，看大家忙什麼。三個淡髮小鬼隔著籬笆東張西望，河對岸有隻討厭的小狗，使勁對著他們狂吠。

「想加鹽的話，這裡有。」羅利說，朝喬遞出一碟草莓。

「謝了，我比較想加蜘蛛。」她回答，撈起兩隻小蜘蛛，牠們不慎溺斃在鮮奶油裡。「你自己的餐會辦得這麼好，竟然敢再提起我那次的恐怖經驗？」喬一說完，兩人哈哈大笑，他們共用盤子吃東西，因為盤子不夠用。

「那天我玩得太開心了，到現在都還忘不了。而且今天的餐會也不是我的功勞，妳也知道，我什麼都沒做，都是靠妳、梅格及布魯克在撐場面，我對你們感激不盡。等大家都吃不下的時候，該做什麼才好？」羅利問，感覺午餐結束，自己的絕招也使盡了。

「先玩遊戲好了，等天氣降溫再說。我帶了『作家』遊戲來，凱特小姐一定知道有什麼好玩的新遊戲。去問問她，她是客人，你應該多陪她一些。」

「妳不也是客人嗎？我本來以為她會和布魯克合得來，但他一直找梅格講話。凱特只是透過那個可笑的眼鏡盯著他們看。我現在就去，免得聽妳說教，因為妳真的不適合說教啊，喬。」

凱特小姐確實知道幾種新遊戲，由於女生不想再吃，男生也都吃不下，於是大家便轉移陣地到客廳去玩故事接龍。

「由一個人開始講故事，想怎麼編都行，想講多久也都可以，只是要在最精采的地方停住，由下一個人接手，如法炮製。如果玩得好，就會很有意思，可能會編出又悲又喜的東西，逗大家哈哈笑。你起個頭吧，布魯克先生。」凱特說，打了一個下令的手勢，這讓梅格很詫異，因為她平日對這位家庭教師的尊重態度就像對其他男士。

布魯克先生躺在草地上，就在兩位小姐的腳邊，順從地說起故事，那雙俊美的棕眼定定看著陽光閃耀的河流。

「從前、從前有個騎士，除了長劍和盾牌，一無所有，於是到世界上闖盪，想碰碰運氣。他遊歷了好長一段時間，將近二十八年，吃了不少苦頭，最後來到一位善良老國王的宮殿。國王有匹心愛的小馬，小馬血統精良但野性難馴，凡是能夠馴服、訓練牠的人，就能得到獎賞。騎士同意試試看，進展雖慢但逐漸有了成績，因為那隻小馬雖然古怪又狂野，但相當有義氣，不久便學會愛牠的新主人。每天，騎士替國王的愛馬上課時，便騎著牠在城裡穿梭，邊騎邊找某張美麗的臉孔，他在夢裡見過很多回，卻在現實世界遍尋不著。有天，他策馬奔馳在一條安靜街道上，在一座凋敝城堡的窗邊看到那張美麗的臉孔。他很高興，向人打聽誰住這座老城堡，原來城堡裡關了幾位公主，被人下了咒，她們整天編織，就為了籌錢贖回自由。騎士很希望能夠解救她們，但他很窮，只能每天路過等待那張美麗面孔出現，希望有朝一日能在陽光下看見她。最後，他決心進入城堡，問她們自己能幫什麼忙。他上前敲門，大門突然打開，他看見——」

「一位絕代美女。她興高采烈地驚呼：『終於！終於！』」凱特接著說，她讀過法文小說，很欣賞那樣的風格，「『是她！』」古斯塔夫伯爵嚷嚷，欣喜若狂跪倒在她腳邊。『噢，快起身！』她說，伸出一隻大理石般的纖纖白手，『不！除非妳告訴我該怎麼拯救妳。』騎士跪地發誓。『唉，我受到殘酷命運的詛咒，除非監禁我的暴君喪命，否則我無法離開這裡。』『那個惡人在哪裡？』『在錦葵廳，去吧，勇敢的騎士，將我救離絕望之地。』『遵命，我若不是凱旋歸來，不然就是命喪黃泉！』他激動地講完之後便匆匆離去，使勁推開錦葵廳的門，正準備進去，這時卻遭到——」

「重重的一擊，原來是身穿黑袍的老人抄起厚重的希臘字典，朝他砸來。」

奈德說。「某某爵士立刻回過神，將那位暴君拋出窗外。爵士眉間頂著腫包，準備凱旋而歸，前去與女子相會，卻發現門上了鎖，只好扯下窗簾，綁成一條繩梯。往下爬到半途時，繩子卻斷了，他跌落將近二十公尺的距離，頭下腳上栽進護城河。幸好他善於游泳，繞著城堡游了一圈，最後來到一扇小門前，那裡有兩個矮壯的守衛。他抓起兩人的腦袋猛力一撞，腦袋像核果似地裂開。他力大無窮，稍微使一點勁，就把小門撞破，登上兩級石階，石階上頭蓋了厚厚一層灰，那裡有妳拳頭大小的蟾蜍，還有會把妳嚇得花容失色的蜘蛛。到了階梯頂端，迎面的景象讓他無法呼吸，血液為之凝結——」

梅格接下去說：「一個高挑的身影，穿一身白衣，臉上罩著面紗，枯槁的手提著燈籠，它招了招手，無聲無息地飄在他前方，穿過黑暗、冰冷如墳的走道。兩側立著身穿盔甲的陰暗人像，四周一片死寂，那盞燈泛著藍光，而那個鬼魅般的身影不時回頭看他，可怕的雙眼從白罩紗下發出寒光。他們來到一扇垂著布簾的門前，門後傳來悅耳的音樂，他立刻上前要進門，但幽靈將他拽回來，恫嚇似地在他眼前晃了晃——」

「是一個鼻煙盒。」喬用陰森的語氣說，逗得大家捧腹大笑。「『感謝。』騎士禮貌地說，捏起一小撮吸進去，結果打了七次大噴嚏，用力到腦袋都掉下來了。『哈！哈！』幽靈大笑。邪惡的幽靈透過鑰匙孔偷看門內的公主們，她們正拚命紡著紗。幽靈抱起受害者，把他放進一個大鐵皮箱，裡面還有另外十一個無頭騎士，就像沙丁魚一樣擠在一起，他們全都站起來，開始——」

「跳水手舞。」佛列德搶話，趁著喬喘氣的時候。「他們跳舞的時候，那座破爛老城堡搖身變成一艘張滿帆的戰艦。船長大喊：『拉起三角帆！收起升降索，轉舵背風，砲手就定位！』一艘葡萄牙海盜船正航入視線範圍內，前桅正飄著墨黑的旗幟。船長再次下令：『伙伴們，往前衝啊，不勝不歸！』雙方於是展開激戰。最後，打贏的當然是英國人，他們向來無人能敵，俘虜了海盜船長之後，戰艦直接撞進海盜船，甲板上屍體堆積如山，下風處的排水口血流成河，因為船長下令，要『舉起彎刀，決一死戰』。英國船長又說：『掌舵下士，把這傢伙用三角帆角索綁起來，如果他不趕快認罪，就讓他上跳板。』但是，這葡萄牙人死也不開口，最後被迫走跳板跳海。水手們發狂似地大聲歡呼，可是那個狡猾的混帳東西卻潛到戰艦下方鑿洞，結果全面揚帆的船隻就往下沉沒，『直到海洋最深、最深的地方』，在那裡——」

佛列德總算編完他的部分，將自己鍾愛的一本書所提過的航海名詞和史實，雜亂無章地匆匆拼湊起來。

「噢，糟糕，我要說什麼好？」莎麗嚷嚷。「總之呢，水手們沉到了海底時，有隻善良的美人魚前來迎接他們，但當她發現那箱無頭騎士時，覺得十分哀傷，於是好心用鹽水浸泡他們，希望能發掘關於他們的謎團，因為她是女人，天生就好奇。不久之後，來了一名潛水伕，美人魚說：『如果你能把這箱珍珠抬上水面，就全都送你。』因為她想讓這些可憐的東西死而復生，但箱子太重，她搬不動。於是潛水伕將箱子吊上去，打開箱子一看根本沒有珍珠，失望至極，於是把箱子丟在一大片荒野上不管，結果來了個——」

莎麗編不下去，換艾美接手。

「養鵝的小姑娘，她在那片荒野上養了一百隻肥鵝。那個小姑娘替他們覺得難過，就問一個老太太，可以幫他們做些什麼。『妳的鵝會告訴妳，牠們什麼都知道。』老太太說。因為他們的腦袋都沒了，所以小姑娘就問鵝，要用什麼來代替。上百隻的鵝張開嘴巴一起尖叫——」

「包心菜！」羅利立刻接下去，「『好主意。』小姑娘說，連忙從菜園摘了十二顆漂亮的包心菜，放到騎士們的脖子上，他們立刻復活，謝過她之後就歡歡喜喜上路去了，完全感覺不到有什麼異樣，因為世界上有很多人都有這樣的腦袋，所以他們想也沒多想。我最有興趣的那位騎士，又回去找那張漂亮的臉孔，結果得知所有公主都已經紡完紗，換回自由並且嫁人去了，只有一個留下來。他聽了非常激動，跳上患難與共的小馬，衝到城堡去看留下的那位公主是誰。他隔著樹籬往內窺看，看到心愛的佳人正在園子裡摘花。他問『妳可以給我一朵玫瑰嗎？』她說：『你必須自己來摘，我不能主動過去，因為這樣不得體。』她的聲音甜美如蜜。他試著要爬過樹籬，但是樹籬似乎越長越高。接著，他試著推擠進去，但樹籬竟然越變越厚。他絕望不已，於是耐著性子折斷一根又一根的細枝，最後終於挖出一個小洞。他透過小洞往裡頭看，出聲懇求：『讓我進去！讓我進去！』然而，那位漂亮公主似乎聽也聽不懂，因為她依然靜靜摘著玫瑰，任由他孤軍奮戰，至於他最後有沒有成功，法蘭克會告訴你們。」

「我沒辦法，我不玩了，我一向不玩這種遊戲。」法蘭克說，想到要把這對荒謬的情侶從感情困局拯救出來，他就覺得心慌。貝絲早就躲到喬的背後，葛蕾絲則是睡著了。

「所以可憐的騎士就會繼續卡在樹籬裡嘍？」布魯克先生問，依然眺望著河流，把玩著鈕釦孔裡的野玫瑰。

「我猜，過一陣子之後，公主會給他一小把花，並打開了大門。」羅利邊偷笑邊說，朝老師丟了幾枚橡果。

「我們編的故事真是荒謬！不過，多練習幾次，也許就可以編得有聲有色。你們知道『真相』嗎？」大家笑這故事笑了一陣之後，莎麗問。

「希望如此。」梅格認真地回答。

「我是指遊戲。」

「是什麼遊戲？」佛列德問。

「玩法就是，大家把手疊起來，選一個數字，然後輪流抽出手，抽手的順序和數字一樣的那個人，就必須老實回答別人問的問題，滿好玩的。」

「我們玩玩看吧。」喬說，她向來喜歡嘗試新東西。

凱特小姐和布魯克先生、梅格和奈德都婉拒了，可是佛列德、莎麗、喬和羅利疊起手，開始抽，最後羅利抽中了。

「誰是你的英雄？」喬問。

「爺爺和拿破崙。」

「你覺得在場哪個女生最漂亮？」莎麗問。

「瑪格麗特。」

「你最喜歡哪個？」佛列德問。

「喬啊，想也知道。」

「什麼蠢問題嘛！」喬不屑地聳肩。羅利正經的語氣逗得大家笑了。

「再試一次，『真相』還滿好玩的。」佛列德說。

「尤其對你來說。」喬低聲回嘴。

接著輪到她。

「妳最大的缺點是什麼？」佛列德問，想測試她是否會說實話，因為他自己就做不到。

「壞脾氣。」

「妳最想要什麼？」羅利說。

「兩條綁靴子的鞋帶。」喬回話，她早猜中他的用意，故意不讓他得逞。

「才怪，妳一定要說出自己真正最想要的東西。」

「我想要才華，你很希望能夠送我吧？羅利。」見他一臉失望，她露出淘氣的笑容。

「妳最欣賞男生的哪些優點？」莎麗問。

「勇氣和誠實。」

「輪到我了。」佛列德說，他最後抽中。

「我們好好修理他。」羅利對喬耳語，喬點點頭，立刻發問。

「你打槌球的時候有沒有作弊？」

「唔，嗯，有一點吧。」

「你的故事是不是從《海獅》抄來的？」

「算吧。」

「你是否認為，就每個方面而言，英國都是最完美的國家？」

「如果我不這麼想，就太可恥了。」

「他真是個不折不扣的英國佬。好了，莎麗小姐，不必抽就直接換妳吧，我先來折磨妳一下，妳認不認為自己有點愛賣弄風情？」羅利說。喬對佛列德點點頭，表示雙方達成和解。

「你真是沒有禮貌！我當然沒有。」莎麗驚呼，但她的神態卻證明了，事實恰恰相反。

「妳最討厭什麼？」佛列德問。

「蜘蛛和米布丁。」

「妳最喜歡什麼？」喬問。

「跳舞和法國手套。」

「欸，我覺得『真相』真是個蠢遊戲，我們還是玩比較有意思的『作家』來提提神吧。」

奈德、法蘭克和小女生們都加入了這個遊戲，其餘三個年紀較大的就坐在一旁聊天。凱特小姐再次拿出素描本，瑪格麗特看著她畫畫，布魯克則拿著書躺在草地上，但根本無心閱讀。

「妳畫得真好，我真希望自己也會。」梅格說，語氣夾雜著欣賞和遺憾。

「那妳怎麼不學呢？我覺得妳有這方面的品味和才華呢。」

「我沒時間。」

「我猜，妳母親更希望妳培養其他的才藝吧。我母親也是，但我先偷偷上了幾堂繪畫課，向她證明我有天分，後來她就願意讓我繼續畫了，妳不能請妳的家庭教師幫忙嗎？」

「我沒有家庭教師。」

「我都忘了，美國女生上學的比英國女生多，我父親說，這些學校也都很不錯。我想，妳平日上的是私立學校吧？」

「我完全沒上學，我自己就是家庭教師。」

「噢，是嗎？」凱特小姐說，不過從她的口氣聽來，就差不多像是「天啊，真可怕！」那般的回答。凱特臉上的表情讓梅格漲紅了臉，她真希望凱特講話別這麼坦白。

布魯克先生抬起頭，連忙說：「美國的年輕女性和祖先一樣，都熱愛獨立，因為自力更生受到讚賞和敬重。」

「噢，是的，當然了！她們這樣做當然很好，而且很適合。我們在英國有很多體面、優秀的年輕女性也是這樣，她們出身良好，很有教養也多才多藝，所以可以為貴族工作。」凱特小姐說，語氣高人一等，傷了梅格的自尊，讓她的工作看來更惹人反感，也更丟臉。

「馬區小姐，那一首德文歌妳還喜歡嗎？」布魯克先生詢問，打破那一陣尷尬的停頓。

「噢，喜歡！很甜美，很謝謝那位替我翻譯的人。」梅格一開口，臉上陰霾一掃而空。

「妳看不懂德文嗎？」凱特小姐問，表情驚訝。

「不是很懂，我本來和父親學德文，但他現在不在家。我自學起來進度很慢，因為沒人可以糾正我的發音。」

「現在試讀一點吧，這裡恰好有席勒的《瑪莉．斯圖亞特》，身邊也有個好為人師的家教。」布魯克先生面帶鼓勵的笑容，將書擱在她膝上。

「好難喔，我不敢試。」梅格感激地說，但身旁有這麼一位多才多藝的女性，不禁感到害臊。

「我先讀一點，替妳打打氣。」凱特小姐讀了最美的段落之一，發音雖然正確無誤，卻不帶任何感情。

布魯克先生沒給予任何評語，凱特把書交還給梅格，梅格天真地說：「我還以為是詩。」

「有一些是啊，妳試試這段吧。」

此時，布魯克先生的嘴角浮現一抹古怪的笑容，將書本翻到可憐瑪莉的哀歌那裡。

這位臨時的新任家教，摘了一根草用來指點，梅格順從地跟著他指的內容，緩慢而膽怯地閱讀，悅耳的嗓音吟誦起來溫婉輕柔，無意間為原本艱澀的字眼，注入了詩意。

綠草一路往下移，梅格沉浸在那個美麗又悲傷的場景中，渾然忘了聽眾，旁若無人往下讀，讓那個不幸王后所說的話，增添了幾許悲情。倘若她當時看到那雙棕色眼睛，肯定會立刻打住，但因為她始終沒抬頭，德文課也就圓滿結束。

「唸得很好，真的！」她一停頓下來，布魯克先生就說，無視於她犯下的諸多錯誤，表情彷彿真心地「好為人師」。

凱特小姐戴上眼鏡，細細打量眼前這番景象，然後闔上素描本，語帶優越地說：「妳的腔調還不錯，多磨練就會讀得更好。我建議妳好好學，因為德文對老師來說是很重要的才藝。葛蕾絲活蹦亂跳的，我得去顧一下她。」凱特小姐漫步離開，聳著肩地自言自語。「我來這裡，可不是為了當女家教的監護人，既使她長得年輕漂亮也一樣。美國人真怪，羅利恐怕會被他們帶壞。」

「我都忘了英國人很瞧不起女家庭教師，和我們對女家庭教師的態度很不一樣。」梅格望著她遠去的身影，一臉煩悶。

「很遺憾，就我所知，那邊的家庭教師並不好過。對我們這些需要工作的人而言，沒有比美國更好的地方了，瑪格麗特小姐。」布魯克先生一臉滿足開心，梅格不好意思，不再哀嘆自己的命運多舛。

「那我很慶幸自己生活在美國。我不喜歡我的工作，可是我的工作讓我得到許多滿足感，所以我不要再抱怨了。我只希望，我有你那麼喜歡教書。」

「我想，如果妳有羅利那樣的學生，就會喜歡教書的。明年不能再教他了，這讓我感到很遺憾。」布魯克先生說，頻頻在草地上戳洞。

「我想，因為他要上大學了吧？」梅格嘴裡這麼問，眼神卻接著說：「那你接下來的打算呢？」

「是啊，他早該去了，他快準備好了。而他一走，我就要從軍了。」

「真高興聽你這麼說！」梅格叫道，「我認為每個年輕男子都應該有這份心，雖然留在家裡的母親和姐妹會很難熬。」她悲傷地補了一句。

「我沒母親也沒姐妹，朋友也很少，不會有人在乎我是死是活。」

布魯克先生語帶苦澀地說，漫不經心地將枯死的玫瑰放進剛挖的洞裡，然後用土蓋上，就像一座小墳墓。

「羅利和他爺爺就會在乎的，要是你出了什麼事，我們也會很難過的。」梅格真心地說。

「謝謝妳，聽妳這麼說真好。」布魯克先生說，神色再次愉快起來，但話都沒說完，奈德就騎著那匹老馬，踩著笨重的腳步過來，在年輕小姐們面前展現他的騎術，而那天接下來就再也沒有安寧的時刻。

「妳不喜歡騎馬嗎？」葛蕾絲問艾美。奈德率領她們及其他人在田野裡賽跑一圈之後，兩人站著休息。

「很喜歡啊，以前我們家有錢的時候，我姐姐梅格常常會騎馬，但家裡現在沒養馬了，只剩下艾倫樹。」艾美笑著補了一句。

「艾倫樹是什麼？是驢子嗎？」葛蕾絲好奇地說。

「欸，是這樣的，喬很愛馬，我也是，可是我們沒有馬，只剩一副舊的側坐馬鞍。我們家的院子裡有蘋果樹，樹上有一根垂得很低的大樹枝，我就將馬鞍掛上去，然後在往上翹的部分綁上韁繩，想騎時，都能隨時到艾倫樹上騎個過癮。」

「好好玩喔！」葛蕾絲哈哈大笑。「我家有一隻小馬，我幾乎每天都會和佛列德、凱特到公園騎馬。滿好的，因為我朋友也都會去，羅頓[19]那裡到處都是淑女和紳士。」

「哇，好有意思！希望我有一天可以出國。不過，比起羅頓，我寧可去羅馬。」艾美說，她根本不知道羅頓到底是什麼，但是她絕對不會開口問。

法蘭克正好坐在兩個小女生後面，聽見她們聊天的內容，看著那些好動的男生做著各種好笑的體操動作，他不耐煩地一把推開楞杖。貝絲正在撿拾散落一地的「作家」牌，這時抬起頭，害羞又友善地說：「你累了吧，要我幫你什麼忙嗎？」

「請和我聊聊天，一個人坐著好無聊。」法蘭克回答，他在家裡顯然習慣備受關注。

對害羞的貝絲來說，他這個要求的難度，恐怕比要求她用拉丁文演說還高。但她現在已經騎虎難下，也沒辦法躲到喬的背後，加上這個男孩一臉惆悵地瞅著

19 海德公園裡的騎馬道，全名是 Rotten Row，簡稱 the Row。

她，她終於勇敢地下定決心試試看。

「你想聊什麼？」她問，笨拙地收拾紙牌，想把紙牌綁好卻又掉了大半。

「嗯，我想聽人講講板球、划船和打獵。」法蘭克還沒學會如何在選擇娛樂上量力而為。

貝絲暗想著，「哎呀！我該怎麼辦？這些我都不懂。」情急之下，她忘了男孩的殘疾，只想到要讓他多開口，於是說：「我沒看過人家打獵，但我想你應該懂很多。」

「我以前常常打獵，可是現在不行了，因為我騎馬跳過一個可惡的木柵門，摔倒受傷，就再也不能騎馬，也不能追獵犬了。」法蘭克嘆口氣，讓貝絲懊惱自己的無知，說錯了話。

「你們英國的鹿比我們的水牛漂亮多了。」她連忙轉向草原尋找話題，慶幸自己讀過喬喜歡的一本男生書籍。

結果證明，水牛這個話題帶來平靜，令人滿意。貝絲一心想逗對方開心，結果忘卻自己的害羞。貝絲原本對可怕的男生避之唯恐不及，還求人幫忙抵擋，現在竟能對著男生侃侃而談。姐姐們見到眼前這個非比尋常的場面，一臉詫異又高興，她對這點也渾然不覺。

「她真善良！她同情他，所以對他這麼好。」喬說，在槌球場上笑容燦爛地望著貝絲。

「我早就說過她是個小聖人。」梅格接著說，彷彿這點不容置疑。

「我好久沒聽法蘭克笑得這麼開心了。」葛蕾絲對艾美說。她們正在討論娃娃，還有該怎麼用橡實的殼斗當茶具組來扮家家酒。

「只要我姐姐願意，就可以『吹毛求疵』。」艾美說，對貝絲的成功感到開心，但她想講的其實是「豔驚四座」。其實葛蕾絲這兩句都不理解，她只是覺得聽起來很有分量，於是她心中對艾美留下了好印象。

就在一場即興的馬戲表演、棋戲以及和平的槌球賽中，這個下午即劃上句點。日落時分，大家拆下帳篷，將物品裝入提籃中，拔起槌球球門，將東西全部放上船，然後整群人乘船順流而下，一面引吭高歌。

奈德突然有些感性，高唱一首小夜曲，副歌相當哀愁。「孤單、孤單，啊！如此悲傷，又孤單……」

當奈德唱到「我倆正當青春年少，各懷似水柔情，噢，為何相隔如此冷漠的距離」時，以委靡的眼神望向梅格，害她忍不住大笑，破壞了他歌曲的氣氛。

「妳怎麼可以對我這麼殘忍？」他趁著眾人活潑合唱時，悄聲說：「妳整天都和那個古板的英國女人黏在一起，現在又故意冷落我。」

「我不是故意的，可是你的表情實在太有趣，我才忍不住。」梅格回答，刻意將他前半部的責備敷衍過去。她確實刻意躲著他，因為她還記得莫法特家的派對以及後來的閒言閒語。

奈德不高興了，於是轉向莎麗尋求安慰，他氣鼓鼓地對她說：「那個女生完全不懂情趣。」

「是啊，不過她真是個甜姐兒。」莎麗回話，坦承了朋友的缺點，卻也同時替她辯護。

「只怕甜死人不償命。」奈德有意展現機智，但結果就和一般年輕男孩那樣心有餘，而力不足。

在最初聚集的那一片草坪上，一行人熱絡地互道晚安與話別，因為沃恩家接著要前往加拿大。四姐妹穿過庭院回家的時候，凱特小姐望著她們的背影，口氣不再高高在上地說：「這些美國女孩雖然不夠含蓄，不過一旦熟了，就會覺得她們很不錯。」

「我非常同意。」布魯克先生說。

13 空中樓閣

九月一個溫暖的午後，羅利悠閒地躺在吊床裡來回搖盪，納悶鄰居們不曉得在忙什麼，卻又懶得去一探究竟。

他心情不好，因為那天沒什麼收穫，也過得不順，他巴不得可以重來一回。炎熱的天氣讓他相當懶散，不只蹺了課、挑戰布魯克先生的耐性極限，又花了大半下午練琴，惹得爺爺不高興，更惡作劇地暗示家裡有一隻狗發了瘋，嚇得女僕們魂不附體的，又沒來由地指責馬夫疏忽他的馬，雙方大吵一架。

最後，他把自己拋到吊床上，為了身邊淨是些蠢人而怒火中燒，但當天的美好寧靜又讓他不由自主平靜下來。他盯著頭頂上方七葉樹的濃密綠蔭，天馬行空地盡情幻想。正當他想像自己環遊世界，正在海面上翻騰起伏時，一陣喧鬧聲將他轉眼間拉回現實中。透過吊床的網眼望去，他看見馬區四姐妹步出家門，一副要出門探險的模樣。

「那些女生又想做什麼了？」羅利想，睜開惺忪的睡眼仔細一瞧，這幾個鄰居的打扮有點奇特。人人頭戴寬大的帽子，肩上扛著一只棕色麻布袋，手拄一根長杖。梅格帶了個靠枕，喬拿了一本書，貝絲提了籃子，艾美夾著畫冊，她們走出屋後小門，開始登上住家和河流之間的小山丘。

羅利對自己說：「哼，真是沒意思！去野餐竟然不找我，她們應該不是要划船，因為她們沒鑰匙。也許是忘了，我拿鑰匙去給她們好了，順便她們看看到底怎麼回事。」

明明有六頂帽子，可是羅利卻花了不少時間才找到一頂。接著又找了半天鑰匙，最後才發現在口袋裡，所以等他翻過籬笆追上去時，四姐妹已經不見蹤影。他抄捷徑趕到船屋，等著她們現身，卻遲遲不見人來。他又爬上山丘看個清楚，山丘上有一片小松林掩映的綠地，綠意深處傳出了聲響，比松樹的輕嘆和令人昏睡的蟋蟀鳴唧更為清晰。

「好美的景象！」羅利心想，視線透過灌木叢望去，這時似乎已經完全清醒，又恢復了好性情。

眼前的小畫面確實很美麗，因為四姐妹一同坐在樹蔭遮蔽的角落裡，光影在她們身上閃閃滅滅的，帶著花香的風撩起她們的秀髮，吹涼她們熱燙的臉頰。林子裡的小生物繼續忙著自己的事，彷彿她們不是陌生人，而是一群老朋友。梅格坐在她的靠墊上，白晰的手細密地做著針線活，一襲粉紅洋裝在綠地的襯托下，有如一朵清新嬌美的玫瑰。貝絲篩選著附近鐵杉底下厚厚堆積的毬果，能讓她拿來做成漂亮的東西。艾美正在畫一叢蕨類的素描。喬一面打毛線，一面高聲朗讀。男孩看著她們，臉龐掠過一抹陰影，他覺得自己不請自來，該離開才對，但仍流連不去，因為家裡感覺好寂寥，而林子裡這場安靜的聚會卻深深吸引了他煩躁的心。他站定不動，有一隻忙著採集的松鼠衝下他身旁的一棵松樹，突然看到他後便連忙往後一跳，像在尖聲責罵。貝絲抬起頭來，看見樺樹後方那張渴望的臉龐，她漾起令人安心的笑容，並向他招手。

「我可以加入嗎？會不會打擾呢？」他問，緩緩往前走。

梅格挑起眉毛，但喬瞪了她一眼表示不服，然後立刻說：「當然可以，要不是因為擔心你對這種女生的遊戲沒興趣，不然早就邀你了。」

「妳們的遊戲我都喜歡，但梅格如果不希望我加入，我就離開。」

「我不反對，前提是你要找事情做，在這裡是不能遊手好閒的。」梅格回答，口氣嚴肅但態度大方。

「太感謝了。如果妳們讓我待一下，要我做什麼都行，家裡就和撒哈拉沙漠一樣無聊。要我縫紉、朗讀、撿松果、畫畫都好，還是通通一起來？儘管出招，我準備好了。」羅利坐下來，順從的表情讓人看了很欣喜。

「趁我處理襪跟的時候，把故事讀完吧。」喬說著便把書遞給他。

「是的，小姐。」他溫順地回答，卯盡全力朗讀起來，以便證明自己對於有幸加入「忙碌小蜜蜂社團」而心懷感激。

故事並不長，唸完之後，他斗膽地提出幾個問題以犒賞自己。

「請問，這個很具教育意義且迷人的組織，是剛剛成立的嗎？」

「妳們誰來告訴他？」梅格問妹妹們。

「他會笑我們的。」艾美警告說。

「誰在乎啊。」喬說。

「我覺得他會喜歡。」貝絲接著說。

「我當然會喜歡！我保證絕對不笑。說吧，喬，別怕。」

「誰怕你啊！」

「欸，是這樣的，我們以前會玩《天路歷程》的遊戲，最近很認真在執行，整個冬天直到夏天都是。」

「對，我知道。」羅利知情地點點頭。

「誰告訴你的？」喬質問。

「小精靈。」

「不是啦，是我。有一天晚上妳們不在，他心情不好，我想逗他開心，他聽了很喜歡，所以別罵人，喬。」

「妳啊，就是守不住祕密，算了，正好省得我多費唇舌。」

「拜託，妳就說下去嘛。」看到喬繼續專心工作，神情也有點不悅，羅利便這麼說。

「噢，她沒和你提過我們這個新計畫嗎？是這樣的，我們不想浪費假日，所以每個人各找一項任務，然後全心投入。假期快結束了，該做的也都完成了，我們很高興沒有浪擲光陰。」

「是啊，我也這麼想。」羅利想到自己這陣子遊手好閒，心生懊悔。

「媽媽希望我們多出門活動，所以我們將工作帶來這裡，度過愉快的時光。為了好玩，我們把東西裝進布袋，戴上舊帽子，撐著杖子爬山，扮演朝聖者，就像許多年前那樣。我們將這座山叫『歡樂山』，因為從這裡可以放眼遠眺，看到我們希望將來有一天能住的國度。」

喬指向遠方，羅利坐起身跟著望去，透過樹林間的縫隙望見一片草原，就在寬闊蔚藍的河流對面，視線繼而越過更遠的大城郊區，直抵與天相連的綠色丘陵。太陽低垂，璀璨的秋日夕陽在天際閃耀。丘陵頂端層疊了金色和紫色的雲朵，幾座銀白色的尖峰高高聳入紅霞之間，輝煌有如天國中的夢幻尖塔。

「好美啊！」羅利柔聲說，他對美的感受十分敏銳。

「常常都這樣，我們很喜歡看這裡的風景，每次看到的景致都不一樣，但總是精采。」艾美回答，巴不得能把景致全畫下來。

「如喬剛剛說的，我們希望有一天能去住的地方，指的是真正的鄉間，有豬、有雞，還要曬牧草。這樣當然滿好的，不過，我倒希望上頭那個美麗國度是真的，希望我們有一天能夠住進去。」貝絲沉思地說。

「如果我們表現得夠好，未來就能去更美好的國度。」梅格用甜美的嗓音說。

「感覺要等好久，實行也很困難，真想如那些燕子一樣，馬上飛進那扇雄偉的大門。」

喬說：「貝絲，妳遲早會到那裡去的，別擔心。我才是那個必須拚命努力、攀爬又等待的人，搞不好我永遠也進不去呢。」

「妳放心，有我陪妳。我還有很長的路要走，才能見到妳們的『天國』。如果我晚到了，貝絲，妳會幫我說點好話吧？」

男孩臉上有種神情，讓小女孩微微不安，但她沉靜的眼神盯著變幻萬千的雲彩，開朗地說：「如果有人真的想去，而且一輩子都很努力，我想他們就進得去。

我覺得那扇門沒上鎖，門口也不會有守衛。我想像中的天國就像那本書裡畫的那樣，那個可憐的基督徒從河裡走出來時，會有光明使者伸出雙手迎接他。」

「如果我們的空中樓閣都會實現，還能住進去，那多有趣啊？」喬靜了一下之後說。

「我的空中樓閣太多了，真的要選一個也滿難的。」羅利說，平躺在地面，拿松果丟那隻害他暴露行蹤的松鼠。

「就選最喜歡的那個啊。是哪個呢？」梅格問。

「如果我說出我的想法，妳們也會說吧？」

「好，如果妹妹們願意的話。」

「願意，好了，羅利你說吧。」

「等我全世界看過一圈後，我想在德國定居，隨心所欲享受音樂。我要成為知名音樂家，全世界爭相聽我演奏，我永遠不必擔心錢或事業，只需要享受人生，為我喜愛的事物而活，這就是我最愛的空中樓閣。梅格，妳呢？」

梅格似乎有點說不出口，於是拿起蕨葉在臉前晃晃，彷彿要驅趕想像中的蚊蟲，接著才緩緩說出：「我想要一間美麗的房子，裡面有各種奢華的東西，有美食、華服、漂亮家具、相處愉快的人，及許多、許多的財富。我要當女主人，照自己的意思持家，底下有很多僕人，我什麼家事都不必做。這樣會有多快樂啊！但我也不會閒著，我會做很多善事，讓大家都喜歡我。」

「妳的空中樓閣裡，沒有男主人嗎？」羅利狡猾地說。

「我剛都說了，有『相處愉快的人』。」梅格一邊說話，一邊仔細地綁著鞋帶，這樣大家就不會看到她的表情。

「妳怎麼不乾脆說，要有一個優秀、聰明又善良的先生，還有幾個天使般的小孩呢？妳也知道的，妳的樓閣缺了這些就不完美了。」喬直白地說，她還沒有這般柔情的幻想，除了對書裡的描寫，她向來對談情說愛頗為鄙夷。

「妳的樓閣裡一定只有馬、墨水台及小說。」梅格生氣地回答。

「對呀！我會有整整一個馬房的阿拉伯駿馬、好幾個堆滿書本的房間，然後以神奇墨水台寫作，這樣我的作品就會和羅利的音樂一樣有名。在進入我的樓閣以前，我想做一些轟轟烈烈的事情，這樣死去後就不會被遺忘，我還不知道是什麼事，但就是英勇又美妙的事蹟，我正在留意，總有一天會把大家都嚇一跳。我想，我會出書、賺大錢、遠近馳名，這樣很合我的意，這就是我的最大夢想。」

「我的夢想，是和爸爸、媽媽平安待在家裡，幫忙照料家人。」貝絲滿足地說。

「妳沒有其他願望嗎？」羅利說。

「有小鋼琴我就很滿足。只希望大家身體都健康，能永遠在一起，就這樣。」

「我有許多願望，但最喜歡的就是當藝術家，到羅馬去創作很多精采作品，成為世界上最優秀的藝術家。」這是艾美的小小願望。

「除了貝絲之外，我們這些人真有野心。我們每個人都想要富有、出名，希望自己樣樣都傑出。我很好奇，我們之中最後是誰能夢想成真。」羅利嚼著草說，恍若沉思的小牛。

「我已經有我樓閣的鑰匙了，只是那扇門打不打得開，還有待觀察。」喬神祕兮兮地說。

「我也有我樓閣的鑰匙，但還不能試開。那該死的大學！」羅利嘀咕，不耐地嘆口氣。

「我的鑰匙在這裡！」艾美揮著鉛筆。
「我什麼鑰匙也沒有。」梅格落寞地說。
「有，妳有。」羅利立刻說。
「在哪裡？」
「在妳臉上。」
「胡說，那又沒用。」
「妳等著看，看它是否會為妳帶來好事。」羅利回答，想到自己掌握一個小祕密，不禁呵呵笑了。
在蕨葉後面的梅格紅了臉，但她什麼也沒問，目光投向河流對岸，臉上的期盼神情，就和布魯克先生講騎士故事的時候一樣。
「如果十年後我們都還活著，就再聚一次，看看幾個人實現夢想了，或是朝夢想前進了多少。」喬總是不缺計畫。
「天啊！那時我都幾歲了，二十七了耶！」梅格驚呼，她才剛十七歲，早已覺得自己長大了。

「羅利，那時我和你都二十六歲了，貝絲二十四、艾美二十二，都是些德高望重的老人家嘍！」喬說。

「我希望到了那時，我已完成一些值得驕傲的事。不過，我這個懶骨頭，恐怕會一直『浪擲光陰』下去啊，喬。」

「就像媽媽說的，你需要一點動機。等你有了動機，她保證，你必定能有亮眼表現。」

「是嗎？那我發誓，只要有機會，我一定好好表現！」羅利嚷嚷，頓時精力充沛地坐直身子。「光是能逗爺爺開心，我就應該要覺得滿足，我也很努力，可是老實說，這種事情違反了我的本性，妳們也知道，實在很吃力。他要我繼承衣缽，到印度做生意，可是我寧可挨一槍。我討厭茶葉、絲綢和香料，還有他那些老船運回來的各種垃圾。到我接手的時候，我才不在乎那些貨輪是否會下沉。光是我上大學，就應該能讓他滿意才對。按理說，如果我將四年的時光獻給他，他就不該再逼我做生意才對。但他心意已決，非要我照他的路走不可。除非我離家出走去追夢，就像我爸爸那樣。如果那個老人家身邊有人陪，我明天就遠走高飛。」

羅利說得情緒激動，彷彿再受一點刺激，就要將威脅付諸行動，因為他成長得很快，儘管懶散，卻和一般年輕人一樣痛恨屈從、躁動不安，渴望在這世界闖蕩一番。

喬說：「我建議你，到時候就搭自己的船出航，除非嘗試了自己想要的生活，不然別回來了。」這樣大膽的行徑激發了她的想像力，而對她所謂的「羅利所受的委屈」更是深感同情。

「喬，這樣不對，妳千萬不能這樣說，羅利也絕對不能接受妳的糟糕建議。親愛的孩子，你應該照著你爺爺的心願去做。」梅格說，以最為慈愛的口吻。「在大學要好好用功，等他看到你努力討他歡心，我確定他態度會放軟，對你更公平。就像你說的，他身邊沒人陪他、愛他。要是你沒經過他允許就擅自離開，你會永遠沒辦法原諒自己。別再自怨自艾，盡好自己的本分，你就會得到獎賞，也就是受人敬重和愛戴，就像布魯克先生那樣。」

「妳對他瞭解多少？」羅利雖感謝她提供建議，但不喜歡聽訓，所以在少見的情緒爆發後，將話題從自己身上轉開。

「就你爺爺、和我們媽媽說過的那些事，說他細心照顧母親直到過世，說他因為不肯拋下母親，拒絕出國擔任上流家庭的家教。還有他現在還在奉養曾看護他母親的老太太，而且從沒向別人提起。他總是盡力做個慷慨大方、耐心善良的人。」

「他的確是，他真是個好傢伙！」羅利真摯地說。梅格頓了頓，說故事說到臉龐泛紅，神情誠懇。「爺爺背著他，查出他的底細，再把他的優點告訴其他人，這樣大家都會欣賞他，這就是爺爺的作風。布魯克一直不明白，妳們媽媽為何對他如此親切，常邀他和我一起去妳們家，親切又友善地招待。他覺得她簡直十全十美，掛在嘴邊連說好幾天，講起妳們全家，他就熱情洋溢。如果我的夢想能夠實現，等著看我能如何好好為他做點什麼。」

「從現在就可以開始——別再折磨他了。」梅格嚴厲地說。

「小姐，妳怎麼知道我折磨他？」

「看他離開你家時的臉色就知道了。你表現得好，他就會一臉滿足、步伐輕快。如果你折磨他，他就一臉嚴肅、步伐緩慢，彷彿想回頭，把工作做得更好。」

「哼，妳這麼厲害啊！原來靠著布魯克的表情，妳就能記錄我成績好或壞，是吧？我看到他路過妳窗邊時會鞠躬微笑，但我不知道原來你們還能打暗號。」

「才沒有，你別生氣。噢，你別和他說我說了什麼！我只是想讓你知道，我關心你的學習狀況，剛剛在這裡說的話都要保密，知道吧。」梅格嚷嚷，想到自己這番無心的話，傳出去會招來什麼後果，就驚恐不已。

「我這個人才不打小報告的。」羅利回答，而且用他那種專屬的「不可一世」的態度——喬都是這樣形容他偶爾會露出的表情。「只是既然布魯克要當溫度計，我就要小心，讓他有好天氣可以通報。」

「拜託，別生氣嘛，我不是想說教或是打小報告，也不是亂說傻話。我只是覺得，喬慫恿你做的事，如果你照做，以後會後悔的。你對我們這麼好，我們把你當兄弟看待，想到什麼就說什麼。原諒我吧，我是一片好意。」梅格親暱又膽怯地伸手表示友好。

羅利為了自己一時賭氣而感到羞愧，便握了握友善的小手，然後坦率地說：「我才要請妳原諒我，我今天整天都很煩躁，情緒也不好。妳提醒我有什麼缺點，就像姐姐那樣，我很高興，所以就算我有時候會亂發脾氣，也請別介意，我內心還是很感謝妳。」

為了表示自己沒生氣，羅利盡量表現得特別討喜，不只替梅格纏棉線、朗讀詩詞取悅喬，為貝絲搖落松果，並且幫忙艾美整理蕨類——他要證明，自己加入「忙碌小蜜蜂社團」當之無愧。正當大家熱烈討論著烏龜的習性（有一隻這種友善動物剛從河裡爬出來），遠處傳來隱約的鈴聲，是漢娜在提醒她們，茶剛沖了熱水，該準備回家吃晚餐了。

「我可以再來嗎？」羅利問。

「可以啊，如果你守規矩、愛讀書，就像兒童讀本裡要求小男孩做的那樣。」梅格面帶笑容說。

「我會努力試試。」

「那你就可以來，到時我教你怎麼用蘇格蘭式的織法，現在襪子供不應求呢。」喬補了一句，揮揮手裡的織物，就像一面藍毛線織成的大旗。他們在柵門邊道別。

那天傍晚，貝絲在薄暮中為羅倫斯先生彈奏。羅利站在窗簾的陰影裡，傾聽這位有如聖經小大衛的小演奏者，她單純的樂音總能平撫他陰鬱的情緒。他看著老人家坐在那裡，用手撐著滿頭花白的腦袋，溫柔地想著他曾如此深愛卻已離開人世的孫女。

羅利憶起那天下午的對話，決心做出犧牲而且也出於心甘情願，他對自己說：「我會放棄我的空中樓閣，在這親愛的老人需要我時，陪在他身邊，因為他也只剩下我了。」

14
祕密

到了十月，喬不時在閣樓裡忙碌著，因為天氣開始轉涼後，午後時光也縮短了。一天之中總有兩三個小時，閣樓的高窗會灑入陽光，暖暖地落在喬身上。她坐在舊沙發上振筆疾書，眼前的大皮箱上鋪開了稿紙。她的寵物鼠扒扒就在頭頂上的橫梁上散步，身邊帶著長子，一個優秀的小伙子，顯然很以自己的幾根鬍鬚為傲。喬心無旁騖地寫個不停，直到填滿最後一張稿紙，然後大筆一揮、簽好名字，最後拋開筆喊道：「好了，我已經盡力了！要是這樣還不夠好，那就等到我功力更強的時候吧。」

她往後朝沙發一躺，仔細讀過這份手稿，在這裡、那裡加上破折號，添進不少像小氣球的驚嘆號，最後用一條漂亮的紅緞帶捆好書稿，然後端坐片刻，嚴肅又期盼地盯著它看，充分顯示她投注了大量的心血。喬在樓上的書桌，其實是掛在牆上的箱型鐵皮烤爐。她平日會把稿子和幾本書收在裡頭，免得被扒扒發現。扒扒也很有文藝才情，喜歡在書海中倘佯，若將書留在箱子之外，牠見到就啃，灑得到處都是碎紙。喬抽出鐵皮箱裡的另一份手稿，然後將這兩份稿子一起塞進口袋，悄悄走下樓，讓鼠友們去啃她的筆、嚐她的墨水。

她戴起帽子、穿上外套，盡可能不發出聲響，然後從後頭的窗戶爬到矮處的迴廊頂上，再往下跳到草坡，然後繞一圈來到馬路上。接著定定自己的心神，攔下路過的出租馬車，跳上車子進城去，神色歡喜又神祕。

如果這時有人看著她，肯定會覺得她的一舉一動詭異非常，因為她一下車就快步前行。走到一條繁忙街道上，費了番功夫找到某個門牌號碼，步入門口，順著骯髒的階梯往上窺看，站定片刻之後，突然又返回大街，以來時的速度匆匆離去。就這樣來回反覆數次，對街的建築物裡有個黑眸的年輕紳士正悠閒倚在窗前，看得興味盎然。喬第三次返回時，她甩甩頭、鼓足勇氣，將帽沿拉低蓋過雙眼，然後走上樓，一副準備要拔掉整口牙齒的樣子。

門口掛有幾個招牌，其中一個是牙醫的招牌，另外配上一副道具美齒，正緩緩地一開一闔，吸引路人的注意。年輕紳士盯著那個道具片刻，披上外套、拾起帽子，下樓走到對面大門站定，打了個寒顫，微笑說道：「單槍匹馬前來，正是她的作風。不過如果過程不順利，就會需要有人陪她回家。」

十分鐘後，喬奔下樓，臉漲得通紅，彷彿剛剛經歷了嚴酷的試煉。見到這位年輕紳士，她並不高興，只是點個頭擦身而過，但他追了上去，同情地問：「很不順利嗎？」

「有點。」

「這麼快就好了啊。」

「對啊，謝天謝地。」

「為什麼要一個人去？」

「不想讓別人知道。」

「真的沒見過比妳怪的人，拔了幾顆？」

喬一臉茫然看著朋友，接著哈哈大笑，彷彿發現什麼令人捧腹的事情。

「我希望是兩顆啦，但還要等一個星期。」

「笑什麼啊？妳有什麼陰謀喔，喬。」羅利不解地說。

「你還不是一樣。先生，請問你在那間撞球廳做什麼？」

「抱歉，小姐，那裡不是撞球廳，是健身房，我在學擊劍。」

「太好了。」

「怎麼說？」

「你可以教我啊。等我們演《哈姆雷特》的時候，你就可以扮演萊阿提斯，我們可以把擊劍的場面演得有聲有色。」

羅利開懷大笑，是那種男孩的暢快笑法，幾個路人聽到也不由自主露出微笑。

「不管要不要演《哈姆雷特》，我都能教妳，擊劍不但有趣，還能讓人抬頭挺胸。只不過我覺得，妳剛剛用那麼堅定的語氣說『太好了』，原因不只這樣吧？」

「對，我很高興你沒上撞球廳，我希望你從未去過，你有嗎？」

「不常去。」

「希望你不要再去了。」

「喬，那又沒什麼，我家裡也有撞球桌，可是沒有好對手也不好玩，因為我喜歡撞球，所以有時候會找奈德．莫法特或其他傢伙一起玩玩。」

「天啊，真遺憾。你會越來越著迷，然後浪費時間和金錢，最後變得像那些可怕的男孩一樣。我希望你一直受人敬重，讓朋友也覺得信任。」喬搖著腦袋說。

「只是偶爾來點無傷大雅的消遣，就會失去別人的敬重嗎？」羅利說，神情有點惱怒。

「就看在哪裡做什麼消遣了。我不喜歡奈德和他那些朋友，希望你也遠離他們。媽媽不讓我們邀他們來家裡，雖然他一直想來。你以後如果變成像他那樣，媽媽就不願意讓我們在一起胡鬧了。」

「是嗎？」羅利焦慮地問。

「對啊，她受不了追求時尚的年輕人，寧可把我們鎖進置物盒裡，也不要我們和他們打交道。」

「她現在還不需要搬置物盒出來，我不是愛追求時尚的人，只是偶爾喜歡來點無害的娛樂，妳難道不喜歡？」

「是啊，無害的話是不會有人在意，那就儘管玩吧，只是要小心別玩得太過火，要不然我們的好日子可要結束了。」

「我會努力做個超級大聖人。」

「我可受不了聖人，只要做個單純、誠實、得體的人就夠了，這樣我們就永遠不會遺棄你。如果你像金家的兒子那樣，我不知道我該怎麼辦才好。他家很有錢，卻不懂得該怎麼花錢，結果喝酒賭博、離家出走，我想他還偽造父親的簽名。總之，可怕到極點。」

「妳覺得我也會做那種事嗎？還真是謝謝啊。」

「不，才沒有，天啊，不是的！只不過，我聽人們說金錢的誘惑力很大，有時候我還真希望你家沒錢，這樣我就不用擔心了。」

「喬，妳會擔心我？」

「有一點，有時候看你一臉憂鬱或不滿的時候。因為你很固執，一旦踏錯一步，我怕就很難阻擋你。」

羅利默默走了幾分鐘，喬看著他，巴不得自己剛才沒多說那些話，因為他的眼神流露怒意，雖說嘴角含笑，彷彿欣然接受她的提醒。

「回家的路上，妳打算一路對我說教嗎？」他接著問。

「當然不是，怎麼了？」

「因為如果妳要訓話，我就自己去搭出租馬車。不然就跟妳一起走回去，而且要跟妳說件很有趣的事。」

「我不會再說教了，而且我很想聽你的消息。」

「很好，那我們就走吧。這是個祕密，如果我跟妳說了，妳也要告訴我關於妳的祕密。」

「我才沒有祕密。」喬話沒說完突然打住，想起自己確實有祕密。

「明明就有，妳什麼都藏不住，所以從實招來，要不然我也不要說了。」羅利嚷嚷。

「你的祕密有意思嗎？」

「噢，當然了！都和妳認識的人有關，絕對有意思！妳應該要聽聽看，我老早就想說了。來吧！妳先開始。」

「可是回到家後，什麼都不能說喔。」

「隻字不提。」

「私底下也不能取笑我喔。」

「我從來不取笑別人。」

「才怪，你老是能從別人身上挖出你想要的事情。我不知道你是怎麼辦到的，不過，你天生就很會花言巧語。」

「多謝了，說吧。」

「嗯，我拿了兩篇故事給報社的人，他說下星期會給我回覆。」喬對著密友低聲說。

「美國知名作家馬區小姐萬歲！」羅利嚷嚷，將帽子往上拋之後再接住。兩人已經離開市區，他的舉動大大逗樂了附近的兩隻鴨子、四隻貓、五隻母雞，以及六、七個愛爾蘭小孩。

「噓！可能不會有任何結果，可是我總得試試看才會甘心。我什麼都沒提，就是因為不想讓其他人失望。」

「一定會成功的！欸，喬，比起每天登出來的那大半的垃圾，妳寫的東西可是莎士比亞等級的。看自己的作品成了印刷的文字，多麼有趣啊！大家都會以我們的女作家為榮的吧？」

喬雙眼閃現光芒，有人相信自己的能力，總是令人開心，而朋友的讚美往往比報紙上的一打讚詞來得甜美。

「那你的祕密呢？要公平，羅利，要不然我再也不相信你了。」她說，以試著撲滅那些鼓勵的話所燃起的希望烈火。

「說出來可能會害我惹上麻煩，可是我也沒答應不說，所以我就說吧，只要有好消息沒告訴妳，我就覺得不安。我知道梅格的手套在哪裡。」

「就這樣？」喬一臉失望地說。羅利點點頭，雙眼閃閃發光，一臉寫滿神祕的情報。

「點到為止就夠了。等我告訴妳在哪裡，妳也會同意我的作法。」

「那就說吧。」

羅利彎身，在喬的耳畔悄聲說了三個字，這幾個字引發了有趣的轉變。

她停下了腳步、瞪著他片刻，一臉的詫異及不悅，然後又繼續往前走，厲聲地說：「你怎麼知道？」

「我看到的。」

「在哪裡？」

「口袋。」

「一直都在？」

「對啊，很浪漫吧？」

「才怪，太可怕了。」

「妳不喜歡？」

「我當然不喜歡，這太荒謬了，怎麼可以這樣。我的天啊！真不知道梅格會說什麼。」

「我提醒妳，妳誰也不能說。」

「我又沒答應你。」

「這是默契，而且我是信任妳才說的。」

「哼，反正我暫時不會說，可是這種事情好討厭，真希望你沒告訴我。」

「我還以為妳會很高興呢。」

「高興有人要帶走梅格嗎？不必了，多謝。」

「等有人要把妳帶走的時候，妳就會覺得好過一些了。」

「我倒想看看誰敢來試。」喬惡狠狠地說。

「我也想看看！」羅利想著想著，竊笑起來。

「我覺得我不適合聽祕密，你和我講了之後，我的腦袋就亂成一團了。」喬忘恩負義地說。

「跟我一起下這個斜坡，看誰跑得比較快。比完以後，妳就會好起來了。」羅利提議。

四下無人，眼前就是誘人的平坦坡道，喬發現自己抵抗不了，於是拔腿狂奔起來，任由帽子和梳篦飛落身後，髮夾一路散落。羅利率先抵達終點，看到自己開出的藥方很有成效，自己也頗為滿意：喬髮絲飛揚、氣喘吁吁跑過來，有如亞特蘭妲[20]，她雙眼晶亮、面頰紅潤，臉上不見一絲不悅。

「真希望我是一匹馬，這樣我就可以在這個好天氣裡一路奔馳好幾哩，也不會上氣不接下氣的。太棒了，不過看看我，都變成男生了。去吧，小天使，幫我把東西撿回來。」喬說，跌坐在楓樹下，深紅楓葉鋪滿了整個斜坡。

羅利氣定神閒地回頭去撿遺落的物品，喬把髮辮再盤起來，希望在整頓好儀容以前，不會有人經過。但偏偏就有人路過，而且還是梅格。梅格出門訪友，一身盛裝，特別有淑女的韻味。

「妳在這裡做什麼？」她看著披頭散髮的妹妹，一臉詫異但不失風度。

「撿葉子。」喬溫順地回答，挑撿著隨意撈起的紅葉。

「還有髮夾。」羅利接著說，朝喬的懷裡丟了六、七支髮夾。「梅格，這條路上長了髮夾，還長了梳篦和棕色草帽呢。」

「喬，妳又用跑的了，怎麼可以這樣？到底什麼時候妳才能不橫衝直撞的？」梅格語帶斥責地說，一面理理袖口、順順她剛才被風吹亂的髮絲。

「我會一直跑到又老、又僵硬，不得不撐枴杖為止。梅格，別逼我提前長大，單是看妳突然改變就夠難受的了，就讓我當個小女孩，越久越好。」

為了掩住嘴唇的顫抖，喬一邊說話，一邊彎身看著那些楓葉。近來，她覺得梅格迅速變成一個女人，她害怕姐妹們遲早要分開，而羅利的祕密又讓分離的日子似乎就近在眼前。羅利看到喬苦惱的神色，為了轉移梅格的注意力，便問：「妳打扮得這麼美麗，是去拜訪誰呢？」

「到葛迪納家去了，莎麗一直在跟我說貝兒．莫法特的婚禮。聽說婚禮非常盛大，新人還到巴黎去過冬呢，想想那有多愉快啊！」

「梅格，妳羨慕她嗎？」羅利說。

「恐怕是的。」

「太好了！」喬嘀咕，使勁綁緊帽子。

「為什麼？」梅格問，一臉驚訝。

「因為如果妳很在乎錢，就不可能去嫁窮人。」喬說，一邊對羅利皺眉，而羅

20 Atalanta，希臘神話中的女獵人、跑者的女神。身為阿卡迪亞的公主，她對婚姻沒興趣，向父王表示，若追求者能跑贏她就可娶她為妻，跑輸的人則死路一條。

利正無聲地警告她小心講話。

「我永遠不會『去嫁』任何人。」梅格說，神氣十足地往前走。羅利和喬跟在後面，不只一邊嘻笑耳語，還朝著河面拋小石打水漂。「表現得跟孩子似的」，梅格自言自語，不過要不是因為她一身盛裝，恐怕也會忍不住加入他們的行列。

接下來的一兩個星期，喬的表現詭異至極，讓姐妹們滿頭霧水。郵差來按門鈴時，她會衝到門口；只要遇到布魯克先生，態度都很無禮；也常常坐在梅格面前，一臉哀愁地望著她，偶爾還會突然跳起來、甩甩腦袋，跑過去親親她，作風神祕而難解。她也不時和羅利互打暗號，不停討論什麼『展翅鷹』，大家都覺得他們兩個精神錯亂了。

喬從窗戶爬出去之後的第二個星期六，梅格坐在窗邊做針線活，震驚地看到羅利在花園裡追著喬到處跑，最後在艾美的棚架底下逮到她。梅格看不到那裡到底發生了什麼事，不過聽得見陣陣尖亢的笑聲，接著又是幾聲呢喃和大動作翻報的聲響。

「我們該拿這個女孩怎麼辦？她永遠也端不出淑女的模樣。」梅格嘆氣，不滿地看著他們那場追逐。

「我希望她不會改變，她這樣好笑又可愛。」貝絲說，喬有祕密卻沒和她分享，讓她心裡有點受傷，但她絕對不會表現出來。

「真的好難，我們永遠也沒辦法逼她守規矩。」艾美說。她坐著替自己做新縐飾，頭上的鬈髮綁得很漂亮，這兩件事讓她覺得自己格外優雅。

幾分鐘後，喬蹦蹦跳跳地走了進來，往沙發一躺，假裝在看報。

「報上有什麼新鮮事嗎？」梅格高高在上地問。

「只是篇故事，沒什麼的，我想。」喬回話，小心遮住報上作者名字。

「妳還是大聲讀來聽聽吧，娛樂我們一下，免得妳閒著又惹麻煩。」艾美用她最成熟的口吻說。

「故事叫什麼名字？」貝絲說，納悶不懂喬為何一直用報紙遮住臉。

「《畫家之爭》。」

「聽起來不錯，讀吧。」梅格說。

喬大聲清清喉嚨，深吸一口氣，開始用很快的速度讀了起來。姐妹們聽得津津有味，因為故事內容很浪漫，有點悲情，最後角色們幾乎都死了。

「我喜歡故事裡描述精采畫作的部分。」喬停頓的時候，艾美表示讚許。

「我更喜歡講戀人的部分，薇拉和安傑羅是我們最愛的兩個名字，這不是滿奇怪的嗎？」梅格抹抹眼睛，因為戀人那部分以悲劇收場。

「是誰寫的？」貝絲問，瞥見了喬的臉。

朗讀的人突然坐直身子、拋開報紙，露出一張泛紅的面孔，高聲回答：「妳姐姐！」滑稽的語氣結合了嚴肅和興奮。

「是妳？」梅格嚷嚷，拋下手頭的工作。

「寫得很好呢。」艾美評論。

「我就知道！我就知道！喬，我好以妳為榮！」貝絲衝過去擁住姐姐，為她的輝煌成就而雀躍不已。

天啊，她們全都高興極了，梅格直到看見報紙上白紙黑字印下的「喬瑟芬・馬區小姐」，她才肯相信。艾美殷勤地點評故事裡關於藝術的部分，提示續集可以怎麼寫，只可惜這個構想無法實現，因為男女主角都已經死了。貝絲興奮不已，歡欣地又跳又唱。漢娜走進來大喊「哎唷喂呀，這也太厲害了！」，對著「喬的大作」驚愕得合不攏嘴。馬區太太得知消息時，驕傲無比。喬雙眼泛淚哈哈笑，請大家這一回就讓她好好虛榮一下。報紙在眾人的手上傳閱，有如「展翅鷹」[21]意氣風發地振翅飛越馬區的家上方。

「快和我們說吧。」「什麼時候來的？」「妳可以拿到多少稿費？」「爸爸會怎麼說呢？」「羅利肯定會哈哈笑吧？」一家人圍著喬，七嘴八舌如連珠砲似的。家裡只要有點小喜事，這些傻氣深情的人們就會大肆慶祝。

「大家，別再嘰嘰喳喳的了，我什麼都會告訴妳們的。」喬說，忖度柏尼小姐[22]對自己那本暢銷小說《伊芙琳娜》，還沒有她對自己的《畫家之爭》得意。說完交稿的過程之後，喬又補充說：「我去報社去問結果的時候，那個男士告訴我，兩則故事他都喜歡，可是他們不付稿費給新手，只會讓新手在報上刊登作品，

21 Spread Eagles，作者虛構的報紙名稱。
22 芬妮・柏尼（Fanny Burney, 1752-1840），英國諷刺小說家，1778 年推出小說《伊芙琳娜》（*Evelina*）。

透過特別的簡介來增加曝光機會。他說這是很好的練習，等新手的寫作功力進步了，許多報社都會願意出錢買稿。所以我把兩則故事都給他，今天就收到這一份報紙。因為剛好被羅利看到，他堅持要看，所以我就讓他看了。他說寫得滿好的，要我多寫一點，說他會幫忙爭取下一篇的稿費。噢，我好高興，這麼一來，我也許就能靠寫作維生，還可以幫忙姐妹們。」

說到這裡，喬一時換不過氣，連忙用報紙裹住頭，不由自主地掉了幾滴淚，沾濕了她的小故事。她最大的心願就是獨立自主，贏得親愛的家人讚賞，而這個事件似乎是邁向那個幸福目標的第一步。

15 電報

「一年當中，最令人討厭的就是十一月了。」瑪格麗特說，在陰沉的午後站在窗邊，望著飽受霜害的花園。

「所以，我才會在這個月出生。」喬悶悶地說，完全沒意識到自己的鼻子上沾了墨漬。

「如果現在發生一件很好的事，我們就會覺得這是個討人喜歡的月分。」貝絲說，對一切懷抱著希望，連十一月也是。

「也許吧，不過，我們家從沒發生過什麼快樂的事。」梅格說，正當看什麼都不順眼的時候，「我們一天又一天地辛苦工作，一點變化也沒有，也很少有什麼娛樂，簡直就像走跑步機[23]的罪犯。」

「天啊，我們今天還真憂鬱！」喬嚷嚷著。「這也難怪，小可憐，因為妳看別的女生能盡情地享受，而妳卻一年到頭都在辛苦工作。噢，我真是恨不得能夠扭轉妳的命運，就像我對自己筆下的女主角那樣！妳長得漂亮、個性又好。如果可以，我就會安排某一個有錢的親戚，出其不意地留給妳大筆財產。這樣妳就可以搖身變成名媛，睥睨那些曾經冷落過妳的人，到國外走一遭，然後以某某爵士夫人的身分光榮返鄉。」

「這年頭沒人以那種方式拿到財產了，男人得要工作，而女人得為了金錢嫁人。這個世界真是不公平。」梅格忿忿地說。

「我和喬會為妳們大家賺很多錢，等個十年，看我們做不做得到。」艾美說，她坐在角落裡用黏土捏鳥、水果和人臉的小模型，漢娜總是說她在做「泥巴派」。

「等不及了。我對墨水和泥巴恐怕不大有信心，但很感激妳們的好意。」

梅格嘆口氣，再次轉向霜凍的花園。

喬發出一聲哀鳴，兩隻手肘往桌上一靠，滿臉消沉。艾美依然精力旺盛地繼續拍打黏土。貝絲坐在另一扇窗邊，面帶笑容說：「馬上就會有兩件好事了，媽媽沿著我們家門前的街道走來，而羅利正穿過院子，好像有什麼好消息要說。」

他們雙雙進了門。馬區太太照常問道；「女兒們，爸爸來信了嗎？」羅利則很有說服力地說：「妳們沒人想兜風嗎？我數學算到腦袋一團亂，想出門繞繞清醒一下。今天天色陰暗，但空氣還不差。我順道載布魯克回家，所以就算戶外不好玩，在車廂裡也可以很愉快。來嘛，喬，妳和貝絲都來吧？」

「當然。」

「感謝，可是我在忙。」梅格快手拿出針線籃，因為她之前和母親說好了，為了自己著想，最好不要常和這位年輕紳士駕車出遊。

「母親女士，有什麼要我效勞的嗎？」羅利朝著馬區太太的椅子傾身，他向來以深情的神情和語調面對她。

「沒有，謝謝。不過如果可以的話，麻煩幫忙跑一趟郵局，親愛的。今天應

23 十九世紀時，英國監獄使用跑步機作為處罰犯人的刑具。犯人在轉輪槳葉上踩踏可用於抽水、為工廠供電、研磨穀物或驅動磨坊，或純粹懲罰。於十九世紀末停用，而二十世紀的六〇年代成為健身器具。

該有我們的信，郵差一直沒過來。爸爸的信一直像太陽般來得規律，也許這次在路上耽擱了。」

刺耳的門鈴打斷她的話，片刻之後，漢娜帶著一封信進來。

「是電報那種可怕東西，太太。」她說，遞電報的方式，彷彿害怕電報會爆炸而造成破壞。

一聽到「電報」兩個字，馬區太太立刻搶過來，讀完裡面的兩行字之後，整個人往後倒進椅子裡，臉色慘白，彷彿那一小張紙朝她心臟開了一槍。羅利衝下樓拿水，梅格和漢娜扶著她，喬用害怕的語氣大聲唸出：

馬區太太：

尊夫重病，速來。

——賀爾

布朗克醫院，華盛頓

眾人屏息傾聽時，房間變得如此安靜，屋外的天空竟然詭異地暗了下來。整個世界感覺突然風雲變色，女孩們圍在母親身旁，感覺自己人生中所有的幸福和支柱都將被奪走。

馬區太太轉眼恢復了平靜，將電報再讀一回，朝女兒們伸出雙臂，以她們永難忘懷的語調說：「我會馬上出發，不過可能已經太遲了，噢，孩子們，請幫我撐過去！」

有好幾分鐘，房裡只有啜泣的聲音，夾雜了安慰的破碎話語、互相扶持的溫柔保證，以及滿懷希望的呢喃，最後淚水淹沒了所有的聲音。可憐的漢娜是第一個振作起來的人，無意間為大家樹立了好榜樣，因為對她來說，工作就是治療痛苦的萬靈丹。

「願上帝保佑親愛的主人！不過我不會浪費時間哭泣，我馬上去替妳準備行李，太太。」她真心地說，用圍裙抹抹眼睛，伸出粗糙的手和女主人熱切地握手，然後離開去工作，效率高得恍如一人擔起三人份的工作。

「她說得對，現在不是哭的時候。女兒們，冷靜點，讓我思考一下。」

可憐的女孩們試著冷靜下來，她們的母親坐起身子，臉色雖然蒼白但態度沉穩，先將自己的悲傷擱在一邊，為女兒們思考並計畫。

「羅利呢？」她問。她已經理好思緒，敲定要先處理的事項。

「夫人，在這邊。噢，請讓我幫點忙！」羅利嚷嚷，從隔壁房間跑了過來。他覺得她們的悲傷太過神聖，即使交情甚篤，自己也不該窺探才是，於是先退去隔壁房間等著。

「回覆電報，說我馬上過去。下一班火車是明天清晨，我就搭那一班。」

「還有嗎？馬準備好了，我哪裡都能去，什麼都可以做。」

「捎個信給馬區姑婆，喬，給我筆和紙。」

喬從剛謄好的稿紙上撕下空白一側，將桌子拉到母親面前，心知母親得借錢才出得了這趟悲傷的遠門，一邊納悶自己能做什麼，好替父親多籌點錢。

「去吧，親愛的，可是別騎太快免得危險，不用這麼急。」

馬區太太的提醒顯然被當成耳邊風，五分鐘之後，羅利騎著快馬，從窗前急馳而過，彷彿逃命似的。

「喬，妳到縫紉廠通知金太太，說我不能過去了。順路買些東西回來，我會寫下來給妳。這些照料病患的物品，我必須先準備好，醫院商店的東西不見得齊全。貝絲，去找羅倫斯先生，請他提供一兩瓶老酒。為了妳們的父親，我願意拉下臉求助，他應該擁有最好的東西。艾美，請漢娜將黑色行李箱拿下來。梅格過來幫我一起找東西，因為我腦子有點亂。」

同時間寫字、思考，並發號施令，也難怪這個可憐女士腦子會混亂。梅格求她在臥房裡靜靜坐一會兒，讓她們忙就好。

所有的人四散開來，彷彿強風狂掃落葉似的。那封電報像是邪惡的魔咒，讓這個安靜快樂的家頓時四分五裂。

羅倫斯先生跟著貝絲匆匆趕來，善良的老紳士將自己所能想到、可撫慰病人的東西，全都帶來了，還保證在馬區太太出門期間，會負責守護家裡的女孩，這點讓她備感欣慰。凡是自己能提供的，他都毫不吝惜，從提供他自己的晨袍到親自伴隨她前往，但最後這項提議不可能，因為馬區太太不願老紳士如此舟車勞頓。

不過，聽到這個提議時，她還是明顯地鬆了口氣，焦慮的人並不適合孤身上路。一看到她的神情，他濃眉深鎖、揉搓雙手，突然大步離開，說他馬上回來。之後沒人有空再想到他，直到梅格匆匆進門，一手拎著雨鞋、一手端茶，突然碰到布魯克先生為止。

「馬區小姐，聽到這個消息，我很遺憾。」他說，語氣和善安靜，讓她不安的心靈聽來十分悅耳。「我提議伴隨妳母親上路，羅倫斯先生委託我到華盛頓辦事，我很樂意在那裡為她效勞。」

梅格伸出手，雨鞋一掉，茶也差點翻倒，她滿臉感激。即使做出再大的犧牲，布魯克先生也會覺得值得，況且這回也只是犧牲一點時間及舒適。

「你們人都好好！我確定媽媽會接受的。知道她有人照顧，我們也會放心得多。實在太謝謝你了！」

梅格語氣真摯，一時忘情，直到那雙俯視她的棕色眼睛裡露出某種神情，讓她想起變涼的茶，於是領他走進客廳，說她會請母親過來。

一切安排就緒，羅利也帶著馬區姑婆的回信回來了，裡面附了母親要求的金額，還有幾行字，重申她常掛在嘴邊的話，說她一直告訴他們，馬區家的人從軍就是荒唐，說她老早料到最後不會有好下場，然後希望他們下回會聽她的勸告。馬區太太將短箋扔進火爐、把錢收進皮包，然後繼續籌備，嘴唇抿得死緊。如果喬在場，就會明白那是什麼意思。

短短的午後轉眼過去，該辦的差事已完成，梅格和母親忙著必要的針線活，貝絲和艾美負責泡茶，漢娜則以她所謂「砰砰砰兩三下就擺平」的方式匆匆熨燙完所有東西，但遲遲不見喬的蹤影。

大家焦慮起來，羅利出門去找，因為誰也不曉得喬可能有什麼怪念頭。不過，他不巧地與她錯過了。她進門時，臉上掛著很奇怪的表情，夾雜了趣味和恐懼、滿足與後悔，讓全家人困惑不已，而同樣令她們困惑的是，她在母親面前放了一捆鈔票，然後有點哽咽地對母親說：「這是我的一點心意，希望爸爸過得舒服，早日回家來！」

「親愛的，這些錢妳哪裡來的！二十五元！喬，妳沒做什麼傻事吧？」

「沒有，真的是我的錢，不是我向人乞討、借來，也不是偷來的，是我賺來的。我想妳應該不會怪我，因為我只是賣掉屬於我的東西。」

喬說著摘下帽子，慘叫聲四起，因為她那頭濃密的秀髮剪短了。

「妳的頭髮！妳那美麗的頭髮！」「噢，喬，妳怎麼可以這麼做？妳最漂亮的就是頭髮了。」「我親愛的女兒，妳不需要這樣的。」「看起來不像我的喬，可是我更愛她了！」

人人驚呼連連之際，貝絲溫柔地摟住那顆剪了短髮的腦袋。喬故作不在乎——其實她騙不過大家——她抓抓棕色的蓬亂短髮，努力裝出歡喜的模樣。

「這樣又不會影響到國家的命運，所以別哭了，貝絲。而且還可以讓我別再虛榮，長髮只是讓我越來越驕傲。剪去有如拖把般的長髮，對腦子也有好處，腦瓜感覺輕盈、涼爽多了，理髮師說我很快就會長出一頭短短的鬈髮，看起來會很男孩子氣，滿適合我的，整理起來又方便。我很滿意，所以請收下這筆錢。大家來吃晚飯吧。」

「喬，把事情經過告訴我。我並不高興，可是也不能怪妳，因為我知道妳多麼樂意為妳所愛的人，犧牲妳所謂的『虛榮』。可是，親愛的，實在沒有必要，妳恐怕很快就會後悔[24]。」馬區太太說。

「不，不會的！」喬回話，語氣相當堅定。這番胡鬧沒受到嚴厲譴責，讓她放心不少。

艾美問：「妳怎麼會決定這麼做？」對她來說，要剪掉她的頭髮，不如砍掉她的腦袋。

「欸，我急著替爸爸做點事情，」喬回答。大家圍聚在餐桌邊，因為健康的年輕人即使煩惱，也還吃得下飯。「我和媽媽一樣，不喜歡向人借錢，我知道馬區姑婆一定會發牢騷，她一向如此，就算只是想借九分錢。梅格出三個月的薪水分擔房租，我只是用自己的薪水買些衣服，我覺得很過意不去，所以下定決心，就算要賣掉臉上的鼻子，也要湊點錢出來。」

「妳不用覺得過意不去，妳缺冬天的衣物，只是用自己辛苦賺來的錢，買點最基本的冬衣而已。」馬區太太說，神情溫暖了喬的心。

「我本來完全沒想到要賣頭髮，不過我邊走邊想自己能做什麼，覺得乾脆衝

24　十九世紀維多利亞時期，在歐美，長髮標示了階級和女性特質，是美貌的評準之一。

進什麼高級商店搶劫算了。經過理髮店的門口時，看到櫥窗裡有標了價錢的頭束，其中有一束黑頭髮比我長，但沒有比我濃密，標價卻要四十塊錢。這時我突然想到，我有樣東西可以賣錢，想也沒想就走進去，問他們買不買頭髮，又願意出多少錢買。」

「妳怎麼敢這樣做？」貝絲說，語氣敬畏。

「噢，那個老闆矮矮小小的，好像活著就只是為了替自己的頭髮上油。他瞪大眼睛，好像不習慣有女生直接衝進店裡，請他買下頭髮。他說，他對我的頭髮沒興趣，因為顏色不流行，說他購入的價格本來就不高。他說賣價之所以高，是因為製作起來很花功夫等等的。那時候時間也晚了，我怕再不趕快行動，可能會改變主意。你們也知道，我做事最討厭半途而廢了，所以我請求他買我的頭髮，告訴他我為什麼這麼急。這樣做可能滿蠢的，可是他改變了主意，因為我激動起來，話說得顛三倒四。他太太聽到了就好心地說：『買了吧，湯姆士，幫這小姐一個忙。如果我的頭髮賣得了錢，哪天為了我們家的吉米，我也會做一樣的事。』」

「誰是吉米？」艾美問，她總是喜歡把來龍去脈問個清楚。

「她說是她兒子，也在從軍。這種話題都會讓陌生人變得好友善，對吧？男人剪我的頭髮時，她就在一旁聊個不停，好轉移我的注意力。」

「剪下第一刀的時候，妳不會覺得很可怕嗎？」梅格問，身子打了哆嗦。

「男人準備工具時，我看了頭髮最後一眼，只有這樣而已，我從來不會為這種小事哭哭啼啼的。不過，我承認，看到原本的頭髮鋪在桌上，腦袋瓜上只摸得到粗粗短短的髮根時，的確感覺很奇怪。好像剁下了一隻手或一隻腳，女人看到我盯著頭髮看，就挑了長長一綹讓我留作紀念。就送妳吧，老媽，用來記得往日的光輝。留短頭髮真的很舒服，我想我以後不會再留長了。」

馬區太太將那束栗色的波浪長髮折起來收進書桌，和一撮灰白的短髮擺在一起，只是說聲：「謝謝妳，親愛的。」然而，她臉上有種神情，讓女兒們趕緊轉變話題，盡可能以愉快的語氣談論布魯克先生的好意，談到明天天氣可能不錯，還有等父親回家養病，日子會有多歡樂。

十點了，沒人想上床睡覺。馬區太太放下最後完成的針線活，然後說：「來吧，女兒們。」貝絲走到鋼琴那裡，彈起父親最愛的聖歌，大家都勇敢地開口高歌，但一個接一個情緒潰堤，最後只剩下貝絲全心全意唱著，因為對她而言，音樂向來是甜蜜的慰藉。

「上床睡覺，別聊天了，明天一早就得起床，要盡量睡飽。晚安了，我親愛的。」聖歌唱完時，沒人想再唱一首，馬區太太於是說。

她們靜靜地親吻了母親，一聲不響地上床就寢，彷彿那位親愛的病患就躺在隔壁房間。儘管憂心忡忡，貝絲和艾美依然轉眼就入睡，但梅格醒著，思考她短暫人生至今最嚴肅的議題。喬動也不動躺著，梅格以為她睡著了，直到聽見強忍的啜泣，手一伸就碰到濕濕的臉頰，這才驚呼：「喬，親愛的，怎麼了？妳哭泣是因為爸爸嗎？」

「不是，現在不是。」

「那是為什麼？」

「我——我的頭髮！」可憐的喬脫口說道，想用枕頭壓抑自己的情緒，卻徒勞無功。

梅格不覺得可笑，她無比溫柔地親吻和輕撫這位受苦的女英雄。

「我不後悔。」喬哽咽著抗議，「要是有可能，明天再剪一次我都願意，只是我那個虛榮自私的一面克制不住，才會哭成這副蠢樣。別和大家說，都過去了。我以為妳睡著了，只是想悄悄為身上唯一漂亮的地方哀悼一下。妳怎麼會醒著？」

「我睡不著，我好焦慮。」梅格說。

「想想愉快的事，很快就能睡著。」

「我試過了，結果更清醒了。」

「妳都想些什麼？」

「英俊的臉，尤其是眼睛。」梅格回答，在黑暗中對自己微笑。

「妳最喜歡哪種顏色的眼睛？」

「棕色，有時候啦，藍色也不錯。」

喬笑了。梅格立刻禁止她再出聲，然後親切地答應會幫她捲頭髮，最後進入夢鄉，夢見住在自己的空中樓閣裡。

午夜鐘聲響起時，屋裡悄然無聲，有一個身影靜靜地穿梭在床鋪之間，在這邊撫平棉被、在那邊又擺好枕頭，停下腳步，溫柔地久久注視著每張熟睡的面孔，帶著無聲的祝福吻了每一張臉龐，說著唯有母親才說得出的熱切禱詞。她掀開窗簾，望向淒清的黑夜，月亮好似一張明亮仁慈的臉，從雲層後方乍現，灑照在她身上，彷彿在這片寂靜中低語：「放心吧，親愛的！守得雲開見月明。」

16 通信

寒冷灰暗的凌晨，姐妹們點亮油燈，以前所未有的熱誠，閱讀各自小書裡的章節，因為此刻真正的難題如陰影籠罩，她們這才明白過往的日子多麼陽光燦爛。這幾本小書處處提供幫助與安慰。她們換衣服的時候，一致說好要用爽朗且充滿希望的方式跟母親道別，在母親踏上焦慮的旅程之前，不要為了她們的淚水或抱怨而增添憂傷。她們下樓時，覺得一切看來都很詭異，屋外如此陰暗靜寂，室內卻已是燈火通明、忙亂不停。這麼早吃早餐也很怪，漢娜戴著睡帽在廚房忙進忙出，她那張熟悉的面孔看起來也很不自然。大大的行李箱已經放在玄關，母親的大衣和帽子披在沙發上，母親坐在桌前勉強吃著東西。姐妹們看到母親因為失眠與焦慮而一臉蒼白憔悴，覺得很難遵守先前的約定。梅格眼眶不由自主反覆泛淚，喬有好幾次都用廚房掛壁捲巾遮住臉，兩個妹妹更是一臉嚴肅與不安，彷彿憂愁是個新體驗。

大家都不怎麼講話。不過，隨著分別的時間逐漸逼近，大家坐著等待馬車，四姐妹圍在馬區太太身邊忙碌，一個摺她的披肩，一個撫平她帽子的綁帶，另一個替她穿上防水鞋套，最後一個幫忙綁緊她的旅行袋。這時馬區太太對女兒們說：「孩子們，我不在的時候，妳們就由漢娜照顧，羅倫斯先生會保護妳們。漢娜向來忠心耿耿，我們的好鄰居也會把妳們當成自家孩子來守護，這些我都不擔心。讓我心急的是，我希望妳們能夠好好熬過這個難關。我離開之後，不要悲傷及煩惱，也不要認為可以藉著無所事事或試著忘懷，來安慰自己。要照常工作，因為工作才是最有福的慰藉。要懷抱希望、保持忙碌，不管發生什麼事，都要記住，妳們不會沒有父親。」

「是的，媽媽。」

「親愛的梅格，要謹慎，看顧好妹妹們，有事就請教漢娜，遇到什麼難題就去找羅倫斯先生。喬，耐住性子，不要灰心喪志，也不要衝動行事，常常寫信給我，做個勇敢的女兒，隨時準備幫忙大家、鼓舞大家。貝絲，用音樂安慰自己，照常做好小小的家務。還有妳，艾美，盡量幫忙，要聽話，在家裡要開心、安全。」

「我們會的，媽媽！我們會的！」

馬車喀噠喀噠駛近，把她們都嚇了一跳，豎耳傾聽。這一刻實在難熬，但四姐妹都咬牙撐過去了。雖然內心非常沉重，但沒人哭泣、沒人逃開，也沒人哀歎。她們口裡說著託母親傳達給父親的口信時，都不免想到或許已經太遲。她們平靜地吻吻母親，送上溫柔的擁抱。馬車駛離時，她們強作歡顏，揮著手道別。

羅利和爺爺也前來送別，布魯克先生看起來如此堅強、明理又和善，女孩們替他取了「好心先生」的封號。

「再見了，我親愛的！願上帝守護我們大家！」馬區太太低語，一一親過每張親愛的小臉之後，匆匆登上馬車。

馬車漸行漸遠，太陽出來了。她回首望去，看到陽光照耀著佇立在大門邊的那群人，就像是個好兆頭。他們也看到了，面帶笑容揮著手。繞過轉角以前，她看到的最後一幕就是四張開朗的面龐，背後則是保鏢似的老羅倫斯先生、忠實的漢娜，以及忠心的羅利。

「你們大家都對我們太好了！」她說，轉頭再次得到印證，這位青年臉上流露懷抱敬意的同情。

「誰能不對妳們好呢？」布魯克先生回話，笑聲很有感染力，馬區太太忍不住微笑。於是，這趟漫長旅程在陽光、笑容和爽朗言談的好預兆之中展開。

「我覺得好像經歷了一場地震般。」喬說。鄰居們已回家吃早餐，讓她們好好休息、養精蓄銳。

「感覺有半個家都不見了。」梅格接著落寞地說。

貝絲張嘴想要說話，但她只是指著母親桌上那疊補得很好的長筒襪，表示即使在最後這麼倉促的時刻，她依然掛記著女兒們，為她們付出。雖然這只是小事一樁，卻深深打動她們的心。儘管，她們之前勇敢地下了決心，但依然情緒潰堤、失聲痛哭。

漢娜明智地讓她們宣洩情緒，等雨過天晴，就端出一壺咖啡前來救援。

「好了，親愛的小姐們，記得妳們媽媽說的，不要煩惱，過來喝杯咖啡，然後開始工作，為這個家盡一份心力。」

喝咖啡是個享受，漢娜那天早上煮咖啡是個大絕招。她很有說服力地點點頭，誰也抗拒不了咖啡壺所散發出來的誘人香氣。她們紛紛湊到桌前，將抹淚的手帕換成餐巾，十分鐘之內就打起了精神。

「『懷抱希望、保持忙碌』，就是我們的座右銘，所以看看誰能夠記得最牢。我要照常到馬區姑婆那裡，噢，不過她肯定又要說教了！」喬說，啜飲著咖啡，逐漸打起精神。

「我應該到金家去，雖然我寧可留在家裡處理家務事。」梅格說，暗地希望自己的眼睛沒哭得這麼紅。

「不需要的，我和貝絲會好好打理家務。」艾美插話，態度自大。

「漢娜會教我們怎麼做，等妳們回家來，家裡會很舒服的。」貝絲補充，刻不容緩地拿出拖把和水盆來。

「我想，焦慮是個有趣的東西。」艾美說，若有所思吃著糖。

大家都忍不住笑了，心情好過一點。不過，梅格發現小妹竟然在糖罐裡找到慰藉，不禁搖了搖頭。

喬一看到酥皮餡餅就回過神來。她和梅格照例出門工作時，憂傷回頭望向母親平日目送的窗戶，但那張臉龐不在。然而，貝絲並未忘記這個家人的小儀式，她往窗邊一站，像個點著頭的傳統中國紅臉瓷娃娃一樣，對她們頻頻點頭致意。

「我的貝絲就是這麼棒！」喬說，滿臉感激地揮帽子。「再見了，梅格，希望金家今天不會為難妳。別擔心爸爸的事，親愛的。」分道揚鑣時，她補了一句。

「我希望馬區姑婆不會發牢騷。妳的髮型很適合妳，看起來很像小男生，滿好看的。」梅格回話，努力忍笑，一頭短短鬈髮的腦袋在高挑妹妹的肩上，看起來小得滑稽。

「這是我唯一的安慰。」喬以羅利的方式提提帽子致意，然後離開，感覺自己像一隻冬日時剃了毛的綿羊。

父親那邊捎來消息，讓四姐妹寬慰許多，因為雖然一度病危，在最優秀、最溫柔的護士照料之下，病情有了起色。布魯克先生每天都會捎來快訊，身為一家之首，梅格總是堅持先讀那些快遞信件。隨著一星期過去，消息越來越令人振奮。起初，人人都搶著寫信，然後由一個姐妹負責將塞得鼓鼓的信封，小心翼翼塞進郵箱，能夠與華盛頓通訊，讓她備感重要。這些大信封袋裡裝了各具特色的短箋，姑且想像我們劫走了一袋信封，拿出來讀讀吧。

最親愛的媽媽：

我無法形容妳的上一封信讓我們多麼開心，看到那個天大的好消息，我們忍不住又哭又笑。布魯克先生人真好，幸好羅倫斯先生派給他差事，讓他能陪在你們身邊這麼久，幫了妳和父親不少忙。妹妹們都很乖巧，喬幫我做針線活，還堅持扛起所有粗活，要不是因為我知道她的「道德衝動」並不持久，不然我還真怕她會操勞過頭。貝絲就像時鐘一樣，準時做她該做的家務，一直沒忘記妳交待的話。她很擔心爸爸，除了坐在自己的小鋼琴前面之外，臉色總是很嚴肅。艾美非常聽我的話，我也把她照顧得很好，她自己整理頭髮，我正在教她怎麼打鈕釦孔，還有如何補襪子。她學得很認真，我知道，等妳回來，就會很滿意她的進步。羅倫斯先生看顧著我們，喬說他就像個慈愛的老母雞。羅利對我們很好，發揮守望相助的精神。我們有時候會很憂鬱，覺得自己像孤兒，因為你們在那麼遠的地方，幸虧他和喬總是逗我們開心。漢娜是個大聖人，她從來不罵我們，總是叫我「瑪格麗特小姐」，這種稱呼很得體，妳知道的，而且對我很尊重。我們都很好，也很忙碌，不過我們日日夜夜盼著你們回來，請向爸爸傳達我的愛。

永遠屬於你們的梅格

這一張短箋字跡秀麗，寫在香味信紙上，與下一封截然不同。下一封潦草寫在又大又薄的廉價進口紙，墨漬斑斑，有各式花體字和尾巴翹捲的字母。

寶貝老媽：

先為親愛的老爸歡呼三聲！布魯克真是個大好人，爸爸一好轉，他就馬上捎訊息過來，讓我們能夠立刻知道。信一來的時候，我就衝上閣樓，想感謝上帝這麼厚待我們，不過我只是哭個不停，一面說著『太好了！太好了！』，不知這樣能否算是禱告？因為我心裡有很多感謝。我們的日子過得很有趣，現在我懂得享受這種時光了，因為每個人都乖得不得了，大家就像在斑鳩巢裡過著相親相愛的生活。要是妳看到梅格像媽媽一樣坐在桌首，試著擺出母親的姿態，肯定會想笑。她一天比一天漂亮，有時候連我都要愛上她了。妹妹們都像天使，而我呢，嗯，我就是喬，永遠不會有其他樣子。對了，我一定要告訴妳，我差點和羅利鬧翻了。我針對一件愚蠢小事盡情發表自己的意見，結果就得罪他了。我說得沒錯，但說的方式不對，他氣得轉頭就走，說他再也不會來了，除非我道歉。我說我才不道歉，也跟著生氣。兩人冷戰了一整天，我覺得很難受，真希望妳就在身邊。我和羅利自尊心都很強，很難開口說抱歉，可是我以為他會想通，因為我是對的一方，但他並沒有。不過到了晚上，我想起艾美摔進河裡那天妳說的話。我讀了我的小書，覺得好過一點，決定不要含怒到日落，就跑過去向羅利道歉。才走到大門時，我就遇到他了，他也是來道歉的，我們兩人哈哈大笑，互求對方原諒，然後又和好了。

我昨天幫漢娜洗衣服的時候，編了首「濕」，因為爸爸喜歡我寫的傻氣小東西，所以我附上，要來逗逗他，代我給他一個最深情的擁抱，然後親妳自己十幾下。

妳顛三倒四的喬

．．．

〈**肥皂泡之歌**〉

洗衣盆之後我高聲唱，
白色泡沫頻頻高漲，
卯起勁來洗沖擰絞，
衣物穩穩夾在晾繩上，

在新鮮空氣裡搖又晃，
頂著高掛天空的豔陽。

願我們都能從心與靈，
將一週污漬清洗盡淨。
讓水與空氣發揮魔力，
使我們變得一樣純淨。
如此一來在這人世間，
就有輝煌燦爛洗衣天！

充實的人生道途上，
內心平靜如花盛放。
忙碌心靈無暇思及，
悲愁、憂慮或抑鬱。

焦慮思緒皆可除淨，
當執起掃帚使使勁。

慶幸任務賦予我，
日日辛勤埋頭做，
換取康健力量和希望。
讓我學會爽朗說：
腦袋思考、心感受，
但手啊，萬萬不可停工！

……

親愛的媽媽：

剩下的空間不多，只能送上我的愛，還有幾朵三色菫押花，是我從盆栽摘下來的，就是我平常放在屋裡照顧，準備給爸爸看的。我每天早上都讀書，整天努力做個好孩子，睡前就唱爸爸喜歡的曲子唱到睡著。我現在沒辦法唱〈天國〉，因為一唱就會哭。每個人都對我們很好，雖然妳不在身邊，可是我們盡量讓自己開心。剩下的空間艾美要寫，所以我要先停筆了。我沒忘記要蓋上架子，而且每天都會替時鐘上發條、開窗讓房間通風。

替我吻吻親愛爸爸的臉頰。噢，快回來吧。

愛你們的小貝絲

．．．

親愛的媽媽：

我們都很好。我一直有好好做功課，從來不和姐姐們唱反掉，梅格說應該是「唱反調」，反正我都寫下來妳就選最適合的。梅格對我好好讓我每天晚上喝茶配果凍，喬說這樣很好因為這樣我的脾氣就會甜甜的。羅利現在沒那麼有理貌了，我都快要變少女了他還叫我「丫頭」而且每次我學海蒂．金用法文講「你好」和「謝謝」的時候，他就披哩巴啦講一大串法文，快到我聽不懂害我很難過。

我藍色洋裝袖子磨破了，梅格幫我換新的可是顏色不對，比洋裝本身還要深，我覺得難過可是沒鬧脾氣。有煩惱我都忍住了，可是我好希望漢娜可以幫我的韋裙多上一點漿，也希望每天有喬麥可以吃，難道不能嗎？這個問號寫得很美吧。梅格說我的表點符號很曹羔，錯字又多，害我覺得很丟臉。可是天呀我有這麼多事情要做根本顧不了。再會，請代我向爸爸送上很多很多的愛。

愛你們的女兒艾美・柯提斯・馬區

⋯

親愛的馬區太太：

只是想說一聲，我們都很好。孩子們很機靈，什麼都做得很好。梅格小姐以後肯定是個好主婦，她不只有興趣做，也很快就上手。喬什麼都一個勁兒往前衝，比姐妹動作都快，可是都不先停下來盤算一下，誰也不曉得她又會搞出什麼新花樣。星期一她洗了盆衣服，可是水還沒擰乾就上漿，還把一件粉紅印花洋裝染成藍的，差點把我給笑死。這群小傢伙裡就貝絲最乖，是個好幫手，反應快又可靠，她什麼都努力學習，年紀小小就上市場買菜，在我的指點下還會記帳，真不簡單。到目前為止，我們都過得很省，照您的吩咐，每個星期只讓孩子們喝一次咖啡，平日讓她們吃得簡單健康。艾美很不錯，沒耍脾氣，穿得漂漂亮亮吃甜食。羅利先生和平常一樣老愛惡作劇，常把整個家弄得雞飛狗跳，不過他會逗孩子們開朗起來，所以我就任他們胡鬧去。老紳士送了一堆東西過來，意見多到累死人，不過是一片好意，我也不好說什麼。我的麵團發好了，就先寫到這裡。請代我向馬區先生致意，希望他不會再得肺炎。

漢娜・莫勒 敬上

・・・

致二號病房護理長：

拉帕漢諾克河上風平浪靜，戰士們狀況良好，軍需處運轉正常，國民軍在羅利上校的指揮下盡忠職守，總司令羅倫斯將軍日日巡視軍部，由軍需官漢娜．莫勒維護營區秩序，萊恩少校專司夜間巡哨。接獲來自華盛頓的捷報後，我軍鳴槍二十四響致意，並於總部舉行閱兵典禮。謹代表總司令致上最誠摯的祝福，一同獻上誠摯祝福的——

羅利上校

．．．

親愛的夫人：

孩子們一切安好，貝絲和我孫子日日向我回報狀況，漢娜是個模範僕人，像巨龍一樣守護著漂亮的梅格。很高興天氣持續晴朗，請讓布魯克多幫一點忙，如果費用超出您的估算，請儘管向我開口。千萬別讓尊夫有所匱乏。他病情有起色，感謝上帝。

您誠摯的友人與僕人
詹姆斯．羅倫斯

17 忠實的小信徒

一個星期以來，這棟老房子裡所累積的美德足以供應一整個社區。真的很不可思議，因為人人處於神聖的心境，無私克己蔚為風尚。四姐妹不再為父親焦急之後，不知不覺地鬆懈了先前令人讚許的努力，開始恢復了原本的習性。她們並未忘記自己的座右銘，但是懷抱希望、保持忙碌似乎變得簡單一些。然而，經過這般勤勉之後，他們覺得也該給「努力」放個假，於是一連給了它不少假期。

喬頭髮剪短之後疏於保暖，結果染上重感冒，馬區姑婆要她在家休養，因為她不喜歡聽到有人帶著鼻音朗讀，這正中喬的下懷，她幹勁十足地從閣樓一路翻到地窖，最後捧著砷劑和書本坐到沙發上養病。艾美發現家務事和藝術無法並存，於是回頭去捏她的泥巴派。梅格還是天天去金家工作，回到家裡自以為在做針線活，但其實大多時間都在寫長信給母親，或是反覆閱讀華盛頓那方捎來的訊息。貝絲則是持續忙碌，偶爾才會偷懶或悲傷。她日日忠實地完成自己的小職務，順帶將姐妹們的工作攬了起來，因為她們動不動就忘記。

這棟房子就像鐘擺暫時出走的時鐘。只要想念母親或擔憂父親而心情沉重，貝絲就會躲進某個衣櫥裡，把臉埋進某件舊衣袍的衣褶，小小哭一場，小聲禱告。沒人知道哭完的貝絲如何振作起來，但大家都覺得她善體人意、熱心助人，所以只要有事，都習慣向她尋求安慰或建議。

她們沒人意識到，這次的經歷正考驗著自己的人格。最初的激動平息之後，她們覺得自己這一路表現優良、值得讚賞。確實如此，但她們錯就錯在於沒有堅持下去，導致最後在焦慮與懊悔之中學到了教訓。

「梅格，我希望妳可以去看看漢姆一家，妳也知道，媽媽叮嚀過，要我們別忘記。」貝絲說。馬區太太已經離家十天。

「我今天下午太累了，沒辦法去。」梅格回答，舒服地坐在搖椅上一邊搖，一邊做針線活。

「喬，妳也不行嗎？」貝絲問。

「我感冒，天氣太差去不了。」

「我還以為妳快好了。」

「我好到可以和羅利出門遛達，可是沒好到能去漢姆家。」喬笑著說，但對自己的矛盾似乎有點愧疚。

「妳為什麼不自己去？」梅格問。

「我每天都去，可是小寶寶生病了，我不知道該怎麼辦才好。漢姆太太出門去工作了，洛珍負責照顧，但寶寶越來越嚴重，我覺得妳或是漢娜應該去看看。」

貝絲說得很誠懇，梅格答應明天會去。

「請漢娜給妳一點好吃的東西，帶過去給她們。貝絲，出門透透氣對妳不錯。」喬說，接著懷著歉意補充。「我想去，但我想把故事先寫完。」

「我的頭在痛，覺得好累，所以才想說，也許可以換妳們去。」貝絲說。

「艾美快回來了，她可以替我們跑一趟。」梅格提議。

「嗯，那我休息一下，等她回來好了。」貝絲說。

於是貝絲在沙發上躺下，其他人回頭忙自己的事，轉眼便忘了漢姆一家。一個小時過去了，艾美還是沒回來，梅格回自己房間去試穿新洋裝，喬則沉浸在自己的故事裡，漢娜則在廚房爐邊沉沉睡著。貝絲靜靜地戴上兜帽，用提籃裝滿各樣東西，要帶給那些可憐的孩子。她腦袋沉重地踏進寒風中，堅忍的眼神帶著悲傷。她回到家的時候已經很晚了，沒人看到她悄悄上樓、將自己關在母親的房裡。半小時之後，喬到母親的衣櫥裡拿東西，卻發現貝絲坐在藥箱上，神情嚴肅、雙眼紅腫，手裡握著一瓶樟腦。

「我的老天爺！發生什麼事了？」喬嚷嚷。貝絲伸出一手彷彿要阻止她接近，急著問：「妳得過猩紅熱，對不對？」

「好幾年前，梅格得到的時候感染的，怎麼了？」

「那我就和妳說，噢，喬，寶寶死了！」

「什麼寶寶？」

「是漢姆太太的寶寶，她還沒回到家中，寶寶就已死在我的懷裡了。」貝絲啜泣著說。

「我可憐的孩子，真是可怕的經歷！我應該去的。」喬說，坐在母親的大椅子上，一把將妹妹摟進懷裡，臉上寫滿懊悔。

「並不可怕，喬，只是很悲傷。我一看就知道寶寶病得更重了，可是洛珍說她媽媽已經去找醫生了，所以我就把寶寶接過來，讓洛珍休息。寶寶看起來好像睡著了，突然小聲哭了一下，然後渾身發抖，接著就不動了。我試著替他暖暖腳，洛珍要餵他牛奶，可是他動也不動，我就知道他死了。」

「親愛的，別哭了！後來妳怎麼做？」

「我就坐著輕輕抱著他，等漢姆太太帶著醫生回來。醫生說寶寶死了，然後看了看亨利和米娜，他們喉嚨都在痛。『是猩紅熱，夫人，妳應該早點來找我的。』他生氣地說。漢姆太太說她沒錢，所以才自己替寶寶治病，可是現在已經太遲了。她只能請他幫忙其他幾個孩子，醫療費等善心人士幫忙支付，這時醫生才露出笑容，變得更親切。可是氣氛好悲傷，我和他們一起哭。最後醫生突然轉過來，叫我回家吃顛茄素，要不然我也會感染。」

「不，妳不會的！」喬嚷嚷，緊緊抱住她，一臉害怕，「噢，貝絲，要是妳病倒了，我永遠無法原諒自己，我們該怎麼辦？」

「別怕，我想我不會太嚴重。我查了媽媽的書，裡面說一開始會頭痛、喉嚨痛，感覺怪怪的，就像我這樣，所以我吃了顛茄素，感覺好了一些。」貝絲說，將冰冷的手貼上熱燙的額頭，盡量裝出沒事的模樣。

「媽媽如果在家就好了！」喬驚呼，抓起那本書，覺得華盛頓遠在天邊。她讀了一頁，看看貝絲，摸摸她的腦袋、瞧瞧她的喉嚨，然後一臉嚴肅地說：「妳去探望寶寶已經超過一星期了，而且還和感染到的人在一起，妳恐怕也感染了，貝絲。我去叫漢娜，生病的事情她都懂。」

「別讓艾美過來，她以前沒得過，我不想傳染給她，妳和梅格不會再得到吧？」貝絲焦急地問。

「我想不會，但得了我也不在乎，是我活該，誰叫我這麼自私，讓妳自己去，我卻留在家裡寫一堆垃圾！」喬一邊嘀咕，一邊走去找漢娜。

漢娜一聽馬上清醒，立刻坐鎮指揮，安撫喬並且要她別擔心，說每個人都得過猩紅熱，只要接受妥當的治療就不會死，喬也相信了。她們一起上樓去找梅格。

「告訴妳我們要怎麼做。」漢娜將貝絲檢查一遍又問了點問題，然後說：「親愛的，我們先找班斯醫師過來替妳檢查，看看我們一開始的判斷對不對，然後再送艾美到馬區姑婆家待一陣子，免得她被感染，妳們兩個有一個可以留在家裡，陪貝絲一兩天。」

「當然是我留下，我是老大。」梅格開口，一臉焦慮自責。

「我才該留下，因為她會生病是我的錯，我和媽媽說過，我會負責跑腿，結果我都沒做到。」喬堅定地說。

「貝絲，妳希望誰留下？一個人就夠了。」漢娜說。

「喬，拜託妳了。」貝絲把頭靠在姐姐的身上，一臉盡是滿足，問題就這麼解決了。

「我去和艾美說。」梅格說，覺得有點受傷，卻又鬆了口氣，因為她不像喬那樣喜歡照顧病人。

艾美抵死不從，激動地表示她寧可得猩紅熱，也不要去馬區姑婆家。梅格輪番對她說理、求情、命令，但全都不管用。艾美說什麼就是不去，梅格只好無奈地丟下她，去找漢娜想辦法。她回來以前，羅利走進客廳，發現艾美把頭抵在沙發軟墊上啜泣，她把事情經過告訴他，希望能得到安慰，但羅利只是把手插進口袋，在房間裡來回踱步，輕聲吹著哨子，眉頭深鎖陷入思考。

接著，他在艾美的身旁坐下，用最能哄人的語氣說：「好了，當個懂事的小婦人，照她們的話去做。不，別哭，先聽聽我的精采計畫。妳去馬區姑婆家住，我每天都去找妳，帶妳搭車兜風或是出門散步，我們會玩得很開心，這樣不是比在這裡悶悶不樂好嗎？」

「我不想被送走，好像我會礙到她們一樣。」艾美用委屈的語氣說。

「哎，孩子！那是為了妳好，妳也不想生病吧？」

「不想，當然不想，但我也有可能會生病，因為我天天都和貝絲在一起。」

「所以妳更應該馬上離開，這樣才躲得過，換個環境、小心照顧，就可能讓妳好好的、不生病。就算沒辦法完全避開，也不會病得那麼嚴重。我建議妳盡快離開，因為猩紅熱可不是開玩笑的，小姐。」

「可是馬區姑婆家好無聊，而且她脾氣又那麼壞。」艾美說，一臉害怕。

「我每天都會去向妳報告貝絲的狀況，也會帶妳出門逛一逛，這樣就不會無聊了。老太太很喜歡我，我會盡量逗她開心，這樣不管我們做什麼，她都不會找我們麻煩。」

「你會讓帕克拉小馬車載我出去兜風嗎？」

「以我的名譽擔保。」

「你每天都會來？」

「說到做到！」

「貝絲一康復，馬上帶我回家嗎？」

「絕對不拖延。」

「而且真的帶我去劇院？」

「如果可以，去十幾家都沒問題。」

「嗯……那麼……好吧。」艾美慢吞吞地說。

「好孩子！叫梅格過來，和她說妳屈服了。」羅利讚許地輕拍艾美一下，這個動作比「屈服」兩個字更讓艾美惱火。

梅格和喬跑下樓來看這幕奇蹟。艾美故作客氣、以自我犧牲的態度許下承諾，表示要是醫生診斷貝絲染了病，她就去。

「小可愛的狀況怎樣？」羅利問。他對貝絲寵愛有加，內心非常焦急，但不願表現出來。

「她躺在媽媽的床上，覺得好些了。寶寶的死讓她很難受，但她也可能只是感冒而已。漢娜說她也這麼覺得，可是她看起來又一臉擔心，所以我也很不安。」梅格回答。

「這個世界，真是充滿試煉！」喬煩躁地抓了抓頭髮，撥得滿頭亂。「才剛剛過一個難關，又馬上多了一個。媽媽不在，感覺就好像沒有人能倚靠，我覺得好茫然。」

「欸，別把自己的頭髮弄得和箭豬一樣，不好看。把頭髮撥好啦，喬。要不要我發電報給妳媽媽？還是要我做什麼？」羅利問，對朋友失去的那一頭秀髮久久無法釋懷。

梅格說：「我也在煩惱呢。我覺得，如果貝絲真的生病了，就應該通知媽媽。

可是漢娜說不行，因為媽媽不能離開爸爸身邊，這樣一來只會讓他們更焦慮。貝絲不會病太久，而且漢娜知道怎麼處理。更何況媽媽之前交代過，要我們聽漢娜的話，所以我想我們應該照她的話做，只是覺得這樣不是很妥當。」

「嗯，我也不確定，也許等醫生來過以後，可以問我爺爺。」

「我們會的。喬，妳馬上去找班斯醫師過來吧。」梅格吩咐，「要等他來過，我們才能做決定。」

「喬，妳留在原地，我才是這個家的跑腿小弟。」羅利說著便拿起帽子。

「我擔心你忙。」梅格說。

「不會，我今天的功課做完了。」

「假期時你也讀書？」喬問。

「我就是跟著鄰居樹立的好榜樣走的啊。」羅利回答，轉身衝出房間。

「我對這小子寄予厚望。」喬說，帶著讚許的笑容，望著他飛越籬笆。

「他算是表現得很好——就男生來說。」梅格答得有點無禮，因為她對這話題沒興趣。

班斯醫師來了，說貝絲確實有熱病的症狀，不過認為她應該不會太嚴重，但他一聽說漢姆家的事，臉色便凝重起來。他立刻下令艾美離開，提供她一點東西用來防範未然。於是她急急忙忙離開，由喬和羅利護送。

馬區姑婆以一貫的待客之道迎接他們。

「你們現在又想做什麼了？」她問，從眼鏡上方投出銳利的目光，鸚鵡坐在她的椅背上大叫：「走開，這裡男生不准來。」

羅利退到窗邊，喬把事情解釋一遍。

「妳們老愛到窮人家裡走動，會出事也不奇怪。艾美可以待在這邊，如果她沒生病，還可以幫忙做點事情。不過，看她現在這副樣子，肯定會病倒。別哭了，孩子，我最受不了聽別人的哭泣聲了。」

艾美泫然欲泣，可是羅利淘氣地扯了扯鸚鵡波里的尾巴，使得波里驚愣地嘎嘎大叫：「我的媽啊！」滑稽極了，讓艾美笑了出來。

「妳媽媽那邊有什麼消息？」老太太粗聲粗氣問。

「爸爸好多了。」喬回答，努力保持平靜。

「噢，是嗎？哼，那也撐不了多久吧，我想，馬區家的人向來沒什麼耐力。」她爽朗地說。

「哈，哈！永遠別提死，吸一撮鼻菸草，掰掰，掰掰！」波里尖聲地說。羅利偷偷扭了鸚鵡的尾巴，害得鸚鵡在橫架上跳來跳去，用爪子扒抓老太太的帽子。

「閉嘴啦，妳這個沒教養的老鳥！喬，妳最好趕快回家，這麼晚了還在外頭遛達，有失身分，身邊還跟著這種莽莽撞撞的男生，像——」

「閉嘴啦，妳這個沒教養的老鳥！」波里嚷嚷，跳著從椅子上滾下來，衝去啄那個莽莽撞撞的男孩，他卻因為最後這句話笑到渾身抖動。

「我想，我一定受不了的，但我還是會試試看。」艾美心想，獨自留在馬區姑婆家。

「滾開，妳這個醜八怪！」波里尖聲說。聽到這麼粗魯的話，艾美忍不住開始哭泣。

18 黑暗的日子

貝絲確實染上了猩紅熱，除了漢娜和醫生之外，沒有人料到她的病情竟會這麼嚴重。孩子們對疾病一無所知，而羅倫斯老先生也不便來探望她，所以一切都由漢娜作主。班恩醫師醫務繁忙，雖然盡了力，但照護工作大多只能仰賴這位優秀的居家護士。

梅格留在家裡，免得感染給金家孩子，她一面打理家務，卻一面焦慮不已，寫信時不能提到貝絲的病，也讓她有點愧疚。她覺得隱瞞母親是不對的，可是母親要她們聽漢娜的話，漢娜又堅持「不能通知馬區太太，免得她為這種小事操心」。喬日以繼夜全心照料貝絲，做來不算辛苦，因為貝絲很能忍耐，只要自己控制得住，絕不輕易抱怨哪裡痛。

然而，有時熱病發作，她會開始用沙啞的聲音破著嗓子說話，把被子當成心愛的小鋼琴來彈，喉嚨嚴重腫脹，卻還是想開口唱歌，但一個音也發不出來，甚至不認得四周熟悉的面孔，常常叫錯名字，而且不斷哀求要找母親。喬開始感到害怕，梅格拜託漢娜讓她寫信道出實情，連漢娜都說她「會考慮看看，不過暫時還沒有危險。」華盛頓接著來了封信，更是雪上加霜，因為馬區先生再度復發，短時間內恐怕無法返家。

如今日子感覺晦暗極了，整個家多麼悲傷冷清，姐妹們一邊工作一邊等待，心情沉重，死亡的陰影籠罩著一度幸福快樂的家！

瑪格麗特獨自坐著，淚水常常落在手頭的工作上，體認到自己過去多麼富足——擁有愛、保護、平靜、健康，這些才是人生中真正的福氣，比金錢能買到的東西都還珍貴。喬則陪貝絲留在陰暗的房間裡，親眼看著小妹飽受病痛折磨，聽著她可憐的呻吟，更體會到貝絲的天性多麼美好貼心，感受她在大家心中的地位有多麼深刻和溫柔，領會了貝絲無私精神的價值。貝絲總為他人著想、努力實踐小小美德，為全家帶來歡樂，而這些小小美德是所有人都有能力擁有的，而且珍愛和重視這些美德的程度，應該要勝過才華、財富或美貌。然而，放逐中的艾美也殷切希望自己能在家裡為貝絲盡點心力，覺得再也沒有工作會讓她覺得辛苦或厭煩，只要想起貝絲那雙手曾經樂意地接下多少她忽略的工作，就深感懊悔悲傷。羅利好似不安的幽靈在這個家出沒，羅倫斯先生將平台鋼琴鎖上，因為一見鋼琴就會想到傍晚為他彈琴助興的小鄰居。

每個人都很想念貝絲：送牛奶的人、麵包師傅、雜貨老闆等，連肉鋪老闆都在打聽她的病況，可憐的漢姆太太也過來請她們原諒她的疏忽，順帶替米娜討張裹屍布。鄰居們送來了各種安慰和祝福。發現害羞的小貝絲竟然結交了這麼多朋友，連認識她最深的家人都詫異不已。

貝絲一直臥病在床，貼身放著喬安娜，即使她意識不清，依然沒忘記那個被遺棄的娃娃。她很想念她的貓咪，卻不讓家人把牠們抱來，免得牠們也染上病。在病情稍微穩定的時候，她為喬擔憂、請人傳達深情的口信給艾美，也請姐姐們轉告母親，她很快會寫信過去，更常常求她們給她紙筆，試著要寫點字，免得父親以為她忽略了他。

但是，才過不久，連這些清醒的片段也結束了，她成天躺在床上翻來覆去，不是嘴裡吐著破碎的話語，不然就是沉睡不醒，而這樣的睡眠毫無恢復精力的效用。班恩醫師一天過來兩趟，漢娜徹夜看護，梅格在書桌裡備好了電報，隨時都能發出去。喬守住貝絲寸步不離。

對她們來說，十二月的第一天是個嚴寒的日子，寒風刺骨、大雪紛飛，一年似乎已經準備迎接死亡。那天早上班恩醫師來過，久久看著貝絲，雙手握住她熱燙的手片刻，然後輕輕放下，低聲對漢娜說：「如果馬區太太能暫時放下先生，最好請她回來。」

漢娜一語不發點點頭，嘴唇緊張地抽搐。聽到那些話，梅格跌坐在椅子上，四肢彷彿力氣盡失。喬慘白著臉站了一下，立刻跑到客廳、抓起那封電報，匆忙披上衣帽之後衝進了風雪之中。她過了不久就回來了，當她無聲地脫下衣帽時，羅利拿了封信進來，說馬區先生病情又好轉了。喬滿懷感激地讀著信，但心裡的重擔似乎難以卸除，一臉悲痛，羅利趕緊問：「怎麼了？貝絲惡化了嗎？」

「我剛發電報給媽媽了。」喬說，神情愁慘地扯著雨靴。

「做得很好，喬！是妳自己的決定嗎？」羅利說，看到她雙手抖得厲害，扶她坐在玄關椅子上，替她脫下那雙難纏的靴子。

「不是，是醫生交代的。」

「噢，喬，沒有那麼糟吧？」羅利喊道，一臉驚恐。

「有，是真的。她不認得我們了，本來她還會說牆壁上的長春藤葉子就像一群群的綠鴿子，現在提也不提了。她不像我的貝絲了，沒人可以幫我們一起承擔，爸爸媽媽都不在，連上帝都變得好遙遠，我根本找不到。」

淚水撲簌簌淌下喬的臉頰，她無助地探出手，彷彿在黑暗中摸索。羅利握住她的手，喉嚨也哽住了，好不容易才低聲說出口：「我在這裡，抓住我吧，喬，親愛的！」

她說不出話來，但確實「抓住了」，友誼之手所傳來的陣陣暖流，安撫了她酸楚的心，似乎帶領她更接近上帝的臂膀，而唯有上帝才能在她面臨困境時支撐她。羅利想說幾句溫柔安撫的話，卻想不出任何適合的話語，只能靜靜佇立，輕撫她低垂的頭，就像她母親那樣。這個舉動再適合也不過，比任何動聽的話語都更有撫慰作用，因為喬感受到他沒說出口的同情，在沉默中體會情感為憂傷帶來的甜美慰藉，不久便擦乾淚水，一臉感激地揚起頭來。

「謝謝你，羅利，我現在好多了，沒那麼絕望了，要是發生什麼事，我也會盡力承受。」

「繼續抱著希望吧，對妳會很有幫助，喬。妳媽媽很快就會回來，到時一切都會好好的。」

「真高興爸爸的病情已經好轉，這樣她離開就不會覺得太過意不去。噢，天啊，好像所有的難關都一口氣湧來，我覺得自己肩上扛的擔子最重。」喬嘆口氣，展開濕手帕，攤在膝頭上晾乾。

「梅格沒幫忙分攤嗎？」羅利一臉憤慨地問。

「噢，有啊，她盡力了，但她沒有我愛貝絲，也不會像我這麼想念她。貝絲是我的良心，我沒辦法放棄她，我沒辦法，就是沒辦法！」

喬又把臉埋進濕答答的手帕裡，絕望地哭泣。到目前為止，她一直表現得很堅強，一滴眼淚也沒掉過。羅利用手抹過眼睛，一直要到壓下喉頭的異物感、穩住嘴唇之後才有辦法開口。也許這樣很沒有男子氣概，但他就是忍不住，這點倒是很令人欣賞。喬的啜泣逐漸減緩時，他才抱著希望說：「我想她不會死的，她那麼善良，我們都這麼愛她。我不相信神會這麼快就要把她帶走。」

「善良又可愛的人也會死啊。」喬哀嘆，但已不再哭泣，儘管滿心疑慮與恐懼，朋友的話語依然提振了她的精神。

「可憐的孩子！妳累壞了，這麼悲觀很不像妳。休息一下吧，我馬上讓妳打起精神。」

羅利一步跨兩階衝上樓去，喬將疲憊的腦袋枕在貝絲的棕色小兜帽上。這頂兜帽從貝絲留在桌上以來，沒人想到要挪開。裡頭一定有什麼魔力，因為它溫柔主人的溫順精神似乎感染了喬。羅利端著一杯酒跑下樓時，她面帶笑容接過來，勇敢地說：「我要用這杯酒——祝福我的貝絲早日康復！你是個好醫生，羅利，而且是這麼會安慰人的朋友，我該怎麼報答你？」她又補了一句，酒將活力注入她的身體，有如那些親切的話語提振了她紛擾的心。

「過一陣子我再寄帳單過來。今天晚上我有個東西要送妳，比起酒更能溫暖妳的心。」羅利說，對她露出燦爛笑容，臉上難掩滿足的神情。

「是什麼？」喬嚷嚷，好奇讓她一時忘了悲傷。

「我昨天就發電報給妳媽媽了，布魯克回信說她馬上出發。她今天晚上就會到，一切都會沒事的，我這樣做妳高興嗎？」

羅利說得飛快，轉眼就興奮地滿臉飛紅，因為他一直沒把這個計畫說出口，害怕會讓這些姐妹們失望或是傷害到貝絲。喬臉色忽地刷白，立刻從椅子上彈起來。他話才說完，她兩條胳膊已經繞住他的頸子，歡喜地放聲呼喊：「噢，羅利！噢，媽媽！我好高興！」她沒再哭泣，而是歇斯底里地笑著，身體顫抖，緊緊摟住朋友，彷彿這個突來的消息讓她有點不知所措。羅利內心雖然非常驚訝，但表現得鎮定自若，撫慰地輕拍她的背。發現她漸漸平復時，便靦腆地親了她一兩下。喬立刻回過神來，抓緊樓梯欄杆，將他輕輕推開，上氣不接下氣說：「噢，別這樣！我沒有這個意思。我好糟糕，不過你真的好好，竟然不管漢娜的意思，自己跑去發了電報，所以我才忍不住撲到你身上。把事情經過都跟我說，然後別再給我酒了，酒害我失態。」

「我不介意！」羅利笑道，理了理領帶，「欸，是這樣的，我越來越不安，爺爺也是。我們覺得漢娜管得太過頭了，應該讓妳媽媽知道才對。要是貝絲——嗯，出了什麼事，她永遠不會原諒我們。昨天醫師臉色好嚴肅，我提議要發電報的時候，漢娜差點剁掉我的腦袋，所以我誘導爺爺說出口，說我們該有所行動了，我聽了馬上衝到郵局去。我一向討厭人家『管東管西』，只要下定決心就會行動。妳媽媽會回來的，我知道，那班夜車凌晨兩點會到，到時我會去接她。妳只要稍微收斂一下興奮的心情，讓貝絲保持安靜，等那位有福的女士回來就行了。」

「羅利，你真是個大好人！我要怎麼謝你才好？」

「再撲到我身上來，我還滿喜歡的。」羅利一臉淘氣地說，他已經有兩個星期沒露出這種表情了。

「不，謝了，等你爺爺過來，我請他代我抱抱你就好。別戲弄人了，回家休息吧，因為你半夜就要起來。謝謝你，羅利，謝謝你！」

喬退進了角落，話一講完便迅速鑽進廚房，她坐在餐具櫃上對著群聚的貓咪說「太好了，噢，太好了！」而羅利離開的時候，也覺得自己表現得可圈可點。

「沒見過這麼愛管閒事的小伙子，不過我原諒他，希望馬區太太馬上就能過來。」喬說了這好消息之後，漢娜說，看來也鬆了口氣。

梅格不動聲色地樂在心裡，立刻讀起那封信，喬忙著整理病人的房間，漢娜「怕臨時有客人，多做幾個派」。此刻，屋裡彷彿吹進一股新鮮的空氣，勝過陽光，似乎照亮了安靜的房間，一切有了改變而洋溢著希望，貝絲的鳥再次啼鳴，艾美窗邊的花叢裡有一朵半開的玫瑰花苞，火爐似乎也燒得格外興旺。兩姐妹每次見到彼此蒼白的臉龐，便露出笑容擁住對方，低聲互相打氣：「媽媽要回來了，親愛的！媽媽要回來了！」人人興高采烈，只有貝絲不省人事臥病在床，對希望和喜悅、疑慮和危險毫無所覺。這個景象真是可憐。曾經紅潤的臉頰變了樣、面無表情，曾經忙碌的雙手顯得如此虛弱枯槁，曾經微笑的雙唇沉默無語，曾經梳理整齊的秀髮如今蓬亂糾結在枕頭上。她成天躺著，偶爾醒來才喃喃說「水」。嘴唇如此焦乾，幾乎說不清那個字眼。喬和梅格成天守在她身邊，觀察、等待、盼望，全心信靠著上帝和母親。大雪成天下著，刺骨寒風狂嘯不止，時間慢吞吞地過去。不過，夜晚終於降臨，姐妹倆一直坐在病床兩側，整點的鐘聲每回響起，她們就會雙眼發亮地互看一眼，因為隨著每小時過去，救援也跟著越來越近。醫生來過，他說病情到了半夜會有變化，至於是好是壞還很難說，到時他會再來。

漢娜筋疲力盡，躺在床尾的沙發上，很快便深深睡去。羅倫斯先生在客廳來回踱步，覺得自己寧可面對倒戈的砲兵連，也不願面對馬區太太進門時的焦急面容。羅利躺在地毯上假裝休息，其實瞪大眼睛望著爐火，若有所思的神情讓他的黑眸流露柔和與清澈的美。

兩姐妹永遠忘不了那個夜晚，她們看守著病人，自己毫無睡意，內心充滿了深沉的無力感，這種時刻往往都會如此。

「如果上帝饒過貝絲，我永遠都不會再抱怨。」梅格誠摯地低語。

「如果上帝饒過貝絲，我這輩子都會愛祂、服侍祂。」喬同樣熱切地回答。

「我真希望我沒有心，就不會這麼痛。」梅格停頓片刻後嘆氣。

「如果人生常常這麼艱難，真不知道我們要怎麼走下去。」她的妹妹消沉地接著說。

午夜鐘聲響起，兩人忘我地看著貝絲，因為她們覺得她蒼白的臉上似乎起了點變化。屋裡依然一片死寂，只有呼嘯的風聲打破深深的寂靜。疲倦的漢娜繼續睡著，只有兩姐妹看著似乎落在小床上的淺淡陰影。一小時過去了，除了羅利靜靜出發前往車站，還是沒有任何動靜。又過了一小時，還是沒人出現。這兩個可憐的姐妹不禁焦慮又害怕，擔心火車因為風雪誤點、或許沿途出了意外，或最糟的是，華盛頓那邊有壞消息。

過了兩點，喬站在窗前，想著世界蒙在裹屍布般的白雪裡，看起來有多麼駭人。這時，她突然聽見床邊有了動靜，她連忙轉身，看到梅格藏著臉跪倒在母親的躺椅前。喬心中竄過一股冰冷的恐懼，她暗想：「貝絲死了，梅格不敢告訴我。」

她立刻趕回床邊的崗位，激動地看到貝絲似乎起了很大的變化。因熱病引發的潮紅和痛苦都褪去了，那一張親愛的小臉蛋看起來多麼蒼白與安詳，喬無意哭泣或悲嘆。她俯身在最親愛的妹妹上方，誠心誠意吻了吻妹妹潮濕的額頭，並輕聲說道：「再見了，我的貝絲，再見！」

這番騷動似乎驚醒了漢娜，她急忙到床邊看著貝絲，摸摸她的手、傾聽她的吐息，然後又將圍裙往上一拋，坐在躺椅上來回搖動身子，一面低聲驚呼：「熱病退了，她睡得很熟，皮膚濕濕的，呼吸很順暢。謝天謝地！噢，我的天啊！」

姐妹倆原本還不敢相信，醫生就過來證實了這個好消息。醫生長相普通，可是她們覺得他的臉俊美如天神，尤其在他漾起笑容，以慈愛的神情看著她們說：「是的，孩子們，我想小妹妹這回撐得過去。家裡保持安靜，讓她好好睡，等她醒來的時候，給她——」

該給她什麼，兩個人都沒聽見，因為她們早已悄悄溜到陰暗的玄關，坐在樓梯上，緊緊擁住對方，心中漲滿了欣喜，完全無法言語。兩姐妹回到房裡，忠實的漢娜對她們又親又抱，她們發現貝絲像以前那樣躺著，臉頰枕在手上，臉色不再慘白，呼吸聲很安靜，彷彿只是睡著而已。

「真希望媽媽現在就回到家了！」喬說。冬夜逐漸步入尾聲。

「妳看，」梅格拿著半開的白玫瑰走上來。「我本來想說，如果貝絲她——離開我們，我就要把這朵玫瑰放進她手裡，又怕來不及開好，可是花在夜裡開了。現在我打算把花插在瓶子裡，這樣等親愛的貝絲醒過來，第一眼就會看到這朵小玫瑰，還有媽媽的臉。」

清晨時分，梅格和喬撐著沉重的眼皮，望向屋外，覺得自己不曾見過如此美麗的朝陽，世界看來也前所未有地可愛。她們漫長哀傷的守夜已經過去。

「看起來好像童話世界。」梅格自顧自笑著，站在窗簾後面，眺望眼前的燦爛景象。

「妳聽！」喬嚷嚷，跳了起來。

沒錯，樓下的門鈴響起，漢娜發出呼喊，接著是羅利的聲音。他歡喜地悄聲說：「女孩們，她回來了！她回來了！」

19 艾美的遺囑

家裡發生這些事情的時候，在馬區姑婆家的艾美也過得很辛苦。她深深體會到被放逐的滋味，而且還是有生以來的第一次，她體認到自己在家中多麼受寵。馬區姑婆從來不寵人，她並不贊同這樣的作法，但這個循規蹈矩的小女孩很討她歡喜，於是有意善待她。馬區姑婆的內心深處其實還是很疼愛她姪兒的這幾個孩子，儘管她覺得不適合直言坦白。她真的很努力要讓艾美過得快樂，可惜的是，她犯了多少錯誤！有些老人家滿臉皺紋、頭髮灰白，卻依然保有赤子之心，懂得體會孩子的小小煩惱和歡樂，相處起來讓孩子覺得自在，還能夠寓教於樂，將智慧隱藏在愉快的遊戲裡，以最親切的方式付出與接受友誼。可是馬區姑婆並沒有這樣的天賦，她的規定和命令、古板作風和冗長乏味的閒談，讓艾美煩得無以復加。

老太太發現，這孩子比姐姐更溫順、更討喜，覺得自己有責任剷除她以往在老家被自由縱容所帶來的壞影響，於是自願扛起責任，開始以六十年前受過的教導來管教艾美，這讓艾美驚慌失措，覺得自己彷彿是落難的蒼蠅，逃不出一張嚴密的蜘蛛網。

每天早上，她都得清洗杯子、擦亮老式湯匙、胖銀壺及玻璃杯，直到閃閃發亮為止。然後，她還得打掃房間，那真是個苦差事啊！一點灰塵也逃不過馬區姑婆的利眼，可是所有的家具都有爪形腳，加上有很多雕花，怎麼也清不乾淨。然後還要餵鸚鵡波里，替寵物狗梳毛，樓上樓下跑十幾趟拿東西或是吩咐僕人，因為老太太不良於行，很少離開她的大椅子。辛苦勞動過後，還有功課要做，每天都考驗著她擁有的每項美德。然後，當她有一小時的運動或玩樂時間，她怎麼可能不盡情享受？羅利每天過來，對馬區姑婆花言巧語，直到她放艾美跟他出去。接著，他們會一起出門散步、搭馬車兜風，玩得不亦樂乎。午餐後，她得唸書給姑婆聽，老太太聽第一頁通常就會打起盹來，往往會睡上一個小時，而艾美就得靜靜端坐等待。之後輪到拼布或繡手巾，艾美雖然乖乖照做，其實內心抗拒得不得了。黃昏時分，才終於能做點自己有興趣的事直到用茶時間。可是晚上的時間最難熬，因為馬區姑婆總是滔滔回顧年少時代的往事，無聊又冗長，艾美恨不得上床去，為自己的悲慘命運哭一場。一旦上了床，通常還來不及擠出一兩滴眼淚就睡著了。

要不是有羅利和女僕艾絲塔，她覺得自己永遠撐不過那段可怕的日子。光是那隻鸚鵡就足以把她逼瘋，因為牠很快就發現艾美並不喜歡牠，所以盡可能找機會調皮搗蛋以示報復。只要艾美走近，牠就扯她頭髮；她正在清鳥籠時，牠便故意打翻牠的麵包和牛奶，製造麻煩，還會在女主人打盹的時候，啄小狗抹抹，惹得牠直吠。家裡如果有訪客，就會當著客人的面臭罵艾美，在在表現得像隻討人厭的老鳥。另外，那隻狗也讓艾美受不了，不只肥胖、壞脾氣，幫牠梳毛的時候，還對她呲牙裂嘴、汪汪地狂吠；要是想吃東西，就躺下來四腳朝天，露出愚蠢的表情，而這種行為一天反覆個十幾回。廚子脾氣暴躁、老馬夫耳背，只有艾絲塔會注意這個小姑娘。

艾絲塔是法國人，和「夫人」同住了許多年，她都這樣稱呼她的女主人。她壓得下老太太的氣焰，而老太太沒有她簡直活不下去。她本名叫艾絲黛兒，可是馬區姑婆硬要她改名，她也照做了，條件是不要求她改變宗教信仰。她滿喜歡艾美小姐的，每次艾美坐在一邊看她穿夫人衣物的綁帶時，她就會用過往在法國的奇特經歷逗小女孩開心。她也讓艾美在大宅裡隨意走逛，細看收在大櫥櫃和古老箱子裡的珍奇美物，馬區姑婆就像喜鵲一樣愛囤積東西。

艾美最喜歡的是一座印度櫥櫃，裡面不僅有奇怪的抽屜、小小的收納格子，還有一些祕密空間，裡頭存放了形形色色的裝飾品，有些很珍貴，有些只是模樣奇特，多多少少都稱得上是古董。

細看和整理這些東西，讓艾美滿足無比，尤其是飾品盒。盒子裡的天鵝絨襯墊上擺放著四十年前用來妝點美人的飾物：馬區姑婆剛踏入社交圈穿戴的石榴石首飾組；父親在她結婚時送她的珍珠項鍊；戀人致贈的鑽石；黑玉悼念戒指與胸針；奇特的盒式墜子，裡面裝有已逝好友的小肖像以及柳垂般的髮絲；她小女兒襁褓時期所戴的寶寶手環；馬區姑爺的大手錶，以及一只好多孩子把玩過的紅色印章。另有一只獨立的盒子，裡面裝著馬區姑婆的婚戒，她手指現在太胖戴不下，但依然小心翼翼保存著，彷彿是所有珠寶裡最珍貴的一個。

「如果讓小姐來選，妳會選那個呢？」艾絲塔問。艾美欣賞這些貴重的物品時，她都會坐在一旁看著，之後負責鎖上。

「我最喜歡鑽石，不過這裡沒有鑽石項鍊。鑽石項鍊很好看，我很喜歡。如果讓我選，我會挑這一條。」艾美回答，一臉欣賞地看著一串黃金和烏木珠子串成的鍊子，上頭掛著同樣材質的厚重十字架。

「我也很想要這條，不是因為是項鍊，啊，絕對不是！對我來說，這是一串念珠。身為天主教徒，我應該把它當成念珠來用。」艾絲塔說，用盼望的神情瞅著這條美麗飾物。

「用途就和妳鏡子上掛的那串香香的木珠一樣嗎？」艾美問。

「是啊，沒錯，拿來禱告用。用這麼美麗的念珠來禱告，而不是當成珠寶飾品來戴，聖人一定很高興。」

「妳好像從禱告得到很多安慰，艾絲塔，每次妳禱告完下樓來的時候，看起來都好平靜、好滿足，真希望我也可以。」

「如果小姐是天主教徒，也能從禱告裡得到真正的安慰。不過妳是新教徒，可以像我以前的那個女主人那樣，每天花點時間冥想和禱告。她有個小禮拜堂，遇到難關的時候，都會在裡面找到慰藉。」

「我可以這樣做嗎？」艾美問。陷入孤單的她，覺得自己需要某種幫助，發現沒有貝絲在身邊提醒，她常會忘記那本小書。

「這樣會很不錯的，我很樂意整理一間小小的更衣室給妳用。別和夫人說，等她睡了，妳就可以到那裡獨自坐一會兒，想想正面的事情，然後請親愛的上帝守護妳姐姐。」

艾絲塔真的很虔誠，秉持誠意提出這個建議，因為她古道熱腸，而且對這些焦急的姐妹很能感同身受。艾美喜歡這個主意，於是答應讓她整理房間隔壁的小儲間，希望這樣對自己會有幫助。

「我好想知道，等馬區姑婆去世以後，這些漂亮東西會到哪裡去。」她說，緩緩放回那條閃亮的念珠，一個接一個將珠寶盒關上。

「當然是留給妳和妳姐姐們嘍，我很清楚，夫人偷偷和我說過。我是她遺囑的見證人，上面就是這樣寫沒錯。」艾絲塔面帶笑容低聲說。

「真好！可是我希望她現在就能給我們，拖延並不好。」艾美說，看了鑽石最後一眼。

「年輕淑女還不適合穿戴這些東西。夫人說過，最先訂婚的人會得到那組珍珠首飾。我想妳回家的時候，夫人會將那個土耳其石小戒指送妳，因為夫人很欣賞妳的良好表現和迷人儀態。」

「真的嗎？噢，如果我可以得到那個可愛的戒指，我一定會乖得像綿羊！那比凱蒂・布朗的漂亮多了，我其實還是很喜歡馬區姑婆的。」艾美一臉喜悅地試戴那只藍色戒指，決心要贏得它。

從那天起，她事事言聽計從，老太太還以為自己訓練有方而得意洋洋。艾絲塔在小櫥間裡放了張小桌子，桌前放了把腳凳，桌子上方掛了幅畫，是從關閉的房間拿來的。她以為這幅畫並不貴重，只是因為頗為適合，加上夫人永遠不會發現，於是借過來掛。就算夫人發現也不會在意。不過，其實這是某幅世界名畫的珍貴臨摹，艾美向來喜愛欣賞美麗事物，仰頭望著畫裡聖母的甜美臉龐時，心裡總是充滿溫柔的思緒，覺得那張畫百看不膩。

她在桌子上放了小聖經和聖歌集，另外擺了個花瓶，裡面總是插著羅利送她的美麗花朵，每天都來「獨自坐一會兒，想想正面的事情，然後請親愛的上帝守護妳姐姐」。艾絲塔給了她一串附有銀十字架的黑念珠，不過艾美只是掛起來不碰，因為擔心不適合新教徒在禱告的時候用。

這個小女孩冥想禱告做得真心誠意，因為獨自遠離家這個安全的巢穴，非常需要有隻友誼之手來倚靠，而她憑著直覺求助於這個強壯溫柔的朋友，祂總是以父親般的慈愛緊緊圍繞著祂的小孩們。母親不在身邊，無法幫忙她瞭解自己、管理自己，不過母親曾經教過她該往何處求助，所以她盡力找到正確的道路，懷抱信任沿著那條路踽踽前行。

不過，艾美畢竟是個年輕的朝聖者，覺得自己的負擔非常沉重。她試著要忘記自己，保持樂觀，滿足於做對的事，雖然不會有人看到或稱讚她。她初次嘗試要做個非常、非常乖巧的孩子時，決心仿效馬區姑婆預立遺囑，這樣萬一哪天生病死去，自己的財產就能公正且慷慨地分贈給大家。想到要放棄那些小寶物，她就心痛如絞；在她眼裡，這些東西就像老太太的珠寶飾物一樣珍貴。

她利用自己的遊戲時間，盡最大的努力擬好這份重要文件，有些法律術語則請艾絲塔幫忙。當這個好脾氣的法國女僕簽上她的名字時，艾美鬆了口氣，然後將遺囑先擱在一邊，等著拿給羅利看，她要請他當第二個見證人。那天下雨，她上樓到一個大房間玩耍，還帶著波里作伴。這個房間有個大衣櫃，裡面掛滿了過時的服裝，艾絲塔允許她穿著玩。穿上褪色的華服錦緞，對著長鏡子來回展示，莊重地行屈膝禮，拖著長裙擺走來走去，發出的窸窣聲聽來真悅耳——這是她最喜歡的消遣。這天她忙到沒聽見羅利按門鈴，也沒發現他從門口探進偷看，仍然態度嚴肅地來回漫步，輕揮扇子、甩動秀髮，頭上纏著粉紅大頭巾，身上穿著藍色錦緞洋裝搭黃色鋪棉襯裙，呈現怪異的對比。而且腳下踩著高跟鞋，不得不小心走路。羅利事後告訴喬，當時的景象實在很滑稽，看到她一身鮮亮，踩著小碎步前進，波里跟在她後頭東搖西擺、昂首闊步，極力地模仿她，偶爾停下來大笑或喊叫：「我們很美吧？滾開，妳這個醜八怪！閉嘴！親一個，親愛的。哈！哈！」

羅利拚命壓抑自己，免得爆笑出聲、觸怒公主陛下。他輕輕敲門，她大方地迎他進門。

「你坐著休息一下，我先把這些東西收起來，然後我有個重要的事情要請教你。」艾美說，展示完一身華美之後，將波里趕到角落裡。「那隻鳥真是我生命中的剋星。」她繼續說，摘下頭上那座粉紅小山。羅利跨坐在椅子上。「昨天姑婆睡著的時候，我努力學老鼠一樣安安靜靜的，結果波里開始在籠子裡大吼大叫、亂衝亂撞的。我走過去放牠出來，結果發現裡頭有隻大蜘蛛。我把蜘蛛趕出來，結果蜘蛛溜到書櫃底下去了。波里追了過去，伏低身子朝底下瞧，歪著腦袋用好笑的口氣說：『一起散個步吧，我親愛的。』我忍不住笑出來，結果波里就開始臭罵，吵醒了姑婆，最後姑婆把我們兩個都臭罵一頓。」

「蜘蛛有沒有接受那隻老傢伙的邀請？」羅利打著哈欠問。

「有，牠跑出來，結果波里嚇壞了，趕緊逃走。我追著蜘蛛跑的時候，牠連忙爬上姑婆的椅子，放聲大叫：『抓住牠！抓住牠！抓住她！』」

「騙人！噢，可惡！」那隻鸚鵡大叫，一邊猛啄羅利的腳趾。

「如果你是我養的，我就扭斷你的脖子，你這個討厭的老傢伙。」羅利嚷嚷，對著那隻鳥揮舞拳頭。

鸚鵡卻偏著腦袋，嚴肅地嘎嘎說：「哈雷路亞！願上帝保佑你，親愛的！」

「好，我準備好了。」艾美說著便關起衣櫥，從口袋裡抽出一張紙並說：「我要請你讀一下這個，告訴我這樣合不合法、正不正確。我覺得我應該這樣做，因為人生充滿了不確定，我不希望死掉以後有人不高興。」

羅利咬咬嘴唇，從滿臉心事的艾美那裡稍微轉開身子，裡頭錯字連篇，他還能以如此肅穆的態度閱讀，著實令人稱許。

我的遺屬

我，艾美．柯提斯．馬區，在神知清楚的狀況下，立下這份遺屬要將所有的世間財物遺贈給大家，內容如下：

給父親：我最好的油畫、素描、地圖、藝術品，包括畫框。還有我的一百美金，他想怎麼用都可以。

給母親：我所有的衣服，除了有口袋的藍韋裙，還有我的肖象、我的奬章，還有無限的愛。

給親愛的姐姐瑪格麗特：我的土耳其石戒指（如果我得到的話）、上面畫了鴿子的綠盒子、手工蕾絲頸帶，還有我替她畫的素描，她可以用來紀念我這個受她寵愛的「小姑娘」。

給喬：我的胸針，就是用封蠟補過的那個，還有我的銅墨水台——蓋子弄丟了，還有我最寶貝的石膏兔子，因為我把她寫的故事燒掉了，很對不起她。

給貝絲（如果她活得比我久）：我要把我的娃娃和小梳妝台、我的扇子、我的亞麻衣領、我的新便鞋——她康復以後會變瘦，應該穿得下。我也要向她道歉，因為我以前嘲笑過老喬安娜。

給我的朋友和鄰居希奧多·羅倫斯：我的紙糊作品、我那隻泥塑馬，雖然他說過牠沒脖子。為了答謝他在這段艱困時期裡的照顧，他可以在我的藝術作品之中他挑一件自己喜歡的。聖母像是最棒的。

給我們敬重的恩人羅倫斯先生：我那個蓋子上有面鏡子的紫盒

子，很適合裝他的筆，讓他能夠想起那個離去的女孩，她萬分感謝他對她全家所付出的一切，尤其是對貝絲。

我希望我最喜歡的玩伴凱蒂·布朗可以拿到我的藍色絲質韋裙、還有我的金珠戒指，並送上一吻。

給漢娜：她一直想要的儲物厚紙盒，還有我沒完成的拼布材料，希望她「堵物思人，看到它就想起我」。

分配完我最寶貴的財產之後，我希望大家都能滿意，不要責怪死者。我原諒每個人，也相信號角響起的時候，我們會再度相聚。阿們。

我在這裡為這份遺屬簽名和彌封，一八六一年十一月二十日

立遺屬人：艾美·柯提斯·馬區

見證人：艾絲黛兒·瓦諾、希奧多·羅倫斯

最後一個名字是用鉛筆寫成的，艾美解釋說，他必須用墨水再寫一遍，然後替她好好彌封。艾美正忙著把一段紅絲帶、封蠟、小蠟燭和墨水壺擺到他的面前。

「妳怎麼會想到要寫遺囑？有人和妳提過，貝絲要把自己的東西送人嗎？」

她解釋了原因，然後焦急地問：「貝絲怎麼了？」

「抱歉我不該說的，可是既然都提起了，就告訴妳吧。有一天她覺得自己病得很重，就告訴喬，她想把鋼琴送給梅格、把她的小鳥送給妳、把可憐的老娃娃送給喬，喬應該會愛屋及烏，也好好愛它。她覺得很抱歉，自己只有這麼少的東西可以送人，於是各留一綹頭髮給我們其他人，而且要把她最深的一份愛送給爺爺，可是她從沒想到要寫遺囑。」

羅利邊說邊簽名和彌封，頭也不抬，直到一滴斗大的淚水落在紙上。艾美滿臉憂愁，但也只說：「遺囑後面是不是還能加什麼附錄？」

「對，一般叫『遺囑修訂附件』。」

「那替我加一條好了：我要剪下我所有的鬈髮，送給所有的朋友。我忘了寫，可是我想要這樣，雖然這樣我會變醜。」

羅利加了上去，對著艾美最後一個、也是最大的犧牲揚起笑容。然後陪她玩了一個鐘頭，興味盎然地聽她大吐苦水。可是當他準備離開時，艾美拉住他，抖著嘴唇低聲問：「貝絲真的有生命危險嗎？」

「恐怕是，不過我們一定要抱著希望，所以別哭了，親愛的。」羅利像哥哥一樣摟住她，讓她備感安慰。

他一離開，她就到自己的小禮拜堂去，坐在暮色中為貝絲禱告，淚流滿面、心痛至極，覺得就算有一百萬只土耳其石戒指，也無法平撫她失去溫柔姐姐的創痛。

20 機密

我想，她們母女相聚的情景，沒有任何言語足以形容，這樣美麗的時刻只能親身體會而難以言傳，所以留待讀者自行想像。我只能說，屋子裡洋溢著真切的快樂，梅格那個溫柔的願望實現了，當貝絲從漫長療癒的睡眠中醒來，第一眼看到的就是那朵小玫瑰和母親的臉龐。

她虛弱到無法表達驚奇，只能露出笑容，往摟著她的慈愛臂膀依偎過去，感到飢渴的盼望終於得到滿足。之後她再次入睡，兩個姐姐忙著服侍母親，因為母親不願鬆開那隻緊抓著她的削瘦小手，即使小病人已經入睡。

漢娜發現自己無處排遣激動的情緒，便為了這位旅人「端出」一頓驚人的早餐。梅格和喬像盡責的幼鶵一樣反哺母親，一面傾聽她低聲述說父親的情形，布魯克先生答應留在父親身邊照料他，而風雪又是如何耽誤了返家的行程；她抵達的時候，又累又冷、心急如焚，羅利那張希望滿滿的臉卻帶來無法言喻的安慰。

這一天多麼怪異，卻又多麼美好！

戶外陽光燦爛、氣氛歡欣，因為全世界似乎都跑到屋外歡迎第一場雪，而屋裡如此安靜平穩，人人因為守夜耗盡體力，此時正睡得香甜，整棟房子籠罩在安息日一般的靜謐裡，守在門口的漢娜打著盹。梅格和喬彷彿卸下一身重擔，懷著幸福無比的心情，闔上疲累的雙眼，好似經過風吹雨打之後的船隻，終於泊入平靜的港灣，安安穩穩地歇息。馬區太太不願離開貝絲身旁，索性在躺椅裡歇息，不時醒來看一看、摸一摸，對著她沉思默想，有如守財奴緊緊看守失而復得的寶藏。

於此同時，羅利趕緊去安慰艾美，將來龍去脈說得如此動聽，連馬區姑婆都「抽抽噎噎」起來，而且連一次「我早就說過」也沒提。這回艾美倒是表現得很堅強，我想她在小禮拜堂裡的冥想默禱開花結果了。她很快抹乾眼淚，克制想見母親的衝動。

當羅利說艾美「就像一個了不起的小婦人」，老太太欣然表示同意時，艾美甚至沒想到那枚土耳其石戒指。連波里似乎都覺得佩服，因為牠稱她是「好姑娘」、願上帝保佑她，還用最友善的語氣求她「一起散個步吧，我親愛的」。

她很想出去享受一下明亮晴朗的冬日，可是發現羅利儘管努力要掩飾睡意，卻依然打起瞌睡，她勸他在沙發上躺躺，她則來寫封短箋給母親。她寫了好久，回到客廳的時候，他伸長身子，腦袋枕著兩隻手臂熟睡著，馬區姑婆早已拉下窗簾，無所事事坐著，臉上掛著罕見的慈祥。

過了一會，她們開始覺得他會睡到天黑才醒來，要不是因為艾美看到母親歡呼而吵醒他，我也不確定他會不會醒來。那一天，在城裡和郊區可能有很多快樂的小女孩，不過我個人認為，艾美是最快樂的一個。她坐在母親懷裡訴苦，從母親的讚許笑容和深情撫觸，得到安慰與補償。母女倆獨自在那間小禮拜堂裡，艾美向母親解釋這裡的用途時，母親並未表示反對。

「我倒是很喜歡呢，親愛的。」她說，視線從蒙塵的念珠移向翻得老舊的小書，以及掛著長青樹環的那幅美麗圖畫。「當事情讓我們煩惱，或是感到傷心的時候，有個地方可以靜一靜，真的很不錯。我們人生當中會遇到很多困難，不過，如果我們能用正確的方式尋求協助，就永遠撐得過去。我想，我的小女兒已經學到這點了吧？」

「對啊，媽媽，我回家以後，打算在大櫥櫃裡找個角落放書，還有我照著這幅臨摹出來的畫。聖母的臉太漂亮了，我畫得不大好，可是聖嬰就畫得好一點，我很喜歡。我喜歡去想祂以前也是小孩，這樣我就不會覺得自己離祂那麼遠，這樣想對我很有幫助。」

艾美指著聖母膝上微笑的小耶穌，馬區太太在她舉起的手上看到一樣東西，便不禁露出笑容。她什麼都沒說，但艾美卻懂得那種表情，她頓了一下之後，嚴肅地補充：「我本來想和妳說的，可是忘了。姑婆今天把戒指送我，她把我叫過去，親親我，就把戒指套在我手上，說她以我為榮，說她很希望能把我永遠留在身邊。因為土耳其石戒指太大，她還加了一個好笑的護圈，免得戒指掉了。我想戴著，可以嗎？」

「確實很漂亮，可是我想妳年紀太小，還不適合戴這樣的飾品。」馬區太太說，看著胖胖小手的食指上套著天藍色寶石戒指，還有古色古香的護圈，造型是兩個小金手相扣而成。

艾美說：「我會盡量不虛榮，我想我喜歡這個戒指，不只是因為它很美，也因為我想像故事裡戴手環的女生一樣，戴著用來提醒自己事情。」

「妳是說，要提醒自己記得馬區姑婆嗎？」母親笑著問。

「不是，提醒自己不要自私。」艾美一臉誠懇真摯，母親收起笑聲，態度尊重地傾聽她的小小計畫。

「關於我那些『不乖的重擔』，最近我想了很多，最大的一個就是自私。如果能夠的話，我想努力改掉。貝絲不自私，所以大家都愛她，想到會失去她就難過得不得了。如果生病的是我，大家就不會這麼難過，而且我也不值得大家難過。可是我希望有很多朋友愛我和想念我，所以我要努力嘗試，向貝絲學習。我很容易忘記自己的決心，如果身上一直有件東西可以提醒我，我想我應該會做得更好。我可以試試這個辦法嗎？」

「可以，不過我對妳在大櫥櫃找個角落的計畫更有信心。戴著戒指吧，親愛的，盡力而為。我想妳一定會成功的，因為誠心向善就等於是成功了一半。好了，我得回去照顧貝絲了。打起精神來，我的小女兒，我們很快就來接妳回家。」

那天晚上，梅格正忙著寫信給父親報平安，說母親已經安全返家，這時喬悄悄溜進貝絲的房間，母親還是在老位子上。喬站著片刻，手指絞著頭髮，姿態憂慮、神情猶疑。

「怎麼了，親愛的？」馬區太太問，伸出手，表情讓人想要傾吐心事。

「媽媽，我想跟妳說件事。」

「和梅格有關嗎？」

「妳怎麼一下子就猜到！對，和她有關，雖然只是一件小事，可是卻讓我很心煩。」

「貝絲睡著了，妳小聲說給我聽吧。希望不是莫法特家的男孩來過家裡？」馬區太太嚴厲地問。

「不是，如果他來，我就會給他吃閉門羹。」一席地坐在母親腳邊的喬說。「今年夏天，梅格把一副手套忘在羅倫斯家，結果他們只送一隻回來。我們壓根忘了這件事，可是羅利卻和我說，另一隻在布魯克先生那裡。他一直收在自己的背心口袋裡，有一次掉出來，羅利就拿來取笑他，布魯克先生承認自己喜歡梅格，可是不敢表白，因為她還那麼年輕，而他又那麼窮。好了，這種情形不是很可怕嗎？。」

「妳想，梅格喜歡他嗎？」馬區太太神情焦急地問。

「天啊！我才不懂愛情這類的荒唐東西！」喬嚷嚷，滑稽的表情裡夾雜興味和輕蔑。「小說裡，女主角談戀愛的時候，容易驚嚇、臉紅，動不動就會昏倒、變瘦，表現得和傻瓜一樣。梅格目前沒有這種現象，她照常吃喝、照常睡覺，像個理智正常的人，我提起那個男人時，她會正眼看著我的臉，只有在羅利拿戀人開玩笑的時候，她才會微微臉紅。我不准他再這樣，可是他根本不聽我的。」

「那妳覺得梅格對約翰沒興趣嘍？」

「誰？」喬嚷嚷，瞪大眼睛。

「布魯克先生啊，我現在都叫他『約翰』，我們在醫院久了就習慣這樣了，他很喜歡我們這麼叫。」

「噢，天啊！我就知道妳會站在他那邊。他對爸爸很好，所以妳就不會趕他走了。如果梅格有意思，妳就會讓梅格嫁給他。真卑鄙！故意對老爸很好、討好妳，就是為了讓你們喜歡上他。」喬氣憤地再次揪起頭髮。

「我親愛的，別生氣，我告訴妳是怎麼回事。約翰應羅倫斯先生的要求陪我去醫院，又那麼盡心照顧妳們可憐的爸爸，我們忍不住喜歡上他。對於梅格的事情，他表現得坦白又正直，因為他直接告訴我們，他愛上她了，但會等到有足夠的經濟基礎之後，才會向她求婚。他只是希望我們同意讓他愛她並且為她奮鬥，也希望我們允許他爭取她的芳心。他真的是很優秀的年輕人，我們無法拒絕他，也無法不聽他的表白，但我也不會讓梅格這麼年輕就訂婚的。」

「當然不行，這樣做太愚蠢了！我就知道事有蹊蹺，連我都感覺到了。原來，這狀況比我想像的更糟糕。我真希望我自己可以娶梅格，讓她能安安全全地留在家裡。」

馬區太太聽了這個古怪的安排，不禁微笑，但是她嚴肅地說：「喬，我跟妳說的這件事，妳可別對梅格提起。等約翰回來，我親眼看過他們相處的情形之後，比較能夠判斷她對他有什麼感覺。」

「到時，她就會看到那雙俊美的眼睛——她老是談起那雙眼睛，然後整個人就會陷進去。她心太軟，如果有人含情脈脈看著她，她的心就會像奶油一樣融化。梅格讀他寄來的病況報告，次數比讀妳寫的家書還多。我提起這件事的時候，她還會捏我。她喜歡棕色眼睛，又不覺得約翰這個名字難聽，她一定會愛上他的。我們共同生活的平靜、有趣和舒適時光會就此結束，我全都預想得到！他們會在屋子裡卿卿我我的，到時我們就必須迴避。梅格會沉浸在愛河裡，再也不會對我好。布魯克會想辦法籌出一大筆錢，帶她遠走高飛，害我們家破一個大洞，我的心會碎掉，所有的一切都會變得很討厭又不舒服。噢，天啊！我們為什麼不是男孩？那樣就不會有煩惱了！」

喬把下巴靠在膝頭上，模樣傷心欲絕，隔空對著可惡的約翰揮舞拳頭。馬區太太嘆口氣，喬如釋重負地抬起頭來。

「媽媽，妳也不喜歡這樣吧。我很高興，我們把他趕走吧，一個字也別跟梅格說，全家又可以像以前那樣快快樂樂過生活。」

「我實在不該嘆氣的，喬。妳們姐妹遲早都要建立自己的家庭，可是我的確希望能把妳們留在身邊，越久越好，這件事來得這麼快，我很遺憾，因為梅格才十七歲。約翰要再等好幾年才有能力和她共組家庭。我和妳父親已經說好了，她在二十歲以前不該受到任何束縛，婚姻也是。如果她和約翰彼此相愛，就應該能夠等待，藉由等待來考驗兩人之間的愛。她是個有原則的人，我不擔心她會玩弄約翰。我那美麗善良的女兒，我真希望她一切美美滿滿。」

「妳難道不希望她嫁個富家子弟嗎？」喬問。母親講最後幾個字的時候，聲音有點顫抖。

「金錢是實用的好東西，我也希望我的女兒們永遠不會為了缺錢而痛苦，也不會受到太多金錢的誘惑。我當然希望約翰可以有穩固的事業、有足夠的收入，無須負債度日，讓梅格可以過得舒舒服服。我並不奢望我的女兒們可以榮華富貴或是功成名就。如果地位和財富可以伴隨著愛和美德而來，我會滿懷感激地接受，而且為妳們的好運高興。可是我從經驗知道，如果住在平凡的小房子裡，天天為生活操勞，因為有些匱乏而讓少數的享受更為甜美，一家人也可以嚐到真正的幸福。我很高興梅格有個平凡的起步，因為如果我想得沒錯，她將會因為得到一個好男人的心而富有，而這樣的富有勝過任何財富。」

「我懂了，媽媽，我也很同意。不過我對梅格的事情滿失望的，因為我原本打算讓她嫁給羅利，一輩子都能坐擁奢華的生活。這樣不是很好嗎？」喬問，臉色一亮抬起頭。

「可是他年紀比她小，妳也知道。」馬區太太才開口，喬就打了岔。

「噢，那又沒關係，他比較早熟，又長得高，如果願意，也可以表現得像個大人一樣。而且他有錢又慷慨，個性善良，又愛我們大家。我的計畫竟然泡湯了，真可惜。」

「對梅格來說，羅利恐怕不夠成熟，其實也還不夠有定性，無法讓人倚靠。別計畫了，喬，讓時間和心來指引妳朋友們的終身大事吧。這種事情我們插手反倒會弄巧成拙，腦子裡也不要裝滿妳所謂的『浪漫的鬼扯』，免得破壞我們的情誼。」

「嗯，我不會的，我只是討厭看到事情進行得亂七八糟，糾結在一起，只要在這裡拉一把、那裡剪一下，就可能解決了。真希望大家腦袋上可以頂著重重的熨斗，就可以永遠長不大。可是花苞最後總是會開出玫瑰，而小貓也會長成大貓，真是太遺憾了！」

「妳在說什麼熨斗和貓啊？」梅格問，拿著寫好的信，悄悄走進房裡。

「只是胡言亂語啦。我要去睡了，小梅，要一起來嗎？」喬說，伸展身子，活像個拼組益智玩具。

「寫得不錯，文筆滿優美的。麻煩加一句，替我問候約翰一聲。」馬區太太說，讀過這封信之後還了回去。

「妳叫他『約翰』啊？」梅格問，面帶笑容，天真的眼睛往下看著母親。

「是啊，他就像我們的兒子，我們都很喜歡他。」馬區太太回答，表情熱切地回看著她。

「真好，因為他一個人好孤單。晚安了，親愛的媽媽。有妳在家裡，那種舒坦的感覺實在無法形容。」梅格小聲回答。

母親非常溫柔地親她一下。她離開之後，馬區太太滿足又遺憾地說：「她還沒愛上約翰，但很快就會的。」

21 羅利惡作劇、喬當和事佬

隔天，喬臉上的神情令人難以捉摸。因為那個祕密壓得她心頭沉甸甸的，讓她很難不露出神祕與心事重重的模樣。梅格發現了但沒追問，因為她早已學會，要對付喬最好的方法，就是反其道而行。所以她很確定，如果不主動發問，喬肯定會對她和盤托出。

讓梅格相當詫異的是，喬這回竟然守口如瓶，還擺出自以為是的態度，徹底激怒了她。於是，梅格也端出傲然的冷淡姿態，將全副心神都放在母親身上。因為馬區太太接手了喬的護理工作，要她在閉關照顧貝絲這麼久之後，好好休息、運動和玩樂，結果喬只能自己想辦法安排活動。艾美不在家，羅利是她唯一的慰藉。她雖然很喜歡有他陪伴，可是這時卻很怕見到他，因為他有個改不掉的壞毛病，就是愛捉弄人。她很怕他會花言巧語，從她嘴裡套出這個祕密。

她想得沒錯，因為這個愛惡作劇的小子一懷疑有隱情後，就決心要查個水落石出，讓喬吃盡了苦頭。他時而甜言利誘、時而冷嘲熱諷、時而威脅責難，有時又佯裝毫不在乎，想說或許能夠出其不意套出真相。有時則宣稱自己早已知情，但是不在乎，最後憑著鍥而不捨的精神，終於探聽出事情涉及梅格和布魯克先生。家教老師有祕密竟然不告訴他，讓他忿忿不平，於是絞盡腦汁，要為自己遭受冷落來出口怨氣。

同時，梅格顯然已經忘了這件事，全心為父親返家做準備，可是有一兩天突然性情大變，簡直判若兩人。有人和她說話，她會猛吃一驚。只要有人望著她，她就會臉紅，而且變得非常安靜，做針線活的時候也一臉膽怯不安。母親問她時，她只會說很好；喬一問起，她就求喬走開讓她靜一靜。

「她感覺到了，我是說愛情，而且陷得好快。大部分的症狀她都有：興奮、愛生氣，吃不下、睡不著，窩在角落裡悶悶不樂。有一次，我聽到她在唱關於『潺潺溪流[25]』的歌曲。有一次，她和妳一樣叫他『約翰』，結果臉紅得像罌粟一樣。我們到底該怎麼辦？」喬似乎已經準備好要不擇手段了。

「什麼都別做，等待就好。別去煩她，要對她好、對她有耐心，等爸爸回來就不會有事了。」母親回答。

「梅格，這裡有一封妳的短箋，整個都封起來了。好奇怪！羅利寫給我的信從來不封的。」喬說。隔天她負責分發小郵局裡的郵件。

馬區太太和喬正埋頭忙自己的事情時，梅格發出一個聲音，讓她們不禁抬起頭來，卻見到她滿臉驚恐地盯著短箋。

「孩子，怎麼了？」母親喊道，跑向她。喬則試著抽走那張闖了禍的紙。

「原來全是誤會，之前那封信不是他寫的。噢，喬，妳怎麼可以做這種事？」梅格雙手掩面，哭得彷彿心都碎了。

「我！我什麼也沒做啊！她在胡說些什麼？」喬滿頭霧水地嚷嚷。

梅格溫和的雙眼燃起怒火，從口袋裡抽出一張皺巴巴的短箋，朝喬身上丟

25 溪流的原文是brook，與布魯克先生的姓氏拼法相同。

去，一邊斥責：「是妳寫的，那個壞男孩還幫了妳的忙。你們怎麼可以對我們兩人這麼無禮、這麼惡劣、這麼殘忍！」

喬幾乎沒聽見她說的話，只顧著和母親一起閱讀這張筆跡奇特的信箋：

最最親愛的瑪格麗特：

我再也無法壓抑自己的熱情，必須在我歸來以前得知自己的命運。我還不敢告訴妳父母，可是我想，如果他們知道我們彼此愛慕，他們會同意的。羅倫斯先生會幫我找到好職位，到時候，我甜美的女孩，妳將會讓我幸福無比。我懇求妳暫且別和家人透露分毫，只要透過羅利傳遞一絲希望給我就好。

衷心愛妳的約翰

「噢，那個小壞蛋！我守住對媽媽的承諾，他竟然這樣報復我。我要狠狠臭罵他一頓，把他帶過來向我們求饒。」喬嚷嚷，很不得馬上主持正義。可是母親制止了她，臉上帶著罕見的神情說：「喬，慢著，妳必須先證明自己的清白。妳以前惡作劇那麼多次，這次恐怕又參與其中。」

「我發誓，媽媽，我絕對沒有！我從沒看過那張短箋，也完全不知情，真的！」喬說，態度如此誠懇，她們便相信了。接著她又說：「如果我也參與了這件事，我會做得更好，寫的信也會更合情合理。妳也該知道，布魯克先生不會寫這種信啊。」她補了一句，不屑地拋下那張紙。

「可是筆跡像他的啊。」梅格吞吞吐吐，撿起來和手中的那封信比對。

「噢，梅格，妳該不會回信了吧？」馬區太太連忙喊道。

「回了，我回了！」梅格又掩住臉，羞愧無比。

「真糟糕！讓我把那個臭小子叫過來解釋，然後訓他一頓。不逮到他，我是不會甘心的。」喬又往門口走。

「別說了！這件事我來處理就好，因為狀況比我想的還糟糕。瑪格麗特，把來龍去脈告訴我。」馬區太太要求，坐在梅格身邊，但抓著喬不放，免得她一溜煙跑走。

「我收到的第一封是羅利送來的，看他的樣子好像什麼都不知道。」梅格頭也沒抬就開始說，「一開始我很擔心，想跟妳說，後來想到妳有多喜歡布魯克先生，所以想說這個小祕密我先保留個幾天，妳應該不會介意。我好傻，以為不會有人知道。我在想該怎麼回信的時候，覺得自己就像書裡遇到同樣狀況的女生。媽媽，請原諒我，我已經為自己的愚蠢付出代價了，我永遠沒辦法面對他了。」

「回信給他的時候，妳是怎麼寫的？」馬區太太問。

「我只是說，我現在還太年輕不能做些什麼，說我不想對你們有什麼隱瞞的事，說他一定要找爸爸談。我很感激他的好意，願意當他的朋友，會有好一段時間只能這樣。」

馬區太太揚起笑容，似乎相當滿意。喬雙掌一拍，笑著喊說：「妳簡直就像卡洛琳．波西[26]，她就是謹慎的楷模啊。說下去，梅格，後來他怎麼回覆？」

「他回信的口吻完全改變了，告訴我他從沒寫過情書給我，很遺憾我頑皮的妹妹竟然冒用我們的名字惡作劇。信寫得很客氣、態度尊重，但這對我來說有多麼可怕啊！」

梅格倚在母親身上，一臉絕望。喬則在房裡來回踱步，一面怒罵羅利。突然她停了下來，抓起那兩張短箋，仔細檢查過後，態度篤定地說：「我想這兩封信，布魯克看也沒看過。兩封都是羅利寫的。羅利扣住妳的回信，想拿來向我炫耀，因為我不肯把祕密告訴他。」

「不要有祕密，喬，要和我一樣對媽媽說，這樣就不會惹上麻煩了。」梅格警告地說。

「祝福妳，孩子！祕密是媽媽告訴我的。」

「夠了，喬。我來安慰梅格，妳去把羅利找來。我會把整件事查個一清二楚，立刻終止這樣的惡作劇。」

喬飛奔出去，馬區太太溫柔地告訴梅格，布魯克先生真正的感受。「好了，親愛的，妳自己的意思呢？妳對他的愛夠多嗎？能等到他有能力為妳打造一個家，還是想先維持自由之身？」

---

26 英國作家埃奇沃斯（Maria Edgeworth, 1768-1849）的小說作品《Patronage》裡的女主角。

「我這陣子擔驚受怕，暫時不想碰感情——也許永遠都不想，」梅格任性地回答，「這次的胡鬧，如果約翰完全不知情，就不要告訴他。也要叫喬和羅利別說出去。我不想再受騙、受折磨，被當成傻子耍——好丟臉啊！」

梅格平日性情溫和，卻被這場惡作劇激怒，自尊心受損，看到這種情形，馬區太太便安慰她，保證絕不透露，未來也會謹慎行事。玄關傳來羅利的腳步聲時，梅格立即逃進書房，由馬區太太單獨迎接這個這個罪魁禍首。喬並未說明找他過來的原因，還擔心他會不肯過來。但是他一看到馬區太太的臉色就明白了，站在那裡一臉愧疚地轉著帽子，一看就知道作賊心虛。喬被遣開，但還是像個哨兵一樣在玄關來回踱步，擔心囚犯可能會藉機脫逃。客廳裡的聲音起起落落了半個小時，可是兩人究竟談了什麼，兩個姐妹卻都不知道。

母親喚她們進去時，羅利一臉懺悔地站在母親身邊。喬當場就原諒了他，但覺得最好別表現出來。梅格接受了他謙卑的道歉，他保證布魯克對這個玩笑毫不知情，令她深感安慰。

「我到死也不會告訴他，我絕對守口如瓶，所以妳會原諒我吧，梅格。為了表示我有多抱歉，要我做什麼我都願意。」他補了一句，一臉深感羞恥。

「我試試看，可是這樣做實在缺乏紳士風度。我沒想過你會這麼狡猾惡毒，羅利。」梅格回答，以嚴肅的斥責態度，掩飾少女般的慌亂。

「我做得太過分，如果妳一整個月不理我，也是我罪有應得。不過，妳不會這樣做吧？」羅利雙手合十懇求的樣子，雙眼流露溫順的懺悔神情，語調極具說服力，令人難以抗拒。儘管他行徑如此惡劣，也讓人難以對他擺出不悅的臉色。梅格原諒了他，馬區太太儘管竭力板著臉，但是聽到他說願意做盡各種苦行來贖罪，願意在飽受委屈的小姐面前，像蟲一樣卑躬屈膝，她凝重的臉色也不禁和緩下來。

在這個過程當中，喬袖手旁觀，試著對他鐵起心腸，但最多也只能擠出譴責的表情。羅利看了她一兩眼，可是見她毫無憐憫的跡象，心裡覺得相當受傷，於是索性轉身背對她，直到得到其他兩位的寬恕之後，便對她深深一鞠躬，然後一語不發走了開來。

他才一離開，喬就後悔了，希望自己當初更寬容一點。梅格和母親上樓之後，她覺得寂寞起來，渴望有羅利的陪伴。她抗拒了一陣子之後，終究還是臣服於自己的衝動，帶上要歸還的書往大宅走去。

「羅倫斯先生在嗎？」喬問一位正走下樓的女僕。

「在，小姐，可是我想他現在還無法見客。」

「為什麼不行？他生病了嗎？」

「哎呀，不是的，小姐！羅利少爺為了某件事在鬧脾氣，結果祖孫兩人吵了一架，惹得老爺很不高興，所以我不敢接近他。」

「羅利呢？」

「他關在自己的房間裡，我去敲了幾次門他都不應。我不知道午餐該怎麼辦，都準備好了，可是沒人來吃。」

「我去看看怎麼回事，他們兩個我都不怕。」

喬上樓去，在羅利的小書房房門上輕快地敲了幾下。

「別敲了，要不然我開門給妳好看！」

喬立刻又敲了一遍。房門猛地打開，喬趁羅利驚訝得來不及反應，快步走了進去。看到他真的動了怒，喬知道怎麼駕馭他，於是裝出悔恨的神情，誇張地雙膝跪地，用溫順的語氣說：「請原諒我發了那麼大的脾氣，我是來求和的，要是沒成功，我絕對不離開。」

「好了，起來啦，別像個傻瓜，喬。」對她的請願，他頗有風度地回答。

「謝謝，我會的。我可以問怎麼了嗎？你好像有心事。」

「有人對我動手動腳，我忍無可忍！」羅利憤慨地吼道。

「是誰？」喬質問。

「爺爺，如果是別人我早就……」這個受到委屈的少年使勁揮舞右手臂，替這個句子作結。

「那又沒什麼，我也常對你動手，你都不介意。」喬用安撫的語氣說。

「哼！妳是女生，只是鬧著玩，可是我不准男人這樣對我。」

「如果你像現在這樣一臉陰狠，一定沒人敢試著動手。對了，你爺爺為什麼對你動手？」

「只是因為我不肯說妳媽媽找我過去的原因。我答應過不說，當然不會違背諾言。」

「沒有別的辦法可以滿足你爺爺嗎？」

「沒有，他堅持要聽真相，完完整整的真相。就是因為怕牽扯到梅格，要不然我就可以把自己闖的禍說出來。既然不行，我只能閉嘴不說，忍受責罵，最後老人家竟然揪住我的衣領。我的火氣也上來了，拔腿跑開，因為我怕我會失控。」

「這樣做是不太好，可是我相信他一定也後悔了，你下去跟他和好吧，我會幫你的。」

「想都別想！我才胡鬧一下，就要被每個人輪番教訓跟修理，我才不要呢。梅格的事情，我確實很抱歉，但我也像個男人一樣好好道歉了。我沒做錯事的時候，就不會再道歉。」

「他又不知道。」

「他應該信任我，而不是把我當小孩子。這樣是沒用的，喬，他必須認清一件事，那就是我有能力照顧自己，不需要仰賴別人了。」

「你們兩個的脾氣都好大！」喬嘆口氣。「這件事你打算怎麼解決？」

「這個嘛，他應該向我道歉，我說這件事不能告訴他，他就該相信我說的。」

「唉唷！他不會這樣做的。」

「那我就等到他道歉才下樓。」

「好啦，羅利，講講道理，就讓這件事過去吧，我會盡量解釋看看。你又不能一直待在樓上不離開，何必鬧得這麼大？」

「反正我又不打算在這邊待很久，我會偷溜出去，到某個地方旅行。等爺爺想念我的時候，自然就會回心轉意。」

「也許吧，可是你不能就這樣一走了之，害他擔心。」

「別說教了，我要到華盛頓去找布魯克。那邊滿好玩的，經過這麼多麻煩事以後，到那裡應該可以玩得很愉快。」

「那會有多好玩啊！真希望我也可以溜走！」喬說，滿腦子首都軍旅生活的生動畫面，忘了自己正在扮演良師益友的角色。

「那就一起來嘛！有什麼不行？妳去給妳爸爸驚喜，我去嚇嚇老布魯克。這個玩笑太妙了，我們就這麼辦吧，喬！我們就留一封信，說我們不會有事，然後就馬上出發。我身上的錢還夠，這對妳也好，沒什麼害處，因為妳只是去找爸爸。」

一時之間，喬幾乎就要同意了，雖然這個計畫很瘋狂，卻正合她的心意。她厭倦了看護病人和足不出戶，渴望能換一下環境，加上對父親的思念、軍營和醫院的新奇魅力、自由和樂趣，全部都揉雜在一起，讓她心動不已。企盼燃亮了她的雙眼，她將視線轉向窗外，落在對面的老房子上時，卻只能遺憾地做出決定，於是搖了搖頭。

「如果我是男的，我們就能一起溜走，痛痛快快玩一場。但我是可憐的女孩，一定要循規蹈矩，乖乖待在家裡。羅利，別誘惑我，這計畫太瘋狂了。」

「這樣才好玩啊！」羅利說，一時任性起來，滿心想用某種方式突破束縛。

「別說了！」喬嚷嚷，摀住她的耳朵。「既然『裝腔作勢』就是我身為女性的命運，那我倒不如乖乖認命。我來這裡是要講道理的，不是來聽讓我一想到就雀躍的事情。」

「我知道梅格聽到這個提議，一定會潑我冷水，但我還以為妳比較有膽量呢。」羅利語帶暗示地說。

「壞小子，安靜啦，坐下來好好反省自己的過錯，別害我犯下更多過錯。如果我說服你爺爺因為對你動手而道歉，你會放棄逃家的計畫嗎？」喬正經地問。

「會，可是妳才不會這麼做呢。」羅利回答，他渴望「談和」，但覺得受傷的自尊必須先得到安撫。

「如果我應付得了年輕的，也應付得了老的才對。」喬邊嘀咕邊走開。羅利趴在鐵路地圖上，雙手撐著腦袋。

「進來！」喬敲門的時候，羅倫斯先生應門的聲音比以往都還粗啞。

「是我，來還書的。」她走進去時，語氣隨性地說。

「還要再借嗎？」老紳士問，一臉嚴厲惱怒，但試圖掩飾。

「想，麻煩了，我真喜歡老山姆[27]，我想再試試第二集。」喬回答，希望藉由接受鮑斯威爾[28]寫的《強森傳》來取悅他，是老紳士之前推薦的生動作品。

老先生的兩道濃眉稍微舒展開來，他將滾輪梯子推往放山謬爾・強森相關作品

27 指的是英國作家山謬爾・強森（Samuel Johnson, 1709-1784），下文提的文集《漫遊者》（*The Rambler*）和寓言故事《雷斯拉王子》（*Rasselas*）都是他的作品。

28 詹姆斯・鮑斯威爾（James Boswell, 1740-1795）蘇格蘭作家，曾為朋友山謬爾・強森作傳。

的書架。喬跳上梯子，坐在頂階上假裝找書，其實正在忖度該如何冒險地提起自己來訪的原因。羅倫斯先生似乎猜到她心中正在醞釀的事，因為他在房間裡快步繞了幾圈之後，轉身面向她，開口得如此突然，嚇得喬一鬆手，將《雷斯拉王子》面朝下摔落在地。

「那個小子到底做了什麼事？好了，不必替他掩護！從他回家表現出來的樣子，我就知道他肯定又闖禍了，我揪住他的衣領威脅他，要他實話實說，還是問不出所以然來。他就衝上樓去，把自己鎖在房裡。」

「他的確做錯事了，但我們原諒他，大家承諾過誰也不說。」喬遲疑地說。

「這樣可不行，妳們這些姑娘心腸那麼軟，他會拿這個承諾作為掩護，就躲在後頭。如果他做錯了事，就該要坦承、求饒，然後接受懲罰。快說，喬！我不想被蒙在鼓裡。」

羅倫斯先生看起來很嚇人，語氣很嚴厲，可以的話，喬真想逃之夭夭，但她高坐在梯階上，而他站在梯腳彷彿猛獅擋道。她只好留在原地，硬著頭皮撐到底。

「老實說，先生，我沒辦法說，媽媽不許我說。羅利已經坦承、求饒了，也受到足夠的處罰。我們保持沉默不是為了掩護他，而是另外一個人。如果您介入，就會引發更多的麻煩。請不要插手，其中有一部分是我的錯，但現在已經沒事了，所以就讓它過去吧，我們聊聊《漫談者》這本書，或是其他愉快的事吧。」

「扯什麼《漫談者》！妳下來，向我保證，我家這個莽撞的小伙子沒做出什麼忘恩負義或是莽撞無禮的事情來，如果有的話，我一定親手教訓他。」

這個威脅聽起來真駭人，可是嚇不倒喬，因為她知道這個暴躁的老先生，不管話說得有多麼絕，永遠不會動孫子一根汗毛。她順從地爬下梯子，盡量輕描淡寫地描述那場惡作劇，但是沒洩漏梅格的私事，也沒有偏離事實。

「哼！哈！如果那小子堅持不說，是因為他承諾過，而不是因為倔強，我就原諒他。他個性頑固，很難應付。」羅倫斯先生說，摸著頭髮，最後弄得一副被狂風吹掃的模樣。如釋重負的感受平撫了他緊蹙的眉頭。

「我也是，但只要一句好話，不用派出千軍萬馬，就應付得了我。」喬說，試著替朋友說句好話，而這位朋友似乎才掙脫一個困境，卻又再次掉入另一個困境。

「妳覺得我對他不好嗎？嗯？」對方厲聲回答。

「噢，天啊，不是的，先生，您有時候人好到過分了。但是，當他考驗您的耐性時，您又有點太過性急，您不覺得嗎？」

喬現在決定放開顧忌，把話攤開來講，外表故作平靜，其實心裡對自己的大膽言詞有點忐忑。讓她大鬆一口氣，也很訝異的是，老紳士只是把眼鏡扔在桌上，坦率地驚呼：「妳說的對，孩子，確實如此！我愛那個小伙子，但他老是要考驗我的耐性，超出我的極限，我不知道如果我們再這樣下去，會有什麼結局。」

「我告訴您，他會離家出走的。」喬一說出口就後悔了，她原本好意要警告老先生，說明羅利受不了太多束縛，希望他能對小伙子寬容一些。那一瞬間，羅倫斯先生泛紅的臉變色，他坐下來，憂慮地瞄了一眼掛在書桌上方的照片，是個英俊男子，也就是羅利的父親，在年輕時代違逆當時專橫跋扈的老先生，逃家成親。喬心想，老先生已憶起過往並陷入懊悔的情緒，她真希望自己沒多嘴。

「他不會的，除非心煩得不得了，偶爾才會這樣要脅，尤其在讀書讀累的時候。我也常常想要逃家，尤其在我剪了頭髮以後。所以，如果您想念我們，可以登尋人啟事，而且得要找開往印度的船。」

她邊說邊笑，羅倫斯先生一臉心石落地，顯然把這番話當成玩笑。

「妳這野丫頭，竟敢這樣講話？妳對我的尊重和妳的好教養都到哪去了？你們這些小孩還真是折磨人，可是又少不了你們！」他說，和藹地掐了掐她的臉頰。

「去把那個小子帶下來吃飯吧，跟他說都不要緊了，勸他別在爺爺面前裝出一副悲情的樣子，我受不了的。」

「他不會下來的，先生。他說自己無法透露實情的時候，您竟然不相信他，讓他很難受。而且您動手扯他衣領，也嚴重傷害了他的感受。」

喬試著裝出可憐兮兮的表情，但肯定失敗了，因為羅倫斯先生笑了出來，她便知道這次調停成功了。

「那件事我很抱歉，而且我想我還該感謝他沒對我動手，那個傢伙到底想怎麼樣？」老先生對自己的暴躁略顯愧色。

「如果我是您，我就會寫封道歉信給他，先生。他說除非您道歉，否則他不會下樓，然後還提起華盛頓，講了一堆荒唐的話。一份正式的道歉會讓他明白自己有多愚蠢，他就會心甘情願下來了。試試看吧，他喜歡有趣的事情，寫信比當面講還好，我會拿上去，要他好好守本分。」

羅倫斯先生神情犀利地看了她一眼，戴上眼鏡，慢吞吞地說：「妳這個狡猾的小姑娘！不過我不在意受妳和貝絲的擺布。好了，給我一張紙，我們來把這次的胡鬧做個了結吧。」

道歉函裡的措辭，就像一位紳士在嚴重侮辱另一位紳士後會用的字句。喬朝羅倫斯先生光禿的額頭送上一吻，跑上樓去，將道歉函塞進羅利的門縫裡，透過鑰匙孔規勸他要順服守禮，還有其他幾項他做不到的討喜特質。她發現門又鎖上了，於是留下信函，讓信函自行發揮作用，然後悄悄走開。這時年輕紳士滑下樓梯把手，在樓梯底端等著她，臉上掛著他最正派的神情說：「妳真是個好傢伙，喬！妳有沒有被痛批一頓啊？」他笑著補充。

「沒有，整體來說還滿溫和的。」

「啊！我四面受敵，連妳都棄我於不顧，我還以為自己就要完蛋了。」他語帶歉意地說。

「別這麼說，羅利，翻開新的一頁，重新開始吧，孩子。」

「我不斷翻開新的一頁，然後搞砸，就像我以前老是把習字本弄壞一樣。我重新開始了那麼多次，從來沒有堅持到最後。」他悲哀地說。

「去吃午餐吧，吃飽以後會好過一點。男人餓肚子的時候，總是愛發牢騷。」喬講完就一溜煙跑出前門。

「那就是我們男人會被貼的『標籤』。」羅利回答，引用艾美的話。他謹守本分地去向爺爺賠罪。那天接下來的時間裡，老紳士一直保持好脾氣，對孫子尊重得不得了。

大家都以為這件事已告了個段落，小小的烏雲已經隨風散去。不過，雖然其他人已將這場惡作劇拋諸腦後，但是既然已成事實，梅格怎麼也忘不了。她從來不提某個人，卻常想到他，而且比以往更常做夢了。有一回，喬到姐姐的書桌裡找郵票，卻發現有張紙，上頭寫著「約翰・布魯克夫人」這幾個字。喬慘叫一聲，接著將那張紙條拋進火爐，一心覺得是羅利的惡作劇讓那個邪惡的日子加速來臨。

22

宜人的青草地

接下來幾週的日子相當平靜，有如暴風雨後的陽光。兩個病人都恢復得很快，馬區先生開始提起隔年年初的返家計畫。貝絲很快就能到書房的沙發上躺一整天，起初可以和她鍾愛的貓咪玩耍，不久就開始動手替娃娃們縫製衣物，畢竟這件事已擱置太久。她原本靈活的四肢變得僵硬虛弱，喬每天以強壯的臂膀抱著她在住家周圍透透氣。梅格替「親愛的」妹妹料理精緻的餐點，即使弄髒和燙傷白皙的雙手也心甘情願。艾美已經成了那只戒指的忠實奴隸，為了慶祝自己返家，只要能說服姐姐們接受，就盡可能將自己的寶物分送出去。

聖誕節的腳步逐漸接近，家裡照例籠罩著神祕的氛圍。為了慶祝這個格外歡樂的聖誕節，喬常常提出異想天開或荒唐可笑的儀式，逗得大家笑得樂不可支。羅利一樣不切實際，如果可以照他的意思，他還想升營火、放煙火、搭凱旋門呢。經過多次爭執和制止攔阻，這對野心勃勃的好友最後只能垂頭喪氣走來走去。大家原本以為他倆的心頭熱火已經澆熄，但是等兩人聚在一起，卻又談得不亦樂乎、笑聲連連。

一連幾天格外溫和的天氣，恰到好處地迎來了晴朗燦爛的聖誕節。漢娜說：「打從骨子裡就知道這會是個好到翻天的日子」，事實證明她的預言正確無誤。因為一切人事物似乎都注定順利成功。

首先是馬區先生捎信來，說他應該不久就能與大家聚首；再來是貝絲，那天早上，她覺得身體異常舒暢，穿著母親送的禮物——柔軟的深紅色羊毛晨袍，像凱旋歸來的人一樣被擁到窗邊，去觀賞喬和羅利的獻禮。這兩個「熱火難熄」的人，為了不辜負自己的名聲，卯足了勁，像精靈一樣趁夜趕工，變出了一個喜感十足的驚喜。

花園裡站著一個氣勢十足的雪少女，頭戴冬青花環，一手提著一籃水果和鮮花，另一手拿著一大捆新樂譜，冰冷的肩上披著色彩繽紛的阿富汗毛毯，嘴裡吐出一條粉紅紙帶，上頭寫著一首聖誕頌歌：

獻給貝絲的高山少女

願主保佑，親愛的貝絲女王！
祝福在聖誕當日送上，
願無事令妳沮喪驚慌，
願妳平安快樂又健康。

獻上水果給這忙碌小蜜蜂品嚐，
獻上鮮花為她的鼻子傳送芳香，
獻上樂譜讓她倘佯在小鋼琴上，
獻上阿富汗毛毯為她腳趾送暖。

看哪，這幅喬安娜肖像，
出自小拉斐爾之手，
為了這幅傳神佳作。
畫家辛勤埋頭創作。

請笑納紅緞帶一條，
妝點貓咪夫人尾巴，
冰淇淋出自美麗梅格巧手，
有如容納桶中一座白朗峰。

創造者在我雪白胸中，
埋藏無盡的摯愛深情，
請收下情意與高山少女。
羅利和喬在此誠心致意。

貝絲看到高山少女時，笑得多麼開懷啊！羅利跑上跑下搬運禮物，而喬獻上禮物時，又說了多麼荒唐可笑的話。

「我實在太高興了，要是爸爸現在也在，我的心就會滿到再也容不下一滴快樂。」貝絲說畢，發出滿足的嘆息。一陣興奮過後，喬把她抱到書房休息，順便吃一點「高山少女」致贈的可口葡萄提神。

「我也是。」喬接著說，拍拍自己的口袋，裡頭放著那本她渴望許久的《水精靈和辛川》。

「我確定我是。」艾美附和，細細端詳母親送她的聖母與聖嬰版畫，裝在漂亮的畫框裡。

「我當然也是。」梅格喊道，撫著她第一件絲綢洋裝的銀色衣褶，這是羅倫斯先生堅持要送她的。

「我又怎麼可能不是呢！」馬區太太滿懷感激地說，視線從父親的信轉向貝絲微笑的面龐，手一面輕撫著灰色、金黃、栗色和深棕色髮絲做成的胸針，是女兒們剛剛幫她別在胸前的。

在這般平凡乏味的世界裡，偶爾也會發生如故事書情節般令人歡喜之事，多麼令人安慰。就在每個人說自己很快樂，只能再容納一滴快樂之後，過了半小時，這一滴快樂就出現了。羅利打開客廳的門，很安靜地探進頭來。他滿臉壓抑的興奮，語氣難掩喜悅，就跟翻個筋斗、發出印地安戰呼沒兩樣。每個人都彈起身子，雖然他只是氣喘吁吁、怪腔怪調地說：「還有一樣禮物要送馬區一家。」

話還沒說完，他就不見人影，緊接著現身的是個高大男人，渾身包得嚴嚴實實只露出眼睛，倚在另一位高挑男子的身上，男人試著開口卻說不出話來。這當然引發了一場大騷動，有好幾分鐘，每個人似乎一時失去了理智。大家做出種種奇怪的舉動，卻全都不發一語。馬區先生在四雙熱情手臂的擁抱下失去了蹤影，喬差點暈倒而顏面掃地，還好羅利扶她到瓷器櫃旁照顧。布魯克先生誤親了梅格，事後才語無倫次地想辦法解釋，而最愛面子的艾美也從椅凳上摔下，索性便一把摟住父親的靴子哭了起來，場面感人。馬區太太是第一個恢復鎮定的人，舉手提醒大家。

「噓！別吵到貝絲！」

可是已經太遲了，書房門猛地打開，小小的紅色晨袍出現在門口，喜悅將力量注入了虛弱的四肢，貝絲直接奔入父親的懷抱。之後發生什麼事，都已經無關緊要，因為所有人的心飽漲滿溢，將過往的苦澀盡皆洗去，只留下了當前的甜蜜。

有一件事毫不浪漫，但逗得大家都開懷大笑，使大家回過神來——他們發現漢娜躲在門後，對著肥嫩的火雞頻頻啜泣。她從廚房衝過來的時候，急得忘了先把火雞放下。笑聲平息的時候，馬區太太開始感謝布魯克先生對丈夫的忠心照護，這時布魯克先生突然想到，馬區先生需要休息，於是抓著羅利匆匆忙忙地告辭了。兩個病人奉家人之命休息，於是一起坐進一張大椅子，話怎麼聊也聊不完。

馬區先生說，他一直想給大家一個驚喜，後來天氣轉晴，醫師准許他趁著天氣轉好再出院，又說布魯克先生多麼盡忠職守，是一位值得敬重又耿直的年輕人。馬區先生說到這裡時，為何要停頓片刻，掃了正使勁撥火的梅格一眼，繼而對妻子挑眉並露出探問的神色。然而，馬區太太又為何溫柔地點點頭，相當突兀地問他想不想吃點東西，這件事我留給讀者自行想像。

喬看到也讀懂了這個表情，於是陰鬱地走了開來，去端酒和牛肉湯，甩上門時一面自言自語，「我討厭有棕色眼睛、值得敬重的年輕人！」

那天的聖誕晚餐，都和他們往年的不同。

肥嫩的烤雞令人嘆為觀止，因為漢娜端上桌的時候，餡料塞得飽滿、烤得金黃酥脆，妝點得賞心悅目。聖誕葡萄乾布丁[29]也是，入口即化，果凍也可口極了，艾美的反應有如找到蜂蜜罐的蒼蠅。一切都盡如人意，還真是幸運，漢娜說：「我太激動了，夫人，我沒把水煮布丁拿去烤，沒往火雞肚子塞葡萄乾，更不要說拿布包火雞用水煮，還真是奇蹟啊。」

羅倫斯先生、他的孫子和他們一起用餐，還有布魯克先生，喬老是沉著臉瞪他，看得羅利樂不可支。兩張躺椅並排在桌子的上位，貝絲和父親各坐一張，適量地吃了點雞肉和水果。大家舉杯互祝健康，說說故事，唱了幾首歌，有如老人家常說的「緬懷過往」，度過一段歡樂無比的時光。原本計畫要去滑雪橇，但姐妹們都不願意離開父親身邊，於是客人們就提前告辭。隨著暮色降臨，一家人快快樂樂圍坐在爐火邊。

29 Plum-pudding 傳統作法是以布包起，用水蒸煮而成。Plum 在當時指的是葡萄乾。

大家盡情聊了許多話題，之後停頓了一下，喬打破沉默。「一年前，我們還在抱怨聖誕節過得很悽慘呢，妳們記得嗎？」

「整體來說，這一年過得還滿愉快的！」梅格說，對著火微笑，暗暗慶幸自己面對布魯克先生時並未失態。

「我覺得這一年過得好辛苦。」艾美說，若有所思地望著發亮的戒指。

「我很高興這一年過去了，因為你回到我們身邊了。」貝絲小聲說，坐在父親的膝頭。

「我的小朝聖者們，這一年對妳們來說，確實是一條艱難的道路，尤其是後半段。可是妳們都勇敢地走過了，我想妳們身上的重擔很快就會落下。」馬區先生說，以慈愛與滿足的神情，望著圍聚在身邊的四張年輕面孔。

「你怎麼知道？是媽媽和你說的嗎？」喬問。

「媽媽說的不多，可是我從小地方看出來了。我今天發現了許多事。」

「噢，快告訴我們是什麼！」坐在他身邊的梅格嚷嚷。

「這裡就有一個！」他拉起靠在椅子扶手上的那隻手，指指變粗的食指、手背上的燙痕，還有掌心裡的兩三個小繭，然後說：「我記得這隻手原本又白又平，而且妳以前都很注意保養。這雙手在那時候很漂亮，可是對我來說，現在更美了，因為從這些明顯的瑕疵裡，我讀到了一個小故事。燙痕有如以虛榮做成的祭品，而長了繭的掌心得到了超過水泡的珍貴收穫；這些被針扎傷的手指所做出來的針線活，一定非常耐用，因為一針一線都注入了滿滿的善意。梅格，親愛的，我覺得女性讓家庭幸福的能力，比起白皙的玉手或時髦的才藝，更有價值。能夠握住這隻美好勤奮的小手，讓我引以為榮，希望我不用太快把這隻手交給另一個人。」

梅格一直耐著性子勤奮勞動，如果希望有所回報，她也從父親誠心握住她手的力道以及讚許的笑容中得到了。

「那喬呢？請說點好話，因為她好努力，而且對我非常、非常好。」貝絲在父親的耳畔說。

他哈哈一笑，視線投向坐在對面的高挑女兒，她深棕的臉龐上露出難得的溫順神情。

「儘管她剪了一頭捲捲的短髮，我還是看不到我一年前離家時的那個『兒子喬』。」馬區先生說，「我看到的是個衣領穿戴端正、靴帶整齊繫好的小姐，她不像以前那樣愛吹口哨、說話隨便，也不會大字躺在地毯上。她因為看護和焦慮，臉變得削瘦蒼白，可是我喜歡看著這張臉，因為線條變得柔軟，聲音也壓低了。她不再蹦蹦跳跳，舉止變得沉靜，像母親那樣照料一個弱小的女孩，這點讓我很歡喜。我雖然想念以前那個野丫頭，可是我換得了一位堅強熱心、心地溫柔的女性，我應該覺得滿足才對。我不知道我們這匹黑羊，是否因為剪了毛而變得莊重，可是我確實知道，我的好女兒送給我的二十五元，我在全華盛頓上下都找不到一樣足夠美麗的東西，值得花這筆錢去買。」

聽到父親的讚美時，喬明亮的雙眼一時迷濛，削瘦的臉在火光映照中泛起紅暈，覺得自己確實有資格接受部分的讚美。

「好了，換貝絲。」艾美說，雖然渴望輪到自己，但她願意等待。

「她被病痛折磨到現在，變成這麼一小個，我不敢說太多，怕她會整個消失不見，雖然她已經沒有以前害羞。」父親愉快地說，但想到自己差點就失去她，他便一把摟緊，父女臉頰互貼，然後柔聲說：「妳總算平安了，我的貝絲，我會好好守護妳的，願上帝保佑。」

片刻靜默之後，他低頭望著艾美，她就坐在他腳邊的矮凳上，他輕撫她閃亮的頭髮並說：「我注意到艾美午餐的時候只吃雞腿，整天下午替媽媽跑腿辦事，晚上還讓位給梅格，一直很有耐性、好脾氣地服務每個人。我也觀察到，她不怎麼鬧脾氣，也沒有頻頻照鏡子打理自己，甚至沒提到手上那枚非常漂亮的戒指。所以我的結論是，她已經學會多為他人著想，不再那麼自我中心，而且早已下定決心要仔細塑造自己的性格，就像她面對自己的小泥塑作品。這點讓我很高興。因為如果她做出美妙的塑像，我會非常驕傲，不過，有個可人的女兒，有能力為自己也為別人創造美好生活，會讓我更引以為榮。」

艾美謝過父親並說完戒指的故事。

喬問：「貝絲，妳在想什麼？」

「今天，我在《天路歷程》裡讀到，在經歷過很多磨難以後，書裡的角色『基督徒』和『希望』來到一片舒服的青草地，那裡一整年都有盛開的百合，他們在那裡快樂地休息，就像我們現在這樣，然後才繼續上路，走向旅程的終點。」貝絲回答，溜出父親的懷抱，緩緩走向鋼琴時又說：「唱歌的時間到了，我要回到我的老位置，試著唱唱書裡牧童唱的歌，就是朝聖者聽到的那首。我譜了曲，因為爸爸很喜歡這段歌詞。」

於是，貝絲坐在親愛的小鋼琴前，輕輕撫觸琴鍵，然後用大家以為再也聽不到的甜美歌聲自彈自唱，那首古雅的詩歌簡直是她自己的寫照——

位處低處者不畏墜落，
身分卑微者不怕失去尊嚴，
謙卑者心中自有上帝引領指路。

我對自己所有常感滿足，
不管擁有的寡少或豐厚。
主啊！我依然渴求知足常樂，
因為神拯救謙卑者。

之於朝聖者，
重擔如富足。
今世貧苦來世祝福，
不分老少皆為最佳路途！

23 馬區姑婆解決難題

隔天，母女就像簇擁著女王蜂的蜜蜂，拋下一切，成天盯著、服侍和傾聽馬區先生。滿滿的善意，差點讓這位剛返家的病人招架不住。

他靠坐在大椅子上，就在貝絲的沙發旁，另外三個女兒也圍在身邊。漢娜時不時探頭進來，想「瞧瞧親愛的主人」，大家快樂得什麼都不缺，但總覺得還是少了點什麼，稍有年紀的人都感覺到了，只是沒人明講。

馬區夫婦的視線追隨著梅格，神情焦急地互換眼色。喬有時變得相當嚴肅，有人看到她對著布魯克先生留在玄關的雨傘揮舞拳頭。

梅格心不在焉，害羞沉默，只要門鈴一響就驚跳起來；一有人提起約翰的名字，臉就會紅。艾美說：「雖然爸爸已經安全回到家，但大家好像都在等什麼，有種靜不下來的感覺。」貝絲則天真地納悶著，鄰居為什麼不像平常那樣上門來。

羅利下午路過馬區家，看到梅格坐在窗邊，便突然像著魔似地，在雪地裡單膝跪地，捶著胸口、拉扯頭髮，求情似地雙手合握，彷彿在乞討什麼恩惠。梅格要他別胡鬧，趕他離開的時候，他還假裝從手帕絞出幾滴想像的淚水，踉踉蹌蹌繞過轉角，彷彿傷心欲絕。

「那個傻瓜是什麼意思？」梅格笑著說，佯裝不懂。

「他表演的是之後妳的約翰會做的事，很感人吧？」喬不屑地回答。

「別說『我的約翰』，這樣不得體，而且也不是事實。」但梅格的聲音卻在這幾個字上頭流連，彷彿聽起來很悅耳。「喬，請不要折磨我，我和妳說過，我對他沒什麼意思，而且我們也不該多談這件事。不過，我們還是會維持友誼，就像以前那樣。」

「不可能。因為事情已經發生了，羅利的惡作劇已經破壞了妳在我心中的形象。我看出來了，媽媽也是。妳和以前完全不一樣了，好像離我好遠好遠。我不打算折磨妳，我會像個男子漢一樣接受事實，只是我真的很希望事情趕快塵埃落定。

我討厭等待，所以如果妳打算行動就快一點，一了百了。」喬忿忿地說。

「他沒開口，我什麼也不能說、不能做。但他不會開口的，因為爸爸說過我還太年輕。」梅格說，工作時帶著奇特的淺笑，似乎暗示她不太同意父親的看法。

「即使他開口，妳也不知道該說什麼，只會顧著哭或臉紅，或是讓他為所欲為，才不會堅定地好好拒絕。」

「我才沒有妳想的如此愚蠢軟弱。我知道我該說什麼，因為我都計畫好了，這樣我才不會措手不及，誰也不曉得會發生什麼事，我希望事先做好萬全準備。」

喬忍不住微笑，因為梅格無意間表現出來的神氣態度，和臉頰上變幻不定的紅暈一樣適合她。

「妳介意告訴我，妳打算說什麼嗎？」喬問，態度更尊重。

「一點都不介意，妳現在也十六歲了，大到我可以和妳分享祕密。等妳之後要處理這種事情時，也許就能參考我的經驗。」

「我才不想蹚這種渾水，看別人談情說愛雖然有趣，如果自己陷進去，我一定會覺得自己像個傻子。」喬說，一想到就驚慌。

「如果妳很喜歡某個人，而他也喜歡妳，妳就不會有這種感覺。」梅格彷彿自言自語，眼光飄向屋外小徑，夏季黃昏時分常有戀人在那裡散步。

「我以為妳要跟我分享，妳打算跟那傢伙講的話。」喬說，粗魯地打斷姐姐的小白日夢。

「噢，我只會用冷靜又堅決的態度說：『謝謝你，布魯克先生，你人真好，可是我同意父親的看法，我年紀太輕，目前還不適合定下來，所以請別再說下去，我們就和原來一樣當朋友吧。』」

「噢！很嚴厲而且滿冷靜的嘛，但我不相信妳會這麼說。我知道，即使妳這樣說，他也絕對不會善罷甘休的。如果他像書裡那種被拒的戀人不停哀求，妳會不忍心傷害他的感受，肯定就會讓步。」

「不，我才不會！我會告訴他我心意已決，然後維持尊嚴走出房間。」

梅格邊說邊站起來，正打算預演怎麼維持尊嚴地離開時，玄關傳來腳步聲，她連忙奔回自己的座位，開始埋頭趕做針線活，彷彿非得在限定時間內完成不然小命不保。眼見這個突來的改變，喬悶聲偷笑，這時有人輕聲敲門，喬板著面孔去開門，一副要拒人於千里之外的樣子。

「午安，我來拿雨傘——也想看看妳們父親今天的狀況。」布魯克先生說，有點困惑，視線在兩張神色異常的臉龐來回。

「好，他在傘架上，我去拿，然後和雨傘說你來了。」喬把雨傘和父親搞混了，答完後就溜出房間，給梅格機會說她那席話，讓她展現尊嚴。然而，喬才剛消失，梅格就開始側身往門口挪去，一面喃喃說：「媽媽也會想見見你的，請坐，我去叫她。」

「別走，瑪格麗特，妳會怕我嗎？」布魯克先生一臉受傷的表情，梅格覺得自己一定做了很失禮的事。她臉一路紅到額頭上的小鬈髮，因為他以前從未叫她「瑪格麗特」。她很訝異地發現，聽他叫著自己的名字，聽起來多麼自然和悅耳。由於她急著想表現得友善和自在，於是以信任的姿態伸出手，語帶感激地說：「你對爸爸這麼好，我怎麼會怕你呢？我還真希望有什麼方法能夠答謝你呢。」

「要我告訴妳方法嗎？」布魯克先生問，大手緊緊握住那隻小手，俯視著她，棕色眼睛流露無限愛意。梅格心頭小鹿亂撞，她既想逃開，又想停步傾聽。

「噢，不，請不要——我寧可不知道。」她說，試著把手抽回來，嘴裡儘管否決，卻滿臉驚恐。

「我不會讓妳困擾的，我只是想知道，妳對我有沒有丁點感覺，梅格。我深深愛著妳，親愛的。」布魯克先生柔聲接著說。

這就是她那一席冷靜得體的話該上場的時刻，但梅格失敗了，因為她一個字也不記得，只是垂著腦袋回答：「我不知道。」這個傻氣又簡短的回答，語氣輕柔到約翰得彎下身子才聽得見。

約翰似乎一點也不嫌麻煩，因為他彷彿很滿意似地暗自微笑，感激地壓壓那隻豐潤的手，然後以極有說服力的語氣說：「妳能不能試著找出答案呢？我好想知道，因為在不確定能否得到獎賞以前，我的心實在定不下來，沒辦法工作。」

「我太年輕了。」梅格口氣吞吞吐吐的，納悶自己為何如此驚慌，卻又同時樂在其中。

「我願意等待，而且在這期間，妳也可以學著喜歡我。親愛的，這堂課會很困難嗎？」

「如果我要學習，是不難，可是——」

「請妳試著學習，梅格。我很喜歡教書，而這門課比德文簡單。」約翰打岔，握住另一隻手，這樣他彎身望著她的臉時，她就沒辦法掩著臉龐。他的語氣裡帶著懇求的意味，可是梅格害羞地偷瞄他一眼，看到他柔情款款的眼神裡暗藏歡喜，臉上掛著勝券在握的滿足笑容，這讓她不禁惱火起來，浮現在她的心頭的，是安妮．莫法特賣弄風情的愚蠢招數，而在良善小婦人胸懷裡沉睡的權力慾也驟然甦醒，攫獲了她。

興奮怪異的感受湧現，她在無所適從的狀況下，聽從反覆不定的衝動，抽回雙手，任性地說：「我不要選擇，請你走吧，讓我靜靜！」

可憐的布魯克先生露出的表情，彷彿他的空中樓閣在耳邊轟然坍塌，因為他從未見過梅格發這麼大的脾氣，一時心情大亂。

「妳說的是真心話嗎？」他焦慮地問，追在邁步離開的她後頭。

「對，是真心話，我不想煩惱這種事，爸爸說我不需要，現在還太早，我寧可不要。」

「妳以後有沒有可能改變心意？我願意等，我會給妳更多時間，在妳考慮期間都不再提起。不要玩弄我，梅格，我沒想到妳會這樣。」

「你根本不用想到我，我寧可你不要。」梅格說，試煉情人的耐性和自己的權力，心裡有種淘氣的滿足感。

他現在一臉肅穆蒼白，模樣更像她所仰慕的小說主角，只是他沒猛拍額頭，也沒在房裡用力踱步，他只是站在那裡，惆悵不已地看著她，神情如此溫柔，她發現自己不由得心軟下來。要不是馬區姑婆在這個有趣的時刻拐著腳走進來，我也說不準會發生什麼事。

這位老太太忍不住要見見她的姪兒，因為她出門透氣時巧遇羅利，聽說馬區先生回來了，於是直接搭馬車過來看他。馬區全家都在屋子後頭忙著，她靜靜地走了進去，希望給他們一個驚喜。的確，她嚇到了這兩位年輕人，梅格驚嚇的樣子像見了鬼似的，布魯克先生連忙遁入書房。

「天啊！這是怎麼回事？」老太太喊道，猛敲手杖，視線在面色蒼白的年輕人和臉色通紅的姪孫女之間來回。

「是爸爸的朋友，妳來得好突然！」梅格支支吾吾，覺得自己現在肯定要被訓一頓。

「想也知道。」馬區姑婆一邊回答，一邊坐了下來。「但是，妳父親的朋友說了什麼？讓妳臉紅得和牡丹一樣？其中一定有鬼，給我從實招來！」她又猛敲一次手杖。

「我們只是在聊天，布魯克先生是來拿雨傘的。」梅格說，希望布魯克先生和他的傘已經安全撤離。

「布魯克？是那個小子的家教？啊！我明白了，這件事我都知道了。喬有一次讀妳爸爸的來信，不小心誤念了一段訊息，我逼她將事情一五一十地告訴我了。孩子，妳該不會已經接受他了吧？」馬區姑婆一臉震驚地嚷嚷。

「噓！他會聽到的！要不要我叫媽媽過來？」梅格非常困擾地說。

「還不用，我有事要和妳說，我不吐不快。告訴我，妳真的打算嫁給這個叫庫什麼克的嗎？如果是，妳休想從我這裡拿到一毛錢。記住這一點，做個懂事的女孩。」老太太強調地說。

馬區姑婆向來很會讓性情最為溫和的人激起反抗的精神，而且她樂在其中。性情再溫順的人內心都有一點倔強，尤其是我們年紀還輕、陷入愛河的時候。如果馬區姑婆請求梅格接受約翰．布魯克，梅格可能會斷然拒絕。

然而，由於姑婆專橫地命令她不准喜歡他，她馬上下定決心要反其道而行。對於約翰的喜愛，以及自己那一點的倔強，讓這個決定變得容易許多，況且梅格原本情緒就相當高漲，於是以罕見的勇氣來反抗姑婆。

「馬區姑婆，我想嫁給誰都隨我高興，而妳想把錢留給誰也都隨妳。」她說，毅然地點著腦袋。

「妳還真傲慢！我苦口婆心，妳竟然這樣回應？小姐，等妳在小茅屋裡考驗過愛情，嚐到失敗滋味以後，就會後悔莫及了。」

「有些人住大宅，生活也不見得比較好。」梅格回嘴。

馬區姑婆戴上眼鏡，仔細瞧了瞧姪女，因為在這種情緒中的她彷彿變了個人。梅格也快認不出自己了，她覺得自己勇敢又獨立，很高興能夠替約翰辯護，也維護自己愛人的權利。

馬區姑婆發現自己起步就錯了，停頓片刻之後重新來過，盡可能以溫和的語氣說：「好了，梅格，我親愛的，講道理，聽我的勸告。我是一番好意，不希望妳一開始就做錯決定，毀掉自己的一生。妳應該嫁個好人家，讓家裡的人一起沾光。妳有責任嫁進有錢人家，妳要知道這件事多麼重要。」

「爸爸媽媽才不會這麼想，他們喜歡約翰，雖然他沒錢。」

「妳爸媽比小孩還不懂世故。」

「我很慶幸他們如此。」梅格態度堅決地嚷嚷。

馬區姑婆理也不理，就繼續說教。「這個魯什麼克的窮哈哈的，也沒什麼有錢的親戚，是吧？」

「對，可是他有很多熱心的朋友。」

「人又不能只靠朋友生活，有事相求就等著看他們的冷淡臉色吧，他也沒什麼事業，對吧？」

「還沒有，羅倫斯先生打算幫他。」

「那維持不了多久，詹姆斯．羅倫斯這老頭陰晴不定，靠不住的。所以妳打算嫁給沒錢沒地位、連事業也沒有的男人，比現在工作還辛苦嗎？明明只要聽我勸告，找個更好的對象，下半輩子就能不愁吃穿。梅格，我還以為妳腦袋很清楚。」

「就算等上大半輩子，我也找不到更好的對象！約翰善良聰明、才華洋溢。他願意努力，也一定會做出成績，他活力充沛又勇敢，大家都喜歡他、尊敬他。雖然我這麼窮，年輕又傻氣，他還喜歡我，讓我覺得很自豪。」梅格認真地說，模樣異常地美麗。

「孩子，他知道妳的親戚有錢啊，那才是他喜歡妳的原因吧，我想。」

「馬區姑婆，妳怎麼能這樣說？約翰才不會那麼卑鄙。如果妳繼續這樣說，我一分鐘也不願意聽。」梅格嚷嚷，對老太太不公正的懷疑憤慨不已，將其餘事情全都拋諸腦後。「我的約翰才不會為錢結婚，就像我也不會。我們願意勤奮工作，而且打算等待。我不怕窮，因為我一直過得很幸福。我知道我和他在一起也會幸福，因為他愛我，而且我——」

梅格一時打住，因為她突然想起自己根本還沒做好決定，之前才趕「她的約翰」走，說不定他已經聽到她自相矛盾的說詞了。

馬區姑婆火冒三丈，因為她一心希望為漂亮的孫姪女找戶好人家，而現在這姑娘的青春臉龐上洋溢著幸福，讓這位孤單的老婦不禁悲傷又心酸。

「好吧，這件事我不管了！妳這任性的孩子，妳不明白自己的愚蠢行為害自己損失了多少。不，我還沒說完，我對妳太失望了，現在也沒心情探望妳父親了。妳結婚的時候，休想從我這裡拿到什麼，就讓妳那位布魯克先生的朋友照顧你們吧。我和妳，從今以後一刀兩斷。」

當著梅格的面，馬區姑婆甩了門，怒氣沖沖地驅車揚長而去。她這麼一走，似乎帶走了梅格所有的勇氣。

梅格獨留原地，呆立片刻，不知該笑還是該哭。她還沒做好決定以前，布魯克先生一把抱住她，一口氣說：「我忍不住偷聽了，梅格。謝謝妳替我說話，也感謝馬區姑婆證明妳還是有點在意我。」

「在她侮辱你以前，我自己也不知道。」梅格說。

「那麼，我不需要離開，可以開心地留下來——可以吧，親愛的？」

這時梅格又有機會可以發表那段毀滅性的說詞，並且很有尊嚴地翩翩離去，但她完全沒想到要這麼做，只是溫順地低聲說：「是的，約翰。」並把臉埋進了布魯克先生的背心，對喬來說，此舉簡直讓她顏面喪盡。馬區姑婆離開十五分鐘之後，喬輕聲走下樓，在客廳門口停頓片刻，聽到裡頭沒有聲響，於是點頭微笑，一臉滿意地自言自語：「她照原計畫將他趕走了，整件事都解決了，我要進去聽聽有趣的過程，然後好好笑一場。」

但是，可憐的喬根本沒機會大笑，因為眼前的景象讓她在門口呆立不動，她瞪大眼睛，張口結舌。原本準備進去歡慶敵人陣亡、讚揚姐姐意志堅定地驅逐討厭的追求者，卻看到前述的敵人安詳地坐在沙發上，而意志堅定的姐姐端坐在他膝上，臉上掛著卑微至極的順服表情，教喬如何不震驚。

喬倒抽一口氣，彷彿被潑了一桶冰水——情勢逆轉得完全出乎意料，令她喘不過氣來。

聽到怪聲，那對戀人轉過來看到她。梅格彈起身子，一臉驕傲又害羞，但「那個男的」——喬之前這麼叫他——竟然笑出聲來，態度沉著地說：「喬妹妹，恭喜我們吧。」然後，又吻了吻眼前這位驚愕的女孩。

這簡直是朝傷口上灑鹽！實在太過分了！喬雙手亂揮一陣之後，一語不發地消失蹤影。她奔上樓衝進房間，悲慘地驚呼，「噢，誰快點下樓去！約翰．布魯克做了好恐怖的事，梅格竟然很喜歡！」把兩個病人都嚇壞了。

馬區夫婦趕緊離開房間下樓。喬撲上床鋪，激動地哭罵不停，將這個噩耗告訴貝絲和艾美。不過，這兩個妹妹都覺得這件事美好又有趣，喬從她們身上得不到太多安慰，於是衝進她在閣樓裡的避風港，對著老鼠們傾訴心聲。

誰也不曉得那天下午客廳裡發生什麼事，只知道前後談了不少事情。令朋友們大為驚訝的是，向來安靜的布魯克先生竟以出色的口才和勇氣、懇切的求情、計畫的闡述，說服他們照著他的想法安排一切。

他還沒講完自己打算為梅格構築的天堂，餐鈴便響起了，於是他得意地領著梅格步入飯廳。看到他倆一臉幸福洋溢，喬不忍心表現出嫉妒或抑鬱的模樣。約翰的忠心和梅格的尊嚴都打動了艾美，貝絲只是遠遠對他們燦爛笑著，馬區夫婦則是滿面溫柔的滿足，端詳著這對佳偶。

馬區姑婆說，他們夫婦倆「比小孩還不懂世故」，顯然所言不假。

大家都吃得不多，不過看來都非常快樂。這家人的第一樁浪漫喜事在此展開，老舊的飯廳似乎跟著亮麗起來。

「梅格，妳不能再說『從沒發生過什麼快樂的事』了吧？」艾美說，她打算替這對戀人畫一張素描，正在思考如何構圖。

「對，不能再這麼說了。我講完那句話以後，發生了多少事情啊！感覺有一年那麼久了。」梅格回答，她正沉浸於幸福的美夢裡，完全超脫麵包和奶油這類的俗物。

「這一次，喜悅緊接於憂愁之後到來，我覺得情勢已開始有了轉機。」馬區太太說，「大部分的家庭偶爾都會遇到風波不斷的一年，我們家今年就是這樣，不過最終卻有了圓滿的收場。」

「希望明年會有更好的收場。」喬嘀咕著，看到梅格當著她的面，把全副心神放在一個陌生人身上，真是難以接受。因為喬深愛的人不多，只有寥寥數人，她一直很害怕他們對她的愛會消失或減少。

「我希望第三年的收場會更加圓滿，我想只要我努力實踐自己的計畫，一定就會的。」布魯克先生說，對著梅格微笑，彷彿不管是什麼，現在都有可能了。

「這樣不是還要等好久嗎？」艾美問，她急著想參加婚禮。

「在我準備好以前，還有很多東西要學，我甚至覺得時間很短呢。」梅格回答，臉上流露的甜美嚴肅，是大家以往不曾見過的。

「妳只要等待就好，該努力的人是我。」約翰說，馬上付諸行動，替梅格拾起餐巾，臉上的表情看得喬直搖頭。當前門砰地一響，喬才鬆一口氣對自己說：「羅利來了，總算能聊點有意義的話題。」

可是喬錯了，因為羅利蹦蹦跳跳、興致高昂走進來，拿著新娘捧花似的大花束，要獻給「約翰．布魯克夫人」，似乎誤以為整樁喜事是他巧手促成的。

「我就知道，布魯克能夠如願以償。他一向都是這樣，只要下定了決心，天塌下來也會做到。」羅利說，獻上花束和恭賀。

「多謝你的誇獎，我就把這個當成是未來的好預兆，當面邀請你出席我的婚禮。」布魯克先生回答，覺得自己和全天下的人類都能和平共處，包括這個愛作怪的學生。

「即使遠在世界的盡頭，我也會參加，單是為了看看喬的臉色就值得老遠跑一趟。妳看起來一點都不高興，這位女士，怎麼了？」羅利問，跟著她走到客廳角落，其他人都往客廳裡走，要迎接羅倫斯先生。

「我不贊成這樁婚事，但我已下定決心要咬牙忍耐，不會再說一句反對的話。」喬肅穆地說。「你不明白，要我放棄梅格有多麼困難。」她繼續說，聲音有點顫抖。

「妳又不是放棄她，只是要和別人分享而已。」羅利安慰地說。

「永遠都不一樣了，我已經失去了最親愛的朋友了。」喬嘆氣。

「妳還有我啊，雖然我沒什麼用處，我知道。但我這輩子都會支持妳的，喬，我發誓！」羅利說的是真心話。

「我知道你會，我很感激。對我來說，你永遠是個很大的安慰，羅利。」喬回答，感激地和他握握手。

「好了，別沮喪了，這樣才是好孩子。沒事的，妳看。梅格很快樂，布魯克很快就會四處奔走、安頓下來，爺爺也會照顧他。看到梅格有間自己的小房子，會很棒的。等她嫁出去以後，我們會玩得很開心，我轉眼就會大學畢業，到時我們可以一起出國，或者去哪裡旅行。這樣是否有安慰到妳？」

「大概有吧，可是誰也不曉得三年間會發生什麼事。」喬若有所思地說。

「真的！妳會不會很希望能預知未來，看看以後大家變成什麼樣子呢？我就很想。」羅利回答。

「我才不想，因為可能會看到傷心的事情，大家現在都這麼快樂的樣子，我想，再也不可能更快樂了。」喬緩緩環顧四周，眼神發亮，因為眼下的景象真是令人愉快。

父親和母親坐在一起，靜靜重溫二十年前兩人愛情篇章初展的時刻。艾美忙著為戀人們素描，他們獨自坐在屬於兩人的美麗世界裡，但臉上的迷人光輝，是這位小小藝術家難以重現的。貝絲躺在沙發上，與那位忘年之交爽朗地聊著天。老先生則握著貝絲的小手，彷彿覺得那隻手裡擁有的力量，足以帶領他踏上她行走的那些平靜安詳的道路。喬窩在自己鍾愛的矮椅上，臉上掛著嚴肅恬靜的神情，這種表情最適合她了。羅利倚在她的椅背上，下巴幾乎貼著她的鬈髮，露出友善的笑容，照映出兩人影像的鏡子對她點著頭。

最後一幕就在梅格、喬、貝絲，及艾美的團聚場景落下。布幕是否再度升起，端賴讀者對《小婦人》這齣家庭劇第一幕戲的反應如何了。

LITTLE WOMEN

小婦人

作　者　露易莎・梅・奧爾科特
Louisa May Alcott
譯　者　謝靜雯 Mia Hsieh
發 行 人　林隆奮 Frank Lin
社　長　蘇國林 Green Su

出版團隊
總 編 輯　葉怡慧 Carol Yeh
企劃編輯　陳柚均 Eugenia Chen
責任行銷　陳奕心 Yihsin Chen
封面裝幀　許晉維 Jin We Hsu
封面插畫　紅林 Hori b Goode
版面構成　張語辰 Chang Chen

行銷統籌
業務處長　吳宗庭 Tim Wu
業務主任　蘇倍生 Benson Su
業務專員　鍾依娟 Irina Chung
業務秘書　陳曉琪 Angel Chen
　　　　　莊皓雯 Gia Chuang
行銷主任　朱韻淑 Vina Ju

發行公司　精誠資訊股份有限公司
　　　　　悅知文化
　　　　　105台北市松山區復興北路99號12樓
訂購專線　(02) 2719-8811
訂購傳真　(02) 2719-7980
專屬網址　http://www.delightpress.com.tw
悅知客服　cs@delightpress.com.tw
ISBN：978-986-510-220-3
建議售價　新台幣360元
首版一刷　2019年11月
二版一刷　2022年5月

國家圖書館出版品預行編目資料

小婦人／露易莎・梅・奧爾科特(Louisa May Alcott) 作；謝靜雯譯. -- 二版. -- 臺北市：精誠資訊, 2022.05
面；　公分
譯自：LITTLE WOMEN
ISBN 978-986-510-220-3（平裝）
874.57　　　111007313